OLIVIA ANDERSON

Stürmische Zeiten in Maple Creek

W0182367

Unter dem Pseudonym Olivia Anderson vereint die deutsch-österreichische Bestsellerautorin Gerlinde Friewald ihre Passion für Geschichten über Liebe und Freundschaft sowie ferne Länder, die ihr durch einen besonderen Bezug ans Herz gewachsen sind. Gerlinde Friewald ist in verschiedenen Genres der Unterhaltungsliteratur beheimatet und fasziniert mit spannungsgeladenen Inhalten, facettenreichen Figuren und einer feingezeichneten Sprache. Ihre Leidenschaft und ihr Wissen gibt sie als Dozentin für Kreatives Schreiben weiter. Mit ihrer Familie lebt sie im Süden Wiens.
Bei More Taschenbuch liegen bereits ihre Romane »Wiedersehen in Maple Creek« und »Neuanfang in Maple Creek« vor.

Das Maple Lake Inn ist fast wieder aufgebaut, und so langsam kehrt bei Pamela Ruhe ein. Nicht so bei ihrer Freundin Lilly, die in ihrer Werbeagentur Konkurrenz von ungeahnter Seite bekommt. Wird diese sogar ihre Existenz gefährden? Molly widmet sich mit großem Einsatz ihrer neuen Tätigkeit als stellvertretende Chefredakteurin der Maple Creek News Time und stellt bald fest, dass sie sich als Chefin auch mal durchsetzen muss, was ihr sehr schwerfällt. Zudem überlegt sie, wie ihre Zukunft mit Nat aussehen könnte. Möchte er ebenfalls heiraten und eine Familie gründen? Nat weicht ihren Fragen jedoch aus, und Molly wird zunehmend unsicherer. Haben sie vielleicht ganz unterschiedliche Zukunftspläne?

OLIVIA
ANDERSON

Stürmische Zeiten in Maple Creek

ROMAN

more
Immer mit Liebe

MIX
Papier | Fördert gute Waldnutzung
FSC® C083411

ISBN 978-3-98751-020-5

More ist eine Marke der Aufbau Verlage GmbH & Co. KG

1. Auflage 2023
© Aufbau Verlage GmbH & Co. KG, Berlin 2021
Umschlaggestaltung Grit Bomhauer
graphische Adaption www.buerosued.de, München
unter Verwendung von Motiven von © sumroeng chinnapan / Shutterstock, © Westend61 / Getty Images, © Infografx / Shutterstock, © Barisev Roman / Shutterstock und © Andrei Baskevich / Shutterstock
Satz Greiner & Reichel, Köln
Druck und Binden CPI books GmbH, Leck, Germany
Printed in Germany

www.aufbau-verlage.de

Kapitel 1

Es kostete Pamela alle Anstrengung, die freundliche Fassade aufrechtzuerhalten. Mit einem eingefrorenen Lächeln flötete sie: »Selbstverständlich achten wir darauf, dass die Bauarbeiten pünktlich zur Mittagszeit unterbrochen und erst um zwei Uhr wieder aufgenommen werden, Mrs Blueberry. Machen Sie sich keine Sorgen, Ihre Ruhe ist nicht gefährdet – es verhält sich wie jeden Tag.«

»Ich wollte nur sichergehen.« Mrs Blueberry wandte sich ab und ging auf den Ausgang des Maple Lake Inn zu.

Timothy, der gerade das hölzerne Treppengeländer mit einer Schutztinktur einrieb, eilte zur Tür und öffnete sie. »Ich wünsche Ihnen einen angenehmen Spaziergang, Mrs Blueberry, und genießen Sie die Sonne. Laut dem Wetterbericht soll es morgen sehr windig werden und eventuell sogar regnen.«

»Danke, mein guter Timothy, aber lass dir von einer alten Frau gesagt sein, dass es im hohen Alter nichts mehr zu genießen gibt.« Mrs Blueberry nickte ihm zu und trat ins Freie.

Eilig schloss Timothy die Tür hinter ihr und gesellte sich zu Pamela an die Rezeption. »Wie bringst du es fertig, Chefin, durchgehend höflich zu bleiben?«

Unwillkürlich musste Pamela schmunzeln. Noch immer schaffte

Timothy es nicht, sie mit dem Vornamen anzusprechen. Seit sie ihn darum gebeten hatte, fand er Bezeichnungen wie *Chefin* oder *Boss*, Pamela wollte ihm allerdings nicht über die Lippen kommen. »Nicht so gut wie du, habe ich den Eindruck.«

»Ich bin nicht gezwungen, nahezu rund um die Uhr dieselben Fragen in einer Endlosschleife zu beantworten. Außerdem habe ich dank meiner Mutter und Tante Elisabeth Übung darin, den lieben Jungen zu spielen. Ich kann dich jedenfalls beruhigen. Niemand würde auf den Gedanken kommen, dass dich Mrs Blueberry und Co. nerven.«

Pamela seufzte auf. »Ich verstehe sie ja. Die Gruppe besteht ausschließlich aus Senioren. Sie machen hier wegen der Ruhe Urlaub. Eigentlich sollte während der Instandsetzung des Dachs das Hotel geschlossen bleiben, aber ich brauche die Einnahmen und will zudem den Reisegruppenveranstalter nicht verlieren.«

Timothy schüttelte den Kopf. »So darfst du nicht denken. Du hast nichts verheimlicht und der Reisegesellschaft einen Preisnachlass von fünfundzwanzig Prozent gewährt. Sie wussten, worauf sie sich einlassen.«

»Der Baustellenlärm schafft mich ja selbst – in doppelter Hinsicht. Nach wie vor habe ich Alpträume von der Sturmnacht und höre das Geräusch, als der Baum auf das Dach gekracht ist. Ich könnte das alles schneller vergessen, wenn der –« Pamela brach mitten im Satz ab und sah der Frau entgegen, die gerade im Durchgang zum Aufenthaltsbereich erschien und direkt auf sie zusteuerte.

»Miss Pamela! Ist die Schreckschraube endlich weg?«, erkundigte sie sich und setzte eine verschwörerische Miene auf.

»Hallo, Mrs Miller. Ich nehme an, Sie reden von Mrs Blueberry?«

Die Frau bejahte. »Diese alte Nörglerin! Ich wollte nicht mit ihr spazieren gehen und habe mich versteckt. An allem hat sie etwas auszusetzen, so war sie schon früher. Ich kenne sie seit fünfzig Jahren, wir sind im selben Ort aufgewachsen.« Mrs Miller warf einen bedeutungsvollen Blick zur Tür. »Ihr stattlicher Bruder ist nicht vielleicht durch Zufall auf der Baustelle, Pamela? Ich sehe ihm so gern zu. Wenn ich nur einige Jahre jünger wäre …«

»Mrs Blueberry hat das Hotel verlassen. Und Nat kommt erst am Nachmittag, gegen drei Uhr – falls es Sie interessiert.« Pamela zwinkerte Mrs Miller zu. »Sie wissen, dass mein Bruder glücklich vergeben ist?«

»Ach ja, mit der reizenden Hotelbesitzerin Molly. Ich habe gestern auf der Terrasse mit ihr geplaudert – eine sehr nette junge Frau, aber gegen mich hätte sie keine Chance gehabt.« Mrs Miller legte den Zeigefinger auf die Lippen und gab ein zischendes Geräusch von sich. »Meinem Joseph dürfen Sie nichts von Nat erzählen. Er kann rasend eifersüchtig werden. Übrigens macht er soeben ein Schläfchen auf dem Zimmer. Wenn er mich später suchen sollte, würden Sie ihm sagen, dass ich im Aufenthaltsraum bin und lese?«

»Natürlich«, antwortete Timothy.

Mrs Miller winkte ihnen zu und entfernte sich.

Als sie die Lobby verlassen hatte, fragte Pamela: »Du hast Elisabeth zuvor erwähnt. Wie geht es ihr? Ich sehe Morris zwar regelmäßig in der Sycamore Tavern, möchte ihn jedoch nicht darauf ansprechen.«

»Ja, Onkel Morris redet nicht so gern darüber. Tante Elisabeths übertriebene Sucht nach Tratsch hat er jahrelang locker weggesteckt, dass sie allerdings wirklich ein bisschen *verrückt* ist, trifft ihn schwer. Was ich von meiner Mutter weiß, geht es ihr mittlerweile deutlich besser. Der Aufenthalt in dieser Klinik in Northville dürfte ihr guttun.«

»Was ist mit ihrem Kiosk am See?«, erkundigte sich Pamela weiter. Auch sie war einmal Opfer von Elisabeths Geschwätz geworden, aber das gehörte der Vergangenheit an. Längst hatte sie ihr verziehen.

»Den hat Onkel Morris dichtgemacht und will ihn verkaufen. Die Sommersaison mit der Bootsvermietung ist ohnehin vorbei, und das Wintergeschäft mit Punsch und Weihnachtsdekoration hat noch nicht begonnen. Tante Elisabeth soll sich auf ihre Genesung konzentrieren, meint er.« Timothy senkte die Stimme. »Charlotte hat Onkel Morris aufgesucht und sich angeboten, den Kiosk zu führen, bis es Tante Elisabeth besser geht. Er hat sie hochkant hinausgeschmissen – das ist auch eine Info von meiner Mum.«

Automatisch zog Pamela die Brauen zusammen. »Charlotte besitzt wahrlich keinen Anstand. Ich habe sie nie gemocht, und der Instinkt trügt nicht.« Sie warf einen Blick auf die alte Pendeluhr, die neben der Treppe an der Wand hing. »Du musst bald losfahren, damit du pünktlich in der Agentur erscheinst.«

»Ich habe mir den Handywecker gestellt. Lilly lässt mich heute beim Brainstorming für einen neuen Kunden mitmachen. Ich bin schon riesig gespannt.«

»Ideen sind deine große Stärke – und nicht nur das.« Nachdenklich musterte Pamela Timothy. »Ist dir die Arbeit im Hotel zu langweilig? Die Tätigkeiten in Lillys Werbeagentur sind weitaus aufregender.«

»Dir habe ich das alles zu verdanken, weil du an mich geglaubt hast, Boss. Ohne dich befände ich mich wahrscheinlich noch immer auf Jobsuche und könnte meine Fähigkeiten nicht unter Beweis stellen. Ich bin genauso gern im Hotel wie bei Lilly.«

Pamela lächelte. »Na hör mal, ich musste dich anstellen. Sonst hätte ich deine Ideen nicht verwenden dürfen. Dann gäbe es keinen *Mapleccino* und keine *three o'clock coffee time* hier im Hotel. Übrigens, richtest du Lilly bitte aus, sie soll nicht vergessen, heute pünktlich Schluss zu machen. Wir treffen uns alle um acht Uhr in der Tavern. Laurie und Tom haben uns zum Abendessen eingeladen. Ich bin schon neugierig. Laurie hat am Telefon sehr geheimnisvoll getan und nur gesagt, dass es um eine Überraschung ginge.«

»Wer erledigt den Abenddienst? Soll ich später zurückkommen?«, fragte Timothy sofort.

»Nein danke. Mary übernimmt ihn. Entspann dich und genieße den freien Abend.«

»Okay. Mein Date mit Netflix bleibt also bestehen«, entgegnete Timothy und eilte zurück zu dem Geländer, um seine Arbeit fortzusetzen.

Versonnen blickte Pamela ihm nach. Der junge Mann erwies sich tatsächlich als wahrer Glücksgriff. Auch bei ihm hatte ihr der Instinkt den richtigen Weg gewiesen.

Kapitel 2

Jim leinte Cicero an, als er und Molly das Ortsgebiet wieder erreichten. »Ich freue mich, wenn du Zeit findest, mich auf meiner Runde zu begleiten. Seit über zwei Wochen sind wir nicht mehr dazu gekommen. Ich vermisse die Unterhaltungen mit dir. Es ist nicht dasselbe, wenn wir uns alle in der Tavern treffen.«

Molly nickte. »Mir haben unsere Gespräche auch gefehlt. Es hat sich viel verändert, seit ich beschlossen habe, in Maple Creek zu leben. Vorübergehend hatte ich wirklich an ein geruhsames Leben geglaubt – fernab von New York. Und nun? Nicht einmal unsere üblichen Spaziergänge kann ich einhalten.«

»Stehst du so unter Druck?«, erkundigte sich Jim.

»Es ist nicht mit New York und dem Rhythmus dort zu vergleichen, außerdem bin ich hier glücklich. Aber ich gebe zu, dass ich manchmal nicht weiß, wo mir der Kopf steht. Der schreckliche Sturm und die Schäden am Hotel, mein neuer Job bei der *Maple Creek News Time*, die Kolumne für die *NY Woman*, der Einzug bei Nat und dazu die rundherum anfallenden Kleinigkeiten.«

»Wenn der erste Schnee fällt, wird es ruhiger, das verspreche ich dir. Dann begeben wir uns alle in den Winterschlaf. Wie fühlst du dich in Nats Haus?«

Von selbst erschien ein Lächeln auf Mollys Lippen. »Wir genießen jede gemeinsame Minute. Ich bin so froh, dass ich meine Ängste wegen einer Entfremdung abgelegt habe. Ehrlich, ich hätte nie gedacht, wie wunderschön die Liebe und das Zusammenleben sein kann – herrje, das klingt jetzt überkitschig. Wie läuft es bei dir?«

»Du meinst mit Ann?« Jim zuckte mit den Schultern. »Sie ist auf ihre Art eine beeindruckende Frau – wie sie den Reitstall in Schuss hält und darüber hinaus versucht, sich auf mich einzustellen. Was will ich mehr in meinem Alter? Du darfst nicht vergessen, ich werde dreiundfünfzig.«

Kurz musterte Molly ihren väterlichen Freund von der Seite. Seine Antwort traf nicht den Ton eines verliebten Menschen. Vielmehr klang es nach einer sachlichen Feststellung. Als sich Jim für ihre Chefin bei der *NY Woman* interessiert hatte, war er weitaus euphorischer in seiner Wortwahl gewesen. Dabei hatte er Nora bis heute nicht kennengelernt. Wenn Molly überlegte, erzählte er kaum etwas über Ann. Dabei musste es einiges zu berichten geben. Mit einem tiefen Atemzug machte sie ihren Gedanken Luft: »Ann erscheint mir wie ein Geist. Ich weiß, es gibt sie, dennoch ist sie nicht viel mehr als ein Schatten. Ehrlich, Jim, du sprichst häufiger darüber, wie sich deine Rosen von dem Sturm erholen, als von Ann. Stimmt etwas nicht zwischen euch beiden?«

»Es lässt sich schwer in Worte fassen, was ich empfinde. Ich achte Ann und verbringe gern Zeit mit ihr. Sie hat ihre Eigenheiten, wie ich meine habe, und ich möchte erst gar nicht darauf herumreiten …« Jim schmunzelte. »Ein kleines, passendes Wortspiel und zugleich eine gute Illustration: Ich liebe Tiere. Hunde, Katzen, Vögel, Pferde – allesamt, doch werde ich niemals auf ein Pferd steigen. Ann lässt nicht locker und piesackt mich oft richtiggehend damit, dass ich reiten lernen soll. Zudem trägt sie ein nicht unbedeutendes Maß an Kontrollsucht in sich …« Wieder vollendete er den Satz nicht und schüttelte den Kopf. »Aber das gibt nicht den Ausschlag. Es fühlt sich an, als gehörte Ann nicht zu mir. Begreifst du, worauf ich hinauswill?«

»Wie ich und Jackson? Du erinnerst dich an meinen Ex-Freund aus New York?«

Jim lachte auf. »Ich habe ihn offen gestanden aus meinem Gedächtnis verdrängt. Ja, der Vergleich ist nicht übel. Alles scheint nach außen hin in Ordnung zu sein, in einem drinnen ist man sich hingegen bewusst, dass das Gegenüber nicht der *Deckel auf dem Topf* ist. Ich sage mir vor, dass ich auch meine Macken habe und man sich arrangieren muss. Ist das allerdings tatsächlich notwendig? Mit harmonierenden Spleens würden gewisse Probleme von vornherein nicht auftreten. Letzten Endes lande ich erneut beim Alter, das unsere Eigenheiten wohl verhärtet und den Menschen unflexibel werden lässt.«

»Ich gebe dir recht, bis auf den Schluss. Natürlich kommen im Laufe eines Lebens Erfahrungen hinzu, die einen beeinflussen und prägen, doch was du meinst, ist der ureigene Charakter. Er wird geformt, aber nicht verändert. Und Menschen passen zueinander oder nicht, ob sie dreißig oder siebzig sind – so denke ich darüber«, entgegnete Molly.

»Womöglich habe ich mich bloß verrannt. Ich weiß jedoch nicht, in welche Richtung.« Jim winkte ab. »Lassen wir das Thema. Ich habe beschlossen, die Dinge zu nehmen, wie sie kommen. Erzähl mir von den Arbeiten am Maple Lake Inn. Das hat wenigstens *Hand und Fuß*.«

»Die Reparaturen gehen gut voran. Nat sagt, dass in spätestens zwei Wochen sowohl das Dach als auch die kleinen Schäden an der Fassade instand gesetzt sein werden. Dann hat der Spuk endlich ein Ende. Ich hoffe nur, Pamela hält so lange durch. Sie ist ziemlich entnervt, was ich verstehen kann. An ihr hängt die gesamte Last.«

»An dir ebenfalls, meine Liebe. Schmälere deine Aufgaben nicht. Als Eigentümerin bist du verantwortlich für die Instandsetzungen. Das ist eine gewaltige Verpflichtung.«

Molly nickte. »Das stimmt, aber dank Morris' hervorragender Versicherungspolice habe ich keine zusätzlichen Kosten zu tragen. Damit ist mir der größte Stein vom Herzen gefallen.«

»Ich erinnere mich, als deine Tante Gynnie das Hotel neu bewerten ließ. Sie hat Morris einen dreckigen Halsabschneider genannt, der besser bei seinen Immobilien bleiben sollte«, antwortete Jim grinsend. Jäh erschien ein wehmütiger Ausdruck auf seinem Gesicht. »Ich denke noch immer oft an Gynnie. Sie fehlt mir.« Nach einem Moment des Schweigens legte er seinen Arm um Molly und drückte sie an sich. »Dafür habe ich jetzt dich, und das macht mich sehr glücklich.« Kaum dass er ausgesprochen hatte, jaulte Cicero auf. »Siehst du, sogar er pflichtet mir bei«, kommentierte Jim den Laut seines Hundes.

Molly deutete auf Jims Haus. »Mir erscheint er eher gelangweilt, kein Wunder. Seit zehn Minuten stehen wir vor deiner Gartentür. Cicero ist müde und hat zweifellos Hunger.«

Jim warf einen Blick auf seine Armbanduhr. »Nicht nur er ist hungrig. Wir sehen uns später in der Tavern. Ich bin schon begierig darauf zu erfahren, was Laurie und Tom uns mitzuteilen haben.« Er öffnete die Gartentür und nahm Cicero die Leine ab. Sofort lief der Hund schwanzwedelnd zum Eingang des Hauses.

»Oh, das sind wir alle. Diese Form der Einladung ist neu. Es muss etwas Besonderes geschehen sein.« Molly hob die Hand zum

Gruß. »Bis später.« Sie ging zu ihrem Wagen und stieg ein. Während sie startete, beobachtete sie Jim, wie er Cicero über den Rücken streichelte und sich beeilte, die Tür aufzuschließen. Erst als die beiden im Haus verschwunden waren, fuhr sie los.

Eigentlich hatte Molly vorgehabt, Jim gegen Ende ihres Spaziergangs von einem Telefonat zu erzählen, das sie gestern mit ihrer Chefin Nora geführt hatte, doch seine Worte über Ann hatten sie daran gehindert. Sie hätte es als unpassend erachtet, erst seine Probleme mit der einen Frau zu besprechen und sogleich nahtlos auf eine andere einzugehen. Immerhin wusste Molly, wie fasziniert Jim allein anhand ihrer Beschreibungen von Nora gewesen war. Im Grunde war dies sogar der Ausschlag gewesen, ihn davon zu überzeugen, sich auf einer Datingplattform zu registrieren, wo er letztlich Ann kennengelernt hatte. Seine Einsamkeit war für Molly offenkundig gewesen, und sie hatte helfen wollen.

Dass sich Nora nun tatsächlich entschlossen hatte, ihren alljährlichen Wellnessaufenthalt gegen eine Reise nach Maple Creek zu tauschen, hatte Molly nicht fest voraussehen können. Sie seufzte auf. Bis Nora ihren Urlaub antreten würde, verblieben einige Wochen. Bestimmt fand sie einen geeigneteren Zeitpunkt, Jim darüber zu informieren.

Kapitel 3

Molly machte es sich im Wintergarten von Nats Haus bequem und schaute durch die Fensterfront in die Dunkelheit hinaus. Gerade hatte sie mit Nat telefoniert. Er war auf einer Baustelle und würde es erst knapp vor acht Uhr schaffen, nach Hause zu kommen. Noch vor einiger Zeit wäre sie nervös geworden und hätte sich unverzüglich um ihre Beziehung gesorgt. Diese Hürde hatte sie zum Glück hinter sich gebracht, nicht zuletzt dank Nats Vorschlag, zusammenzuziehen. Seitdem war in der Tat alles anders. Selbst ihre anfängliche Furcht, sich nicht in seinem Heim verwurzeln zu können, war inzwischen gänzlich verflogen. Nat gab ihr nicht nur das Gefühl, willkommen zu sein, sondern ihren wahren Platz gefunden zu haben.

Automatisch kam Molly ihre Freundin in den Sinn, um die sie sich im Augenblick vermehrt kümmerte. Anlässlich ihres Besuches in Maple Creek hatte sich Dorothy im wahrsten Sinne des Wortes von null auf hundert in Toms Bruder Jack verliebt. Die zwangsläufige Distanz – Dorothy lebte in New York, Jack in Toronto – belastete sie. Aber wie Molly von Laurie wusste, litt auch Jack unter der räumlichen Trennung.

Kurz entschlossen griff Molly nach dem Handy, das auf dem

Tisch vor der Couch lag, und wählte aus der Anruferliste Dorothys Namen.

Sie hob sofort ab. »Molly! Ich bin so froh, dass du heute noch mal anrufst. Mir geht es furchtbar. Ich könnte platzen vor Sehnsucht.«

»Es hat sich also seit dem Vormittag nichts verändert«, stellte Molly fest.

»Es ist schlimmer geworden! Abends vermisse ich Jack viel mehr als tagsüber. Ich habe keine Ahnung, wie ich die nächsten zwei Wochen überleben soll. Verstehst du? Ganze vierzehn Tage, bis ich ihn wieder spüre. Das hält kein normal tickender Mensch aus, es ist die reinste Folter.«

Unwillkürlich musste Molly schmunzeln. Dorothy hatte schon von jeher einen Hang zur Theatralik gehabt. Dies gepaart mit ihrer Spontanität und Lebenslust ergab ein überbordendes Potpourri. »Du wirst sehen, die Zeit vergeht wie im Flug. Du hast genug zu tun mit der Promotion für dein neues Buch, das lenkt dich ab. Ich freue mich auf jeden Fall riesig, dich so bald wiederzusehen.«

»Ja, ich mich auch. Weißt du, Molly, ich kenne unzählige Leute, doch wirklich reden kann ich ausschließlich mit dir. Unsere Telefonate helfen mir, aber sie ersetzen nicht das persönliche Gespräch. Du hast es deutlich besser getroffen mit Maple Creek. So viele herzliche Menschen sind rund um dich herum, mit denen du deine Gefühle frei teilst.«

Bevor Molly etwas erwidern konnte, sprach Dorothy bereits weiter. »Und ist es nicht wunderbar, dass ich meinen Schatz genau da wiedersehen werde, wo ich ihn kennengelernt habe? Ach, ich liebe Maple Creek – der Ort meines großen Glücks. Ist das nicht unfassbar romantisch?«

»Wie lange werdet ihr bleiben können?«, erkundigte sich Molly.

»Wir haben fest geplant, uns eine ganze Woche von den jeweiligen Aufgaben wegzustehlen. Ich habe dafür sogar einige wichtige Termine verschoben. Jack kommt nach diesem Urlaub nämlich wegen seines neuen Projekts eine Weile lang nicht aus Toronto weg. Ich werde ihn überraschen und zu ihm fliegen, sooft ich mich loseisen kann – sei es für wenige Tage. Um ihn zu sehen, würde ich um die halbe Welt laufen.« Dorothy stieß einen Klagelaut aus. »Ach, Molly, ich glaube, er ist der Richtige. So viele Beziehungen habe ich hinter mich gebracht, dieses Gefühl ist jedoch neu. Du kennst mich, ich bin leicht zu begeistern, aber das ist mit der jetzigen Situation nicht zu vergleichen. Meine Empfindungen für Jack sitzen tief in mir, trotz der kurzen Zeitspanne.«

Von selbst musste Molly lächeln. So hatte sie Dorothy wahrlich noch nie erlebt. Es entsprach der Wahrheit, dass sich ihre Freundin unzählige Male schnell verliebt hatte und ebenso rasch aus der jeweiligen Beziehung geflohen war. Das Rekordtempo beim Einstieg hatte sie beibehalten, doch schwang in Bezug auf Jack ein völlig neuer Tenor mit. Dorothy erstrahlte förmlich, und sie zeigte eine Wärme und Sanftheit, die sie normalerweise nicht in sich trug. »Genieß es, wie ich es tue. Es ist das schönste Geschenk, das man erhalten kann«, entgegnete Molly versonnen.

»Wie wahr!« Einen Moment schwieg Dorothy. »Ich bin furchtbar, wie hältst du es mit mir aus? Ständig schwafle ich über mein Leid, das in Wahrheit das größte Glück darstellt, und frage kein einziges Mal nach dir.«

Molly lachte. »Erinnere dich daran, als ich nach Maple Creek zurückgekehrt bin – laut ursprünglichem Plan für einen Monat, um die Renovierung des Maple Lake Inn zu beaufsichtigen. Erst meine Zänkereien mit Nat, dann die Trennung von Jackson und schließlich mein Umzug von New York hierher. In dieser Zeit haben wir wenig über dich gesprochen.«

»Hat das nicht etwas Schicksalhaftes an sich? Erst du, nun ich. Molly, vielleicht ergeht es mir bald genauso. Am liebsten würde ich auf der Stelle meine Sachen packen und zu Jack nach Toronto ziehen. Worauf sollten wir warten? Bücher kann ich überall schreiben, und um meine öffentlichen Auftritte zu absolvieren, gibt es Flugzeuge.«

»Ich bin nicht wegen Nat nach Maple Creek gezogen, sondern weil ich mich in Maple Creek verliebt habe. Er war die Draufgabe. Vergiss das nicht.«

»Ach, Haarspalterei. Ich bin nirgendwo und allerorts zu Hause: New York, Toronto, Kapstadt, Bangkok – mir ist das gleich. Es geht um Jack.«

Aus dem Vorraum hörte Molly die Eingangstür zuschlagen. »Dorothy, sprechen wir morgen weiter? Nat ist gerade heimgekommen, und wir treffen uns alle in der Sycamore Tavern.«

»Oh, auch diese Abende an der Bar in der Tavern vermisse ich so sehr – die Gemütlichkeit und die tollen Gespräche. Trinkst du einen Tom's Maple für mich mit?«

»Heute ist es anders. Laurie und Tom haben uns zum Abendessen eingeladen, weil sie uns etwas mitteilen wollen – hochoffiziell sozusagen. Ich bin schon sehr neugierig, worum es sich handelt.«

»Jack hat nichts erwähnt, als wir vorhin unseren Videocall hatten.« Dorothy kicherte. »Aber ich muss ehrlich zugeben, wir hatten ein ganz anderes Gesprächsthema, das uns gehörig abgelenkt hat.«

»Ach du, nicht einmal aus der Entfernung könnt ihr die Finger voneinander lassen. Wir hören uns morgen Vormittag.« Molly legte das Handy zur Seite und stand auf.

Kapitel 4

Als Molly und Nat die Tavern betraten, waren Jim und Morris bereits anwesend. Sie saßen an dem großen Tisch, der am nächsten an der Bar stand, und unterhielten sich angeregt. Erst als Molly und Nat herantraten, sahen sie auf.

Morris wartete, bis sie Platz genommen hatten, und sagte: »Ich bin gerade dabei, Jim von Elisabeths Fortschritten in der Therapie zu erzählen. Entschuldigt, dass ich kaum darüber gesprochen und keine Details preisgegeben habe, aber es fällt mir sehr schwer, das Ganze überhaupt zu begreifen.« Er klopfte Jim auf die Schulter. »Hätte mein alter Freund mich jetzt nicht genötigt, endlich zu reden, würde ich über den bevorstehenden Winter, das Versicherungs- und Immobiliengeschäft oder sonst etwas Neutrales sprechen.«

»Wir sind deine Freunde, Morris, und immer für dich da. Auch du musst dich jemandem anvertrauen. Es ist schlecht, seinen Kummer wegzupacken«, entgegnete Jim.

»Wie geht es ihr denn nun?«, fragte Nat ohne Umschweife.

Kurz hielt Molly den Atem an und schenkte ihm einen tadelnden Blick. Männer – und dazu zählte Nat allemal – verhielten sich manchmal wie Elefanten in einem Porzellanladen. Sie war genauso gespannt, was Morris zu berichten hatte, wäre aber deutlich vorsichtiger an die Sache herangegangen und hätte Morris den Ausweg gelassen, über das Thema zu schweigen.

Entgegen ihren Gedanken schien Morris Nats unverblümtes Vorgehen nicht zu stören. Mehr noch, er wirkte sogar erleichtert, so direkt darauf angesprochen zu werden. Seine Antwort kam prompt. »Elisabeths Diagnose ist Schizophrenie, zum Glück in einer leichten Ausprägung. Sie hat keine Halluzinationen, jedoch Wahnvorstellungen. Sie haben sich in ihrem plötzlichen religiösen Wahn gezeigt. Elisabeths spezielle Art davor – ich muss nicht extra erläutern, was ich damit meine – war schon ein Hinweis. Laut der Erklärung des Arztes war sie nicht süchtig nach dem Tratsch selbst, auch ihre Einmischungen und Geschichten entstammten nicht einem bösartigen Wesen, vielmehr war sie nicht fähig, die Dinge real wahrzunehmen. Sie hat in einer verzerrten Wirklichkeit gelebt.«

»Ich werde nie ihre ständigen Fragen vergessen. Sie konnte bohren wie keine Zweite«, erwiderte Nat. »Wenn wir nur gewusst hätten …«

»Der Arzt nimmt an, dass sie hinter allem etwas Geheimnisvolles, womöglich Bedrohliches vermutet hat. Für Elisabeth muss es sich angefühlt haben, als gäbe es rund um sie herum unzählige kleine Verschwörungen. In der Folge hat sie dann ihre eigene Wahrheit eingebracht und damit die Dinge in ihrem Licht dargestellt. Ich bemühe mich, diese Fakten zu begreifen, doch verstehen kann ich sie nicht.«

Molly spürte, wie sich ihr Magen vor Mitleid verkrampfte. Wie schwer musste es sein, mit solch einer Situation umzugehen? Mit leiser Stimme fragte sie: »Ich weiß wenig über Schizophrenie. Ist diese Krankheit heilbar?«

»In der letzten Zeit habe ich viel darüber gelernt. In gewisser Weise werde ich mitbehandelt«, antwortete Morris. »Es ist nämlich wichtig, dass Elisabeth von ihrer Familie und ihren Freunden verstanden wird und jeder richtig mit ihr umgeht – mit *richtig* meine ich normal. Schizophrenie verläuft in Schüben und es gilt, diese zu vermeiden. Dazu gehört, einerseits die Ursachen zu finden und andererseits Auslöser zu vermeiden. Im Augenblick erhält sie in der Klinik Medikamente und eine umfassende Therapie. Beides wird sie auch danach begleiten, möglicherweise für ihr restliches Leben.«

Molly streckte den Arm aus und ergriff Morris' Hand. »Sag uns, wenn du etwas benötigst. Wir sind für dich und Elisabeth da.«

Morris lächelte. »Danke, Molly. Wenn es so weit ist, dass sie nach Hause kommt, wird es sicherlich einiges –« Er sah zur Eingangstür.

Pamela und Lilly waren eingetreten und steuerten direkt auf sie zu.

Mit einem Stöhnen ließ sich Pamela auf einen Stuhl fallen. »Ihr ahnt nicht, wie froh ich bin, endlich einmal aus dem Hotel herauszukommen. Ich liebe das Maple Lake Inn, aber manche Gäste machen mich verrückt.« Sie tippte sich an die Stirn, blickte in die Runde und fragte: »Ist alles in Ordnung? Ihr schaut mich so seltsam an.«

Nat verzog den Mund. »Was du gesagt hast, war unpassend.«

»Morris hat uns soeben von Elisabeth berichtet«, warf Molly eilig ein. Obwohl sie wusste, wie gut sich Pamela und Nat mittlerweile verstanden, hatte sie manchmal noch immer das Gefühl, Pamela verteidigen zu müssen. Früher hatte Nat die Ernsthaftigkeit seiner Schwester angezweifelt. Die Erinnerung an die vielen Diskussionen war fest in ihr verankert.

Morris hob beschwichtigend die Hand. »Das konntest du nicht wissen, Pam. Mach dir keine Gedanken darüber. Molly soll dir alles erzählen, jetzt würde ich lieber über andere Dinge sprechen – ich brauche angenehme Themen, die mich ablenken. Was ist mit deinen Gästen?«

Pamela verdrehte die Augen. »Mrs Blueberry zum Beispiel kommt in der Regel viermal täglich zu mir, um sich über den Lärm zu beschweren. Ich verstecke mich schon vor ihr, aber sie findet mich überall. Wahrscheinlich würde sie mich sogar entdecken, wenn ich mich unter einem Bett verkrieche.«

Lilly schmunzelte. »Pam hat begonnen, im Schlaf zu reden. Nun, eher ist es ein grimmiges Murmeln. Bestimmt träumt sie von dieser Mrs Blueberry.«

Alle lachten, und Jim sagte: »Ja, jeder trägt seine kleinen Dämonen huckepack durch die Nacht. Meine gegenwärtigen haben vier Beine, einen langen Schweif und wiehern.«

»Solang es nur Anns Pferde sind, die dir Alpträume bescheren, und nicht sie selbst, musst du keine Furcht haben«, erwiderte Nat. »Apropos, warum hast du sie nicht mitgenommen? Hältst du sie von uns und der Tavern fern?«

Schnell versetzte Molly Nat unter dem Tisch einen Tritt gegen das Schienbein. Er fand heute aber wirklich jedes Fettnäpfchen, das man ihm darbot. Wiederum wusste er noch nichts von Jims Bedenken Ann betreffend. Sie war nicht dazu gekommen, Nat davon zu erzählen. Verstohlen musterte sie Jim, der sich in seinem Stuhl zurücklehnte und die Arme verschränkte.

»Ann und ich gehen es langsam an«, entgegnete er, dann schien er sich zu besinnen und sagte: »Ach was. Vor wem an diesem Tisch sollte ich ein Blatt vor den Mund nehmen? Die Wahrheit ist, dass ich Schwierigkeiten mit Anns Art habe. Wir sind grundverschieden, und was in jungen Jahren womöglich für Spannung sorgt, entpuppt sich in meinem Alter als anstrengend.«

»Ich hatte gedacht, ihr versteht euch gut«, bemerkte Lilly.

Jim wiegte den Kopf. »Molly und ich haben beim heutigen Spaziergang bereits darüber gesprochen. Ann ist eine wunderbare Frau, und ich bin nach wie vor sehr angetan von ihr. Es fällt mir jedoch schwer, richtig mit ihr umzugehen. Manchmal habe ich den Eindruck, als fehlte mir die Bedienungsanleitung für sie. Etwa neigt sie zu plötzlichen Ausbrüchen, die ebenso rasch wieder verebben. Will ich hinterher darüber sprechen, verschließt sie sich und negiert, was geschehen ist. Sie scheint zu meinen, Entschuldigungen reichten aus, um ihr Aufbrausen zu erklären. Deutet meine Worte nicht falsch, die Bitte um Verzeihung ehrt sie, doch es bringt weder sie noch mich zum Kern der Sache. Ich muss wissen, warum sie manchmal so ist, damit ich lerne, sie zu verstehen.«

»Vielleicht hat sie Angst, dich zu verlieren, und möchte sich deshalb nicht offenbaren«, überlegte Pamela.

Lilly nickte. »Das ist gar nicht so weit hergeholt. Eventuell kann sie etwas, das du tust, nicht ausstehen und regt sich darüber auf. Geradewegs kehrt sie auf den Boden zurück, und es tut ihr leid. Das Problem anzusprechen, traut sie sich allerdings nicht.«

»Ehrlich, ich weiß es nicht. Wichtig ist auch nicht der Grund selbst – Charakterzug, Verlustangst oder sonst etwas –, sondern der Umgang damit. Wie soll eine Beziehung funktionieren, wenn man nicht offen zueinander ist? Wenn einem am anderen etwas nicht passt, muss man das sagen. Ich kann mich nicht verändern, aber das eine oder andere durchaus variieren.« Jim sah zu Tom hoch, der eben an den Tisch herangetreten war. »Du rettest mich aus einer heiklen Situation. Es geht um Ann – ich stehe gerade Rede und Antwort.«

Tom grinste. »Ich habe deinen letzten Satz gehört, Jim, und bin ebenfalls überzeugt davon, im richtigen Moment gekommen zu sein.« Er winkte der neuen Servierkraft und zeigte auf ein Tablett mit Gläsern darauf, das er auf der Bar bereitgestellt hatte. »Ich hole Laurie.« Er drehte sich um und eilte um die Bar herum auf den Durchgang der Küche zu.

Während die junge Frau die vorbereiteten Getränke verteilte, schwiegen alle, doch ließ es sich keiner nehmen, bedeutungsvolle Blicke in die Runde zu schicken – was hatten Laurie und Tom ihnen mitzuteilen?

Als sich die beiden schließlich dazugesellten, fragte Jim sofort: »Okay, wir platzen vor Neugierde. Würdet ihr uns bitte nicht länger auf die Folter spannen?«

Laurie lächelte vielsagend. »Ich wollte meine liebsten Freunde zu diesem besonderen Anlass unbedingt um mich haben und bekochen. Zu eurer Info: In Kürze servieren wir eine Pilzsuppe mit Knoblauch-Basilikum-Croutons, danach gibt es gespickten Wildbraten mit Prinzesskartoffeln und als Nachspeise eine Crème brûlée alla Laurie. Zum Abschluss habe ich Käse besorgt und Sesambrot gebacken.«

Molly fixierte Laurie und versuchte, aus deren Mimik etwas herauszulesen. Sie wirkte durch und durch fröhlich, jedoch nicht auf eine ausgelassene Art, sondern eher besinnlich und gedankenvoll. Unweigerlich drängte sich Molly der Vergleich mit einem Kind auf, das vor dem Weihnachtsbaum stand und die brennenden Kerzen, glitzernden Kugeln und Geschenke bestaunte – genau dieses Strahlen war es, das Laurie im Gesicht trug.

Tom räusperte sich. »Mit dem Tom's Maple und Pamelas Mapleccino haben wir hier in Maple Creek – so finde ich – eine kleine Tradition begründet, die meines Erachtens unbedingt fortgeführt werden muss. Also habe ich etwas Neues entwickelt: Lauries Maplemilk.« Er schmunzelte. »Ich dachte, etwas Gesundes tut uns allen gut: Buttermilch, fein püriertes Erdbeermark, ein Schuss Sahne, selbstverständlich Ahornsirup und obenauf ein wenig Ahornzucker. Ach ja, für die prickelnde Schärfe auf der Zunge sorgt Cayennepfeffer. Lauries Maplemilk steht vor euch. Probiert!«

Noch ehe alle die Gläser nahmen, ergriff abermals Laurie das Wort. »Ich liebe Buttermilch und Erdbeeren, außerdem die Kombination von süß und scharf. Tom hat den Shake aber nicht einfach zum Spaß für mich kreiert, sondern weil ich für eine geraume Weile keinen Alkohol trinken darf.«

Jim begriff als Erster. »Du liebe Güte! Laurie, bist du … schwanger?«

Ihr Lächeln wurde breiter. »Ja, Tom und ich bekommen ein Baby. Ich bin in der achten Woche, also ganz am Anfang. Wir haben es selbst erst vor einigen Tagen erfahren.«

Wie auf Befehl sprangen Molly und Pamela auf, umrundeten den Tisch und umarmten Laurie, eine von links, die andere von rechts. Lilly wartete kurz und folgte ihrem Beispiel.

Kapitel 5

Molly kuschelte sich unter der Decke an Nat, der sie umschlungen hielt. Wenngleich sie müde war, konnte sie nicht einschlafen. Ihre Gedanken kreisten um Lauries und Toms wunderbare Neuigkeit. Wie nahe Glück und Leid manchmal doch beieinanderlagen. Erst hatten sie über Elisabeths Krankheit gesprochen, und schon im nächsten Augenblick kam eine genau gegenteilige Nachricht. Beide Male war sie den Tränen nahe gewesen, zuerst vor Mitgefühl und Anteilnahme, dann aus Freude und Rührung.

Ob sie und Nat jemals Kinder haben würden? Noch nie hatten sie dieses Thema nur im Ansatz berührt. Natürlich war es viel zu früh, um über so etwas nachzudenken, allerdings kannte sie nicht einmal Nats prinzipielle Meinung dazu. Möglicherweise wollte er keine? Als sie in New York mit Jackson gelebt hatte, war ihr nie in den Sinn gekommen, Mutter zu werden. Es hatte wohl an ihrem arbeitsreichen, intensiven Leben dort gelegen und – wenn sie restlos ehrlich zu sich war – vor allem an Jackson. Sie hätte ihn sich nicht als Vater vorstellen können.

Mit Nat verhielt es sich gänzlich anders. Zwar spielten auch in seinem Leben die Arbeit und der Erfolg eine große Rolle, ebenso war er ein typisches Mannsbild, wie es im Buche stand, doch trug er die besten Werte in sich, die ein Mensch innehaben konnte: Einfühlungsvermögen, das Bemühen, ihre Denkweise zu verstehen, Achtsamkeit, Toleranz – die Aufzählung war nahezu unendlich fortsetzbar. Nat war schlichtweg ihre große Liebe, und letztlich wünschte sie sich eine Familie mit ihm.

»Kannst du nicht schlafen?«, flüsterte Nat.

»Ich bin zu aufgewühlt. Laurie und Tom sind so glücklich, Morris hingegen wirkt wie ein Schatten seiner selbst.« Einige Sekunden ließ sie schweigend verstreichen. »Hast du jemals über Kinder nachgedacht?«

Nat lachte leise auf. »Wäre das nicht ein wenig zu schnell? Wir sind gerade dabei, unser neues gemeinsames Leben zu erforschen, dann die Arbeit … Du beginnst in Kürze Vollzeit als stellvertretende Chefredakteurin bei der *Maple Creek News Time*, dazu deine Kolumne bei der *NY Woman*, und ich stecke im Ausbau meiner Zimmerei. Du kennst meinen momentanen Stundenplan, an ihm wird sich so rasch nichts ändern.«

Ein Schauer lief über Mollys Rücken. Sie hatte eine emotionale Erwiderung erhofft, keine sachliche. »Ich spreche nicht von jetzt, sondern von irgendwann.« Am liebsten hätte sie sich spontan von ihm weggedreht. Warum trafen sie Äußerungen dieser Art dermaßen? Alles, was Nat gesagt hatte, entsprach der Wahrheit. *Weshalb bin ich so empfindlich?*, fragte Molly sich im Stillen. *Vielleicht, weil Laurie mit ihrer Neuigkeit etwas tief Verwurzeltes angeregt hat, das sich in fast jeder Frau verbirgt*, gab sie sich die Antwort. Aber daran lag es nicht allein. Sie fand genügend andere Beispiele, wo sie ähnlich überzeichnet gefühlt hatte. Im Grunde begleiteten sie diese Gemütsbewegungen bereits ihr ganzes Leben.

»Okay, ich verstehe. Du meinst grundsätzlich. Ehrlich? Ich habe noch nie überlegt – wann, ob, wie viele … keine Ahnung.« Nats Stimme klang unbeschwert.

Jäh bildete sich ein Knoten in Mollys Hals, und sie schluckte mehrmals, um ihn loszuwerden, doch er blieb fest sitzen. Was sollte sie darauf entgegnen? Hatte ihn dieser Abend denn in keiner Weise emotional berührt? Dorothy meinte zwar, so weit voneinander befänden sich Frauen und Männer nicht entfernt, der Unterschied liege vor allem in den Feinheiten, aber manches Mal bezweifelte Molly diesen Ansatz. Konnten sich *Feinheiten* tatsächlich so gravierend auswirken oder übersah sie etwas? Immerhin gab es zwischen den Empfindungen selbst und dem Darstellen dieser enorm viel Raum.

Nat drückte sie an sich. »Versuch zu schlafen. Es ist spät, und wir müssen morgen beide früh aufstehen. Gute Nacht.« Er küsste sie und drehte sich zur Seite.

Es vergingen keine zwei Minuten, und Molly hörte, wie Nats Atemzüge flacher und langsamer wurden. Auf einmal fühlte sie sich allein, und Einsamkeit überflutete sie. Was war nur los mit ihr, und woher kam diese innere Unruhe? Inzwischen war auch ihre Müdigkeit verflogen. Wenn sie liegen blieb, würde sie sich bloß hin und her wälzen, jedoch mit Sicherheit keinen Schlaf finden.

Vorsichtig, um Nat nicht aufzuwecken, rutschte Molly von ihm weg und schwang die Füße über den Bettrand. Kurz verharrte sie, dann stand sie auf und schlich aus dem Schlafzimmer die Treppe hinunter in die Küche.

Für Dorothy und sie hatte es noch nie feste Zeiten gegeben, wann sie miteinander telefonierten. Öfter hatte eine von ihnen in der Nacht angerufen, wenn es notwendig gewesen war. Kurzerhand griff Molly nach dem Handy, das auf der Küchentheke lag, und wählte Dorothys Nummer.

Sie hob sofort ab. »Kannst du auch nicht schlafen? Ich habe ebenfalls überlegt, dich anzurufen, aber du bist nicht alleine – vielleicht hätte ich euch *bei etwas* gestört.« Dorothy kicherte. »Ach, egal. Findest du das mit Laurie und Tom nicht aufregend und wunderschön? Ich werde so etwas Ähnliches wie Tante.«

»Du weißt es also schon?«

»Jack hat mir Bescheid gegeben, Tom hatte ihn angerufen. Sie wollten es offenbar allen gleichzeitig mitteilen. Stell dir vor, wenn wir später wahrscheinlich auch Babys haben werden. Du und ich … womöglich von Nat und Jack.«

Molly seufzte auf. »Auf dieses Thema reagiere ich im Moment ziemlich mimosenhaft. Nat war eben so seltsam.«

Auf der Stelle schaltete Dorothy um. »Oh, ich hatte gefolgert, dass du wegen Lauries Schwangerschaft nicht schlafen kannst. Ist alles in Ordnung mit dir? Was ist denn los gewesen mit Nat?«

»Ich habe ihn gefragt, ob er je darüber nachgedacht hat, eine Familie zu gründen. Und möchtest du erfahren, was seine Antwort zusammengefasst gewesen ist? *Nein, lass uns schlafen. Wir müssen morgen früh raus.* Das hat mir echt einen Stich versetzt.«

»Beschäftigst du dich gar damit? Aktuell, meine ich«, entgegnete Dorothy.

»Nein, nicht direkt. Aber als Laurie und Tom uns heute von der Schwangerschaft erzählt haben, war ich so gerührt und beseelt von diesem Ereignis. Es hat mich irgendwie beflügelt, und ich war der Meinung, Nat erginge es gleich wie mir.«

Dorothy stieß einen Lacher aus. »Dich haben die Hormone übermannt, und Nat ist bloß ehrlich zu dir gewesen. So ist er. Hättest du lieber einen Mann an deiner Seite, der dir verspricht, sämtliche Wolken am Himmel für dich einzufangen, und dann mit einem Wattebausch vor der Tür steht?«

Unwillkürlich musste Molly schmunzeln. »Ich gebe dir dieselbe Antwort wie eben: Nein, nicht direkt. Jedoch hätte ich mir ein wenig mehr Empfindungen und Träume in diese Richtung von ihm erwartet. Irgendwie bin ich komplett durcheinander. Einerseits will ich mit ihm reden, andererseits nicht. Wenn er etwas zu diesem Thema sagt, soll es aus seinem tiefsten Inneren kommen – nicht, damit ich beruhigt bin.«

»Molly, Nat liebt dich über alles, und ich prophezeie dir hiermit, dass du in wenigen Jahren unser jetziges Gespräch als komisch bis drollig erachten wirst – mit einem Baby im Arm. Bis dahin erfreue dich an eurer Zweisamkeit und übe, was das Zeug hält.«

Nun war es Molly, die auflachte. »Du denkst wirklich nur an das Eine.«

»Nennt man es nicht die wunderbarste Nebensache der Welt? Ich muss es vorübergehend verdrängen, sonst wird meine Sehnsucht nach Jack zu groß. Befände ich mich allerdings an deiner Stelle, wüsste ich weitaus Besseres mit meiner Zeit anzustellen, als am Handy zu hängen und zu flennen. Mal ehrlich, du warst schon immer eine Spur zu zartbesaitet. Spielte ich mit Wortkreationen, würde ich dich als *introvertierte Dramaqueen* bezeichnen.«

Molly atmete tief durch. Dorothys Darlegung berührte sie, aber ihre Freundin lag nicht falsch. Hatte sie doch selbst erst vorhin darüber nachgedacht und sich gescholten. »Nat schläft bereits, und er muss früh raus«, reagierte sie leise auf Dorothys Vorschlag. Die *introvertierte Dramaqueen* kommentierte sie hingegen nicht.

»Ich möchte wetten, dass du ihn innerhalb von zehn Sekunden wach bekommst, und das Läuten des Weckers in einigen Stunden wird ihn nicht interessieren. Er ist auch nur ein stinknormaler Mann und wird sich über deine nonverbale Überraschung freuen.«

»Meinst du?« Mollys Bemerkung war rhetorischer Natur. Sie wusste, dass Dorothy recht hatte.

»Du vergisst manches Mal, dass ich eine erfolgreiche Buchautorin für Beziehungsratgeber bin und meine Tipps nicht aus der Luft greife. Sie basieren auf jahrelanger Recherche und unzählbaren Interviews. Die an den Mann gerichtete Frage: ›Was wünschen Sie sich von Ihrer Partnerin?‹ ist oft genug eindeutig beantwortet worden«, merkte Dorothy an und fügte hinzu: »Was sagt dir das?«

»Dass deine häufige Beteuerung, Männer und Frauen würden ähnlich ticken, verkehrt ist: Männer stammen doch aus einem anderen Universum. Dennoch werde ich Nat jetzt aufwecken, weil ich dank dir ganz kribbelig geworden bin.«

»Dann wünsche ich dir viel Vergnügen. Laufe zu deinem Liebsten und mache ihn glücklich, dich natürlich ebenso.« Ohne ein weiteres Wort legte Dorothy auf.

Bevor Molly das Handy zurück auf den Tresen legte, blickte sie eine Weile lang versonnen auf das schwarze Display, worin sich ihr Gesicht spiegelte. Im Grunde bräuchte jeder Mensch eine Freundin wie Dorothy. Seit sie sich auf der Uni ein Zimmer geteilt hatten, waren sie unzertrennlich, selbst wenn sie Tausende Kilometer voneinander entfernt waren. Ihre grundverschiedenen Charaktere hatten sie dabei nicht entzweien können. Genau genommen verhielt es sich sogar gegenteilig: Dorothy und sie waren wie zwei Pole, die einander Kraft wie Halt gaben und sich stets in der Mitte trafen.

Mit einem verschmitzten Lächeln verließ Molly die Küche und schlich zurück ins Schlafzimmer.

Kapitel 6

Pamela befand sich im Foyer des Maple Lake Inn und arrangierte Rosen und Tulpen mit Schleierkraut in einer Vase. Sie liebte Blumen und sorgte stets dafür, dass in den verschiedenen Aufenthaltsräumen des Hotels Sträuße und Gestecke standen.

Nat war vorhin hier gewesen und hatte seinen Kontrolltermin absolviert – auf der Baustelle lief alles zufriedenstellend. Normalerweise verhielt er sich während der Besichtigungen sachlich und war ausschließlich auf die Arbeit konzentriert, heute jedoch war er regelrecht ausgelassen und heiter gewesen. Pamela mochte es, wenn ihr Bruder gute Laune hatte. Nats Fröhlichkeit gab ihr ein Gefühl der Wärme und der Sicherheit.

Als sich die Eingangstür öffnete, hob Pamela den Kopf. Mrs Blueberry konnte noch nicht von ihrem Spaziergang zurück sein und auch die anderen Gäste, die sich außerhalb des Hotels befanden, erwartete sie vorerst nicht zurück. »Lilly, was machst du denn hier?«, fragte sie erstaunt, als ihre Freundin eintrat.

Lilly zupfte ihre blonden Locken zurecht. »Der Wind ist stärker geworden. Seit der schrecklichen Sturmnacht werde ich nervös, wenn das Wetter umschlägt«, sagte sie und wischte ihre Bemerkung mit einer Handbewegung fort. »Es wird dauern, bis ich den

Schock aus mir herausbekommen habe – wir alle. Zu deiner Frage: Ich habe zwischen zwei Terminen Zeit und dachte, wir trinken einen Mapleccino zusammen.«

»Eine gute Idee. Ich freue mich über die Unterbrechung.« Geschwind steckte Pamela die letzten Blumen in die Vase. »Machen wir es uns im Aufenthaltsraum gemütlich.« Mit einem prüfenden Blick auf Lilly setzte sie sich in Bewegung. Sie kannte den Tagesablauf ihrer Freundin. Eigentlich hatte Lilly heute extrem viel im Büro zu tun, weil Timothy den ganzen Tag für das Hotel abgestellt war. Was steckte hinter diesem überraschenden Besuch?

Sie nahmen an einem Tisch beim Fenster Platz, und Pamela bestellte bei Mary zwei Mapleccino. Mary hatte sich – neben Timothy – als wahrer Glücksgriff erwiesen. Ursprünglich war sie als Frühstücksdame ins Maple Lake Inn gekommen, hatte sich jedoch dank ihrer freundlichen Art und ihres Fleißes nach kurzer Zeit auch für andere Tätigkeiten als unentbehrlich erwiesen. Mittlerweile übernahm sie sogar Abenddienste – wie etwa anlässlich von Lauries und Toms Einladung –, so dass Pamela das Hotel verlassen konnte, wenn Timothy freihatte. Mary war nicht auf das Geld angewiesen, das sie hier verdiente. Vielmehr bereitete es ihr Freude, gebraucht zu werden und unter Menschen zu sein. Seit ihrer Scheidung war sie untätig und einsam gewesen.

»Der Abend in der Tavern hat mich tief berührt«, lenkte Lilly das Gespräch ein.

»Mich ebenfalls. Ich freue mich so sehr für Laurie und Tom. Auch wenn es nicht einfach wird, wenn das Kind dann da ist. Seit der Eröffnung der Sycamore Tavern dreht sich alles in ihrem Leben um das Restaurant, das ändert sich schlagartig mit solch einem Ereignis.«

»Das neue Serviermädchen dürfte fleißig sein, und Laurie geht auf die Suche nach einem Ersatz für sich in der Küche. Toms Idee mit dem vorübergehenden Teilzeitbarkeeper ist auch nicht übel. Ich fand es lustig, als er sagte, sie werden ein *Tavernenkind* großziehen«, bemerkte Lilly.

»Außerdem stehen wir alle zur Verfügung, sollte es eng werden.«

Lilly lächelte. »Mir würde der eine oder andere Babysitting-Dienst gut gefallen. Auch Jim hat sich angeboten, das hat mich ein wenig verwundert. Weil er kinderlos ist, und wegen Cicero war ich der Annahme, er sei eher der Hundetyp.«

»Jim und seine verstorbene Frau hatten sich Kinder gewünscht, doch leider konnte Lucy keine bekommen. Er wird jedenfalls ein toller Nennonkel.« Noch immer war Pamela unschlüssig, worauf Lilly hinauswollte. Sie räusperte sich. »Lilly, gibt es einen bestimmten Grund, warum wir hier sitzen?«

»Irgendwie …«, bejahte Lilly die Frage und senkte den Blick. »Ich denke über etwas nach – nicht erst seit gestern. In meinem Inneren gibt es diesen Wunsch schon lange. Lauries Schwangerschaft hat ihn wieder an die Oberfläche gebracht.«

Pamela ergriff Lillys Hand. »Welchen Wunsch? Sag mir, was dich beschäftigt.«

»Wir wollen unser restliches Leben miteinander verbringen. Hast du je überlegt, ob darin auch ein Kind vorkommen wird?«

Pamela antwortete spontan: »Ich fände es schön, Mutter zu sein.«

Sichtlich verlegen schob Lilly eine Locke hinter das Ohr. »Seit ich zurückdenken kann, erträume ich mir, einem armen Kind ein Zuhause geben zu dürfen. Ich habe nie an eine künstliche Befruchtung gedacht, nur an Adoption.«

Deutlich spürte Pamela, wie ihr Herz einen weiten Sprung tat. Lillys Worte rührten sie zutiefst. »Ich weiß nicht, was ich darauf erwidern soll, außer: Ich liebe dich, und du bist der wunderbarste Mensch auf dieser Welt für mich.«

»Dann findest du den Gedanken nicht abwegig?«

»Genau das Gegenteil! Unsere Situation ist nun einmal nicht klassisch – wie die zwischen Mann und Frau – und müsste ich mich entscheiden, würde ich deinem Weg folgen.«

Auf Lillys Gesicht erschien ein Strahlen. »Die Adoption eines Kindes stellt einen langwierigen Prozess dar, das lässt sich nicht von einem Tag auf den anderen mit einem Fingerschnippen bewerkstelligen. Außerdem wäre ein gewisser offizieller Schritt davor notwendig, sonst stünden unsere Chancen schlecht.«

Kurz hielt Pamela den Atem an. »Du meinst …?«

Lilly nickte. »Als Erstes müssten wir heiraten. Ich bin mir bewusst, dass wir im Grunde nicht lange genug zusammen sind, um diesen besonderen –«

»Ach was«, unterbrach Pamela Lilly mitten im Satz. »Der Zeitfaktor hat doch keine Relevanz, wenn das Herz längst bestimmt hat. Nicht das Wann zählt, sondern das Warum. Lilly, wollen wir es wagen? Ich meine, beides … heiraten und uns für eine Adoption bewerben?«

»Ich wünsche mir nichts sehnlicher«, antwortete Lilly mit bebender Stimme.

»Draußen parkt ein Lastwagen direkt vor der Eingangstür. Ich musste herumgehen, um in das Hotel zu gelangen. Dabei wäre ich beinahe über einen Zweig gestolpert, der mitten auf dem Weg liegt«, ertönte eine spitze Stimme vom Durchgang des Aufenthaltsraumes her.

Pamela wandte sich um und lächelte Mrs Blueberry zu. »Es frischt auf, den wird der Wind hergetragen haben. Erst vor einer Stunde hat Timothy seinen Rundgang durchgeführt und alles beseitigt. Wie gut, dass Sie von Ihrem Spaziergang zurück sind. Das Wetter bringt uns kalten Regen aus den Bergen. Am Nachmittag sollten Sie sicherheitshalber im Haus bleiben, ich möchte nicht, dass Sie sich erkälten. Mrs Miller und die anderen Damen spielen später Rommé. Vielleicht findet sich für Sie auch ein Plätzchen an dem Tisch.«

Für einen Augenblick schien Mrs Blueberry nicht zu wissen, was sie entgegnen sollte. Schließlich sagte sie: »Das ist eine gute Idee, Miss Pamela. Vielen Dank. Und was ich Ihnen noch mitteilen wollte: Die Arbeiter haben heute Morgen weniger Lärm verursacht als sonst.« Abrupt drehte sie sich um und verließ den Aufenthaltsraum.

»Die Liebe macht offenbar nicht nur die Liebenden selbst zu herzlicheren Menschen, nicht wahr?«, flüsterte Lilly.

Pamela legte den Kopf in den Nacken und lachte. Wie recht Lilly doch hatte. Die Liebe brachte wahrhaftig allen ein wenig Glück und Fröhlichkeit.

Kapitel 7

Jim parkte im Hof von Anns Reitstall. Rasch warf er einen Blick in den Rückspiegel und richtete seinen Krawattenknoten. Für den heutigen Abend hatte er sich etwas Besonderes ausgedacht: Er wollte Ann als Überraschung in ein elegantes Restaurant zum Abendessen ausführen. Dem Anlass entsprechend trug er einen dunkelblauen Anzug, auf dem Beifahrersitz lag ein Strauß mit gelben Rosen, und in der Innentasche seines Sakkos steckte eine kleine Schatulle. Darin befand sich eine Goldkette mit einem Hufeisenanhänger.

Das Gespräch mit Molly und der gemeinsame Abend mit seinen Freunden in der Tavern hatten ihn nachdenklich gestimmt, vor allem Lillys Überlegungen. Womöglich hatte sie recht. Er war so fixiert auf Anns vermeintliche Nachteile gewesen, dass er überhaupt nicht auf die Idee gekommen war, gegenzusteuern. Keine seiner Gepflogenheiten hatte er ihretwegen aufgegeben oder zumindest der Beziehung angepasst. Unter Umständen war sie wirklich einfach nur verunsichert, weil sie nicht wusste, ob und wie er zu ihr stand. Es lag an ihm, ihr mit Gesten und Worten zu vermitteln, dass sie ihm wichtig war.

Jim griff nach dem Blumenstrauß und stieg aus dem Wagen.

Gerade als er den Arm hob, um zu klingeln, öffnete Ann die Tür.

»Ich habe dein Auto gehört«, erklärte sie und blickte auf die Rosen in seiner Hand. Ein Lächeln huschte über ihre Lippen, verschwand jedoch sofort wieder. »Oh, wie aufmerksam von dir. Rosen … gelbe Rosen.« Sie übernahm den Strauß. »Ich stelle sie schnell ins Wasser, hinterher können wir los.« Sie drehte sich um, lief den Flur entlang und bog in die Küche ab.

Jim, der nicht dazu gekommen war, etwas zu sagen, nickte bloß und blieb am Eingang stehen. Warum hatte er plötzlich das Gefühl, etwas falsch gemacht zu haben? Dabei war der gemeinsame Abend noch nicht einmal angelaufen. Anns freudiger Ausdruck hatte nicht länger als ein Augenzwinkern angedauert. Er erwartete kein Aufjauchzen und übertriebene Begeisterung wegen eines Straußes, ein wenig mehr Enthusiasmus hätte ihm allerdings durchaus gefallen. War es möglich, dass Ann Rosen nicht mochte, oder gar die Farbe? Im Blumenladen hatte er nach seinem persönlichen Geschmack gewählt – die gelben Rosen waren am schönsten gewesen.

Als Ann erschien, konnte Jim nichts an ihrem Verhalten entdecken, das auf eine Missstimmung hindeutete. Wahrscheinlich hatte er sich schlichtweg geirrt. Er umrundete das Auto und öffnete ihr die Wagentür, dann stieg er selbst ein. *Es wird bestimmt ein schöner Abend,* sagte er sich in Gedanken vor, während er startete und losfuhr.

Nach einer Weile des Schweigens fragte Ann: »Willst du mir jetzt verraten, wohin du mich verschleppst?«

»Ich habe dich noch nie zum Essen ausgeführt, das muss sich ändern. Auf uns wartet ein Tisch in Luigis Ristorante. Kennst du das Lokal?«, antwortete Jim.

»Nein. Aber du offensichtlich.«

»Ein Anwaltskollege von mir ist der italienischen Gourmetküche zugetan. Er hat es mir gezeigt.« Jims Blick schwenkte von der Straße zu Ann. Schon wieder bildete er sich ein, diesen seltsamen Unterton in ihrer Stimme zu vernehmen. »Das *Luigis* befindet sich etwa fünfzehn Minuten von hier entfernt und ist malerisch auf einem Hügel gelegen. Die Aussicht ist traumhaft – wenn es nicht dunkel wäre, könnten wir sie genießen.«

Ann legte die Hand auf seinen Oberschenkel. »Ich bin sehr gespannt, aber viel lieber würde ich in der Sycamore Tavern in Maple Creek zu Abend essen.«

»Ach, weißt du, die Tavern ist wie mein zweites Wohnzimmer. Es ist nichts Besonderes für mich, obwohl Laurie eine herausragende Köchin ist. Wenn ich nicht bei dir bin, sitze ich dort an der Bar.«

»Genau deshalb möchte ich ja hin. Du und deine Freunde trefft euch regelmäßig, nur ich bin nicht dabei.«

Jim bekam ein unangenehmes Gefühl. Er hatte Ann eine Freude bereiten wollen, nun schien die Idee allerdings ins Gegenteil überzugleiten. Er musste versuchen, die Situation zu entschärfen. »In der Tavern könnten wir uns nicht in Ruhe unterhalten. Übrigens, die Besitzer, Laurie und Tom, bekommen ein Baby. Und Tom, er war früher ein angesagter Barkeeper in Toronto, hat eigens dafür einen Shake kreiert: Lauries Maplemilk. Er schmeckt hervorragend, frisch und würzig, etwas süß. Tom ist ein wahrer Künstler auf diesem Gebiet.«

»Sind sie glücklich?«, erkundigte sich Ann.

»O ja, und wie.« Aus dem Augenwinkel registrierte Jim, dass Ann ihn von der Seite musterte.

»Haben sie es nebenbei erzählt oder hattet ihr eine Feier?«, wollte sie schließlich wissen.

»Laurie und Tom haben ihre engsten Freunde zu sich gebeten«, antwortete Jim wahrheitsgetreu und fragte sich, warum er plötzlich den Hauch eines schlechten Gewissens verspürte. Glücklicherweise sah er vor sich die Seitenstraße, die zu dem Restaurant führte, und nahm den dargebotenen Themenwechsel dankbar an. »Wir sind gleich am Ziel angelangt. Siehst du die Lichter da oben? Das ist Luigis Ristorante.«

Nachdem Jim den Wagen auf dem Gästeparkplatz abgestellt hatte, stiegen sie aus und gingen schweigend auf den Eingang zu. Im Foyer gaben sie ihre Mäntel ab und folgten der jungen Frau zu einem Tisch an der Fensterfront.

»Wirklich schade, dass es bereits dunkel ist«, bemerkte Jim, als sie sich setzten.

»Ich kann mir die Aussicht gut vorstellen«, erwiderte Ann. »Der Reitstall nimmt mich dermaßen in Beschlag, dass ich schon seit einer Ewigkeit nicht mehr ausgegangen bin – richtig ausgegangen, meine ich. Du ahnst nicht, wie lange ich benötigt habe, um mich entsprechend herzurichten. Es ist ungewohnt, die Reitstiefel gegen Stöckelschuhe einzutauschen.« Sie lächelte. »Es war eine gute Idee von dir, mich hierherzubringen.«

»Das freut mich sehr.« Jim griff in seine Sakkoinnentasche und zog das Geschenk hervor. Er hatte keinen festen Ablauf des Abends geplant und fand, dass es genau jetzt passte, Ann die Kette zu überreichen. »Ich habe etwas besorgt und hoffe, es macht den Abend für dich noch ein kleines bisschen schöner.«

Ann starrte ihn irritiert an, dann widmete sie sich dem Päckchen und öffnete es. Als sie die Kette sah, blitzte ein Strahlen in ihren Augen auf. »O Jim, wie reizend von dir! Danke! Gleich nachdem wir bestellt haben, gehe ich in den Waschraum und lege sie an.« Sie hüstelte und schien auf einmal verlegen. »Ich weiß, manches Mal wirke ich vielleicht ein wenig zänkisch auf dich, obwohl ich es zu verbergen versuche. Mir ist klar, dass du ein solches Verhalten nicht magst.«

Jim nickte. »*Nicht mögen* ist der falsche Ausdruck. Es wäre mir lieber, wenn du freiheraus sagst, was für dich nicht in Ordnung ist. Nur so kann ich darauf reagieren und dir mein jeweiliges Verhalten erklären. Für die meisten Dinge gibt es eine Lösung, aber man muss darüber sprechen.«

Ann senkte die Lider. »Ach, es passt. Du bist ein wunderbarer Mann, Jim, und ich bin froh, dass wir uns kennengelernt haben.«

Der Kellner trat an den Tisch heran, überreichte Ann und Jim Speisenkarten und nahm ihre Getränkebestellung entgegen.

Gern wäre Jim auf Anns Aussage näher eingegangen, doch hatte sie mit dieser Anmerkung einen klaren Punkt gesetzt. Dass sie nicht mit allem rundum einverstanden war, was er tat und wie er sich verhielt, war für ihn offenkundig, dennoch schaffte er es einfach nicht, weiter vorzudringen. Kaum schien sich die Tür einen Spalt breit zu öffnen, verschloss sie sich schon wieder. In seinem Beruf als Anwalt musste Jim manchmal rigoros vorgehen, im privaten Bereich lag es ihm fern, Menschen zu nötigen, wenn sie nicht bereit dazu waren. Was damit allerdings verblieb, war ein unangenehmes Bauchgefühl. Sosehr Jim Ann mochte, stand dieses zwischen ihnen.

Kapitel 8

Molly machte es sich auf ihrem Schreibtisch in der Redaktion der *Maple Creek News Time* bequem und aktivierte ihren Laptop. Franklin hatte ihr das kleine Zimmer neben seinem angeboten, doch Molly wollte lieber im Geschehen sitzen, darüber hinaus hätte sie sich in dem winzigen Raum beengt gefühlt. Um dennoch die Nähe zu Franklin zu gewährleisten, hatten sie kurzerhand einen Schreibtisch direkt vor seinem Büro platziert – auch so funktionierte die Kommunikation auf Zuruf, zumal Franklins Tür ohnehin fast immer offen stand.

Noch war Molly nicht dazu gekommen, einen ersten Artikel für die *Maple Creek News Time* zu schreiben. Zunächst arbeitete sie stundenweise in der Redaktion – erst im Januar würde sie offiziell die Position der stellvertretenden Chefredakteurin bekleiden –, und die Einweisungen in die organisatorischen Tätigkeiten nahmen sie vollends ein. Molly war überzeugt, dann voll durchstarten zu können. Franklin lieferte ihr das Rüstzeug dazu. Er war ein erfahrener Journalist sowie Chefredakteur, der sich als herausragender und enthusiastischer Lehrmeister erwies.

Jim hatte ihr erzählt, dass Franklin in jungen Jahren als erfolgreicher Enthüllungsjournalist tätig gewesen war, und schon einige

Male hatte sie ihn darauf angesprochen, aber keine ausführliche Auskunft erhalten. So umfassend er sie in die Aufgaben eines Chefredakteurs einführte und ihr sämtliche Informationen gab, verhielt er sich zurückhaltend, was seine Vergangenheit betraf. Wenngleich Molly neugierig war, fragte sie seit einiger Zeit nicht mehr nach und vermied es auch, in öffentlichen Archiven nachzusehen. Wenn Franklin diesen Teil seines Lebens nicht offenbarte, hatte er bestimmt gute Gründe dafür, und es lag nicht an ihr, weiter vorzudringen. Außerdem gab es wahrlich Wichtigeres, als sich daran festzuklammern. Zu all den neuen Aufgaben kam hinzu, die Mitarbeiter der Redaktion Schritt für Schritt besser kennenzulernen.

Neben einigen freiberuflichen Redakteuren, die je nach ihrem Schwerpunkt mehr oder weniger Berichte ablieferten, setzte sich die Stammmannschaft exklusive Franklin aus fünf Personen zusammen. Mit Silvana, einer seriösen Redakteurin, und Logan, dem Fotografen der Zeitung, hatte sie bereits im Zuge der Eröffnung des Maple Lake Inn zusammengearbeitet und verstand sich gut mit den beiden. Auch William und Harry – sie hießen durch Zufall wie das britische royale Brüderpaar – waren sehr nett und hilfsbereit. Allein mit Emilia White konnte sie sich nicht so recht anfreunden. Zu deutlich spürte sie die Ablehnung der Kollegin, die wohl darauf basierte, dass Emilia die Position der stellvertretenden Chefredakteurin für sich erhofft hatte. Was Molly aufgeschnappt hatte, war sie äußerst erbost darüber gewesen, von einer *Fremden aus New York* ausgebootet worden zu sein.

Wenn man an den Teufel denkt, erscheint er prompt, schoss es Molly durch den Kopf, als Emilia von ihrem Platz aufstand und direkt auf sie zusteuerte.

»Ich war gestern bei Franklin wegen meines neuen Artikels über die Auswirkungen der Baumrodungen drüben im Valley. Er hat mir mitgeteilt, dass ich mich mit dir abstimmen soll«, sagte Emilia und nahm auf dem Stuhl vor Mollys Schreibtisch Platz.

Kaum merklich zog Molly die Brauen hoch. Inzwischen hatte sie einige Berichte freigegeben, Emilia war bisher allerdings immer von Franklin persönlich betreut worden. »Ja, klar. Was hast du bis jetzt?«

»Als Erstes habe ich die zu vergleichenden Unwetter der letzten zwanzig Jahre herausgefiltert und stelle sie den aktuellen Resultaten gegenüber. Dann gibt es einen Exkurs über den Klimawandel, ebenfalls auf die Region bezogen, aber in einem größeren Radius.« Emilia zuckte mit den Schultern. »Franklin scheint zu meinen, dass du dich bereits gut genug in der Gegend auskennst, um die Qualität der Inhalte überprüfen zu können.«

Molly setzte ein verbindliches Lächeln auf. Bei der *NY Woman* war sie durch eine harte Schule gegangen, wo Missgunst, Neid und Konkurrenzdenken vor allem bei jungen Redakteurinnen an der Tagesordnung waren. Mit Emilia würde sie auf ihre Art schon fertigwerden. »Hast du auch Interviews eingeplant?«

»Nein. Welche?«

»Mit Aussagen der Menschen, die dort leben, erreichst du die Nähe zum Leser. Außerdem stellt deren Meinung eine eigenständige Sichtweise dar, die sich wiederum hervorragend mit den Fakten vergleichen lässt. Würdest du ausschließlich mit Zahlen hantieren, fiele der Artikel zu unpersönlich aus«, entgegnete Molly. Wollte sie sich in ihrer zukünftigen Position behaupten, musste sie klare Weisungen erteilen und ihre Wünsche formulieren, dabei auf einer sachlichen Ebene bleiben und dem Gegenüber die Beweggründe erklären.

»Tja, wenn du meinst, dass das gut passt. Mir schwebt eigentlich ein unbeeinflusster Artikel vor.«

Molly faltete die Hände. Keinesfalls würde sie auf eine Diskussion eingehen – die Befragung der Einwohner dieser Gegend gehörte dazu, das war kein strittiger Punkt. »Ein solcher muss es natürlich werden, aber die beiden Elemente widersprechen einander nicht, vielmehr ist es eine Ergänzung. Vereinbare Termine, und nimm Logan mit, er soll ein paar Fotos vom Istzustand machen.«

»Ja.« Abrupt stand Emilia auf und lief, ohne ein weiteres Wort zu sagen, zu ihrem Schreibtisch.

Obwohl Molly das Bedürfnis verspürte, Emilia zu beobachten, fokussierte sie den Bildschirm ihres Laptops. Es war verlorene Zeit, sich zu lange mit dem Gespräch zu beschäftigen. Auf sie wartete eine Menge Arbeit. Mit ihrer Einstellung hatte Franklin einige Modernisierungen der *Maple Creek News Time* angeregt. Die beiden größten Projekte daraus waren das Errichten einer Onlinepräsenz und das Angleichen des veralteten Layouts der Druckversion. Darauf hatte ihr Fokus zu liegen.

»Molly! Kannst du zu mir kommen?«, ertönte Franklins Stimme aus seinem Büro.

Sofort erhob sie sich und ging zu ihm.

Franklin zeigte auf die Tür. »Schließ sie bitte und setz dich.«

Molly tat wie ihr geheißen. »Was gibt es denn?«, erkundigte sie sich und überlegte im selben Atemzug, was Franklin von ihr wollte. Ohne Zweifel hatte er das Gespräch zwischen ihr und Emilia von seinem Zimmer aus mitverfolgt.

»Ich fand es gut, wie du gerade bei Emilia vorgegangen bist.« Franklin beugte sich vor. »Hör mir gut zu: Ich habe nichts dagegen, wenn sie sich ein wenig gegen dich auflehnt. Verschärft sich die Situation allerdings, musst du hart durchgreifen. Auf jeden Fall will ich von dir diesbezüglich auf dem Laufenden gehalten werden – solch ein Verhalten dulde ich nicht.«

Molly nickte. »Sie wird sich schon beruhigen. Es scheint kein Geheimnis zu sein, dass sie gern deine Stellvertreterin geworden wäre und enttäuscht ist.«

Franklin hob den Zeigefinger und schüttelte ihn. »Emilias Wünsche in allen Ehren, aber ihr diese Position zu geben, stand für mich nie zur Diskussion. Sie liefert ordentliche Artikel ab, besonders wenn ihr der Storyinhalt gefällt. In keiner Weise bringt sie jedoch die notwendigen Voraussetzungen mit, um einmal die Redaktion zu übernehmen.« Er lehnte sich zurück. »Ich habe gehört, Laurie bekommt ein Baby.«

Offensichtlich war das Thema Emilia für Franklin damit abgeschlossen. »Ja, sie ist schwanger, im ersten Trimester. So nennt man das – die Info stammt von Laurie selbst«, entgegnete Molly und versuchte, sich nicht anmerken zu lassen, dass ihre Gedanken sehr wohl noch um Emilia und vor allem um Franklins Aussage kreisten: Gegebenenfalls sollte sie *hart durchgreifen.*

Als sie zugesichert hatte, die Position zu übernehmen, war dieser Bereich des Jobs für sie nicht fassbar gewesen. Aber er gehörte dazu und war mit Emilia substanziell geworden – sie würde Menschen einstellen und entlassen. Ihre Chefin Nora bei der *NY Woman* agierte stets korrekt, wenn ein Mitarbeiter jedoch gegen den Strom schwamm, zögerte sie nicht, ihn aus der Gruppe zu entfernen. Auch Nat verhielt sich nicht anders. Während ihres ersten Monats in Maple Creek hatte sie es hautnah miterlebt. Timothy, der bei Pamela und Lilly hervorragende Arbeit leistete, war auf der Baustelle fehl am Platz gewesen und hatte demzufolge gehen müssen.

Molly atmete tief durch. Sie würde lernen, diese Hürde zu nehmen.

Kapitel 9

Dorothy saß auf der Wohnzimmercouch mit einem Glas Wein in der Hand und wartete auf Jacks Videoanruf. Extra für ihn hatte sie sich einen seidenen Kimono übergezogen, darunter trug sie die beigefarbene Spitzenunterwäsche, die ihm so gut gefiel. Das Handy lag griffbereit vor ihr auf dem niedrigen Glastischchen – sie konnte es kaum erwarten, Jacks Gesicht auf dem Display zu sehen und seine Stimme zu hören.

Was sie nie für möglich gehalten hatte, war mit diesem Mann endlich in ihr Leben getreten: wahre Verliebtheit. Ließ sie die Vergangenheit Revue passieren, erinnerte sie sich an keinen Moment, der an ihr gegenwärtiges Empfinden herankam. Wie oft hatte sie den vermeintlich Richtigen gefunden und war schon nach kurzer Zeit von Unzufriedenheit durchdrungen gewesen, die sich ständig gesteigert hatte, bis schließlich das Ende gekommen war. Dorothy gab gern zu, ein impulsiver Mensch zu sein, der so manches mit Übereuphorie in Angriff nahm, aber mit Jack war auf einen Schlag alles anders.

Noch wagte Dorothy jedoch nicht, das Wort Liebe auszusprechen. Es war zu mächtig, um leichtfertig damit umzugehen. So leidenschaftlich sie empfand, bedeutete Liebe für sie etwas, das man nicht allein durch ein jähes Aufwallen der Gefühle erleben konnte. Es lag nichts Heißblütiges und Wildes in der Liebe, sondern sie war ein tiefer, nahezu ehrwürdiger Zustand, der durch die zuverlässige Verbindung zweier Menschen entstand. Liebe war Schweigen in Harmonie und Einklang, Verliebtheit hingegen voller Worte und überbordender Begeisterung – und sie war begeistert.

Jede einzelne Faser ihres Körpers sehnte sich nach Jack, und er war stets in ihren Gedanken, egal was sie tat. Selbst die Tatsache, dass sie ihn so sehr vermisste, empfand sie als schön und besonders. Es war ein süßer Schmerz, der sie lächeln ließ. Was die Zukunft wohl für sie beide bereithielt?

Folgten sie diesem wunderbaren Weg, lag es nahe, dass sie nicht für immer und ewig eine Fernbeziehung führen konnten. Zunächst war es ziemlich aufregend, sich in Maple Creek zu treffen und Pläne zu schmieden, wann sie nach Toronto oder Jack zu ihr nach New York fliegen würde, diese Spannung würde sich jedoch mit der Zeit legen.

Dorothy war nie an einem festen Platz verwurzelt gewesen und hatte an einigen Orten gelebt. Als Schriftstellerin war sie zudem nicht gebunden – ihren Laptop konnte sie allerorts aufstellen. Aber auch Jack als Architekt war an keinen bestimmten Schreibtisch gefesselt, wobei sich für ihn ein Umzug komplexer gestaltete als für sie. In Toronto hatte er sich in seinem Beruf einen guten Namen gemacht, überall anders würde er von null beginnen.

Mit einem Seufzer trank Dorothy einen Schluck Wein. Noch mochte sie gar nicht so weit in die Zukunft blicken, sondern einfach die Gegenwart voll auskosten. Sich in dieser Weise allein auf ein Gespräch zu freuen und erst recht auf die bevorstehende gemeinsame Woche, durfte durch nichts in den Hintergrund gedrängt werden.

Als das Telefon endlich klingelte, nahm Dorothy sofort ab. »Darling! Ich habe es mir schon gemütlich gemacht und auf dich gewartet.«

Jack lachte. »Ausgezeichnet. Mir musst du bitte aber einige Minuten Zeit geben, um mich zu entspannen. Ich bin gerade erst heimgekommen. Der Tag war stressig, und auf der Heimfahrt habe ich zu allem Überfluss im Stau gestanden.«

»Gibt es Schwierigkeiten bei deinem neuen Projekt?«

»Ach, ich möchte dich nicht damit langweilen, Babe. Die Bürokratie verzögert ein Vorankommen. Wir warten auf einige Genehmigungen, die wiederum anderer Bestätigungen bedürfen, die noch nicht bei uns angelangt sind. Mühsam und lästig«, entgegnete er.

Dorothy bewegte das Handy so, dass Jack ihren Körper sah. »Hilft dir der Anblick vielleicht, auf andere Gedanken zu kommen, Darling?«

Jack spitzte die Lippen. »O ja, und ob.« Er strich sich über das Kinn. »Lass uns bitte davor etwas besprechen, sonst kann ich mich nicht mehr darauf konzentrieren, was ich dir sagen muss.«

»Okay. Was denn?« Dorothy schwenkte wieder zurück zu ihrem Gesicht und unterdrückte ein leises Gefühl der Enttäuschung. Sonst konnte Jack es kaum erwarten, dass sie zu dem sehr persönlichen Teil ihrer Gespräche übergingen.

»Es geht um unser Treffen in Maple Creek, Dorothy …«

»Ich freue mich so sehr. Endlich darf ich dich richtig spüren. Hunderte Kilometer schrumpfen auf null – die Zahl wird demnach meine Glückszahl«, reagierte sie postwendend.

»Mir geht es gleich, es ist allerdings ein Problem aufgetreten. Ich werde mich keine ganze Woche freimachen können. Genau genommen muss ich bereits am Montag zurück nach Toronto.«

Ein Schauer durchlief Dorothys Körper, und sie schnappte nach Luft. Es fühlte sich an, als hätte jemand einen Eimer eiskaltes Wasser über sie ausgegossen. »Dann haben wir nicht mal drei volle Tage für uns.«

»Mir gefällt das genauso wenig wie dir, aber es geht nicht anders. Es tut mir leid.«

Kurz schwieg Dorothy. Das durfte doch nicht wahr sein! Sie hatte sich nicht einfach nur auf diese Woche gefreut. Es war enorm wichtig, dass sie einander besser kennenlernten, und dafür benötigten sie gemeinsame Zeit. *Lass dich nicht hinunterziehen! Denk positiv, und finde rasch eine Lösung*, dachte sie und begann im selben Moment zu überlegen. Im Grunde war es egal, wo sie waren: Maple Creek, Toronto oder sonst irgendwo. Zufrieden lächelte sie. »Und wenn ich am Montag mit dir nach Toronto fahre? Ich buche meinen Rückflug um. Lass mich noch einen Blick in den Kalender werfen, wie meine Termine liegen. Gegebenenfalls kann ich sogar zwei oder drei Tage länger bleiben.«

»Nein. Ich bin von früh bis spät im Einsatz. Wir würden uns kaum sehen. Das bringt nichts, zumal ich den Kopf auch nicht für die Arbeit freihätte. Es tut mir wirklich leid«, entgegnete Jack.

Alles in Dorothy verkrampfte sich, und sein *Nein* hallte wie ein Echo in ihr wider. Hatte sie gerade gemeint, unter einer kalten Dusche zu stehen, befand sie sich nun inmitten eines Hagelsturms mit riesigen Körnern. »Du hast zuvor schon gesagt, dass es dir leidtut«, erwiderte sie kühl. Eine Mischung aus Ärger und maßloser Enttäuschung nahm sie zusehends ein. »Wozu planen wir überhaupt?«

Jack wirkte zerknirscht. »Die Verzögerung bei dem Projekt war nicht vorhersehbar. Dorothy, hier geht es nicht darum, was ich mir wünsche, sondern um meine Arbeit. Kannst du das nicht verstehen?«

»Womöglich siehst du unsere Verbindung auch weniger ernsthaft als ich?«, zischte Dorothy. Sie schaffte es nicht mehr, sich zu beherrschen.

»Nein, das tue ich nicht. Und das weißt du. Ich will genauso Zeit mit dir verbringen wie du mit mir.« Er schnaubte. »Soll ich ein drittes Mal kundtun, dass es mir leidtut? Du bist ungehalten, und am liebsten würde ich auf der Stelle –«

»*Ungehalten* trifft es nicht einmal annähernd. Ich bin stinkwütend und habe jedes Recht dazu«, unterbrach Dorothy ihn. Begriff Jack tatsächlich nicht, worum es ihr ging? Es lag nicht daran, dass er arbeiten musste und die gemeinsame Urlaubswoche abblies. Seine prompte und rigorose Antwort auf ihren Vorschlag, ihn nach Toronto zu begleiten, brachte sie aus dem Konzept. Wie eine turmhohe, blinkende Werbeanzeige prangte es vor ihrem inneren Auge: *Ich will dich nicht bei mir in Toronto haben.*

»An meiner verfrühten Rückfahrt wird sich nichts ändern, aber wir sollten das nicht so im Raum stehen lassen. Momentan bist du jedoch zu aufgebracht, um das zu erkennen. Was hältst du davon, wenn wir später oder morgen darüber sprechen? Ich denke, dass wir jetzt auf keinen grünen Zweig kommen werden«, sagte Jack leise.

»Nein! Um ehrlich zu sein, will ich in nächster Zeit nämlich überhaupt nicht mit dir reden. Wir machen es so: Ich fliege nach Maple Creek zu meiner Freundin und verbringe dort eine ruhige Woche. Du bleibst in Toronto oder wo du sonst sein willst.« Dorothy holte tief Luft. »Auf diese Weise funktioniert es nicht mit uns.«

»Dorothy, bitte lass …«

Mit einer hastigen Bewegung drückte Dorothy den Auflege-Button und beendete das Gespräch. Keine Sekunde länger hätte sie Jacks Anblick ertragen können. Sie erzitterte, und entsetzt starrte sie auf das Handy, bis es in den Stand-by-Modus umschaltete und das Display schwarz wurde. Was hatte sie getan?

Langsam drangen die Tragweite ihrer Äußerung sowie das abrupte Unterbrechen des Telefonats in ihr Bewusstsein vor. Damit hatte sie sich jede Möglichkeit auf eine Rückbesinnung genommen. Wie zum Thema Liebe – das ironischerweise zuerst noch voller Wärme in ihrem Kopf gewesen war – hatte sie auch hier eine ganz eigene Einstellung. Es gab bestimmte Dinge, die man nicht einfach dahinsagte. Waren sie einem über die Lippen gekommen, musste man sich daran halten. Andernfalls ging die Glaubwürdigkeit des betreffenden Menschen verloren – nicht umsonst gab es den beflügelten Ausdruck der *leeren Worte*.

Wie war es bloß dazu gekommen?

Über die Antwort auf diese Frage brauchte Dorothy nicht nachzudenken. Was sie allerdings beschäftigte, war ihre impulsive wie unüberlegte Reaktion. Gerade in heiklen Situationen behielt sie doch sonst immer die Ruhe und schaffte es, gemessen vorzugehen. Den Ausschlag für ihr Verhalten hatte nicht die Ablehnung selbst gegeben, sondern dass sie von Jack gekommen war – allein daran hatte es gelegen. Ihre Hingabe saß offensichtlich bereits so tief, dass er sie dementsprechend verletzen konnte. Messgeräte vermochten nicht nur in eine Richtung extrem auszuschlagen – je höher hinauf, desto weiter hinunter.

Eine Träne löste sich aus Dorothys Augenwinkel und rann über ihre Wange. Abrupt sprang sie auf und schlang den Kimono fest um ihren Körper, als wäre er ein schützender Kokon. Ihr einziger Ausweg bestand darin, sich abzulenken, und das gelang ihr am besten, wenn sie sich auf die Arbeit konzentrierte. Es war ohnehin an der Zeit, das nächste Projekt zu forcieren.

Sie lief zu ihrem Schreibtisch, setzte sich und öffnete den Laptop. Nach wie vor zitterten ihre Finger, als sie die Hand auf die Maus legte und den diesbezüglichen Ordner öffnete.

Das Bedürfnis, Molly anzurufen und ihr alles zu erzählen, musste bis morgen warten. Ein Gespräch mit ihrer Freundin könnte zwar einerseits den gegenwärtigen Knoten in ihr lösen, sie auf der anderen Seite jedoch gänzlich hineinstürzen lassen und ihr Vorhaben zunichtemachen: Vorläufig würde sie nämlich die Contenance bewahren und Jack aus ihren Gedanken verbannen.

Kapitel 10

»Warum hast du mich nicht sofort angerufen?«, fragte Molly, während sie noch versuchte, Dorothys Informationen zu verarbeiten und zu bewerten.

»Ich war komplett durcheinander, und mein einziges Bedürfnis war, aus der Spirale herauszukommen. Hätte ich dich angerufen, wäre ich nur tiefer hineingeschlittert. Also habe ich die ganze Nacht geschrieben. Immerhin sind vier Kapitel fertig geworden, und ich habe sie sogar bereits überarbeitet.«

»War es denn wirklich so schlimm? Oft spielt uns die Erinnerung Streiche, und wir sehen etwas dramatischer, als es tatsächlich gewesen ist«, erkundigte sich Molly weiter und protestierte in Gedanken auf der Stelle gegen ihre eigenen Worte. Ihre Freundin war zwar ein impulsiver Mensch, aber in heiklen Beziehungsangelegenheiten verhielt sie sich im Normalfall vernünftig und fiel nicht aus der Rolle. Nicht ohne Grund galt Dorothy in diesem Bereich als Koryphäe – ihre Bücher verkauften sich wie warme Semmeln – und natürlich wendete sie ihr umfangreiches Wissen bei sich selbst an.

Dorothy schluchzte auf. »Ich bin total in Rage geraten. Das Gefühlspotpourri hat mich beinahe um den Verstand gebracht.

Erst die Enttäuschung, als Jack mir gesagt hat, er müsse arbeiten, dann mein Geistesblitz, durch den meine Laune jäh wieder in die Höhe geschnellt ist … und schließlich die beinharte Abfuhr. Sie hat mich endgültig aus dem Konzept gebracht. Es war, als würde mit einem Schlag alles in mir einstürzen. Ehrlich, ich wusste nicht mehr, was ich rede.«

Molly antwortete nicht unverzüglich. Als Erstes musste sie herausfinden, ob bei Dorothy ein durchaus bekannter Zustand eingetreten war oder ob sie aus purer Verzweiflung heraus gehandelt hatte. Es käme in Jacks Fall zwar gänzlich unerwartet, aber er wäre nicht der erste Mann, von dem ihre Freundin spontan genug hatte. »Wirst du die Beziehung zu Jack beenden?«, fragte sie vorsichtig.

Dorothy schien sogleich zu wissen, worauf Molly hinauswollte. »Ich bin verliebt in Jack, ernsthaft und innig. Es ist nicht wie sonst, das musst du mir glauben.«

Unmerklich atmete Molly auf. Von ganzem Herzen wünschte sie sich für ihre Freundin dasselbe Glück, das ihr mit Nat zuteilgeworden war. »Dann ist es doch einfach. Ruf ihn an und erkläre ihm, wie du dich gefühlt hast. Vielleicht schaffst du obendrein eine Entschuldigung, wobei ich nicht glaube, dass die nötig ist. Jack wird dich verstehen, es geht ihm bestimmt ebenfalls nicht gut.«

»Ich will und werde ihn nicht anrufen – aus zwei Gründen«, entgegnete Dorothy prompt.

Geschwind erwog Molly, was sie Stichhaltiges dagegenhalten konnte. »Jeden einzelnen deiner Beziehungsratgeber habe ich aufmerksam gelesen. Wie oft erwähnst du darin die Wichtigkeit, den ersten Schritt zu tun, genauso wie zu verzeihen?«

»Das ist vollkommen richtig. Jedoch rate ich auch, dass man zu seinem Wort stehen muss. Natürlich verfasse ich das in den Büchern sanft und mit der Möglichkeit eines Auswegs. Ich schreibe nicht für einen einzigen Menschentyp. Viele schaffen es nicht, über ihren Schatten zu springen und stillzuhalten. Ich kann es, und für mich gilt diese Regel ohne Einschränkung – so schwer es mir fällt.« Dorothy unterstrich ihre Aussage, indem sie hinzufügte: »Ich wünschte, du könntest mich umstimmen, ehrlich.«

»Was sind das für *zwei Gründe*, die du erwähnt hast?«, fragte Molly. Auf den Spuren des Versöhnungsengels kam sie keinen Schritt vorwärts, also musste sie auf andere Art versuchen, Licht in das Dunkel zu bringen.

»Genau das, was ich gerade ausführlich erörtert habe: Aus Überzeugung weiche ich von meinen Äußerungen nicht ab. Auch wenn ich es womöglich nicht so drastisch gemeint habe und Zorn wie Enttäuschung aus mir gesprochen haben, war es dennoch deutlich: Ich will, dass Jack in Toronto bleibt und nicht nach Maple Creek reist. Darüber hinaus möchte ich in naher Zukunft keinen Kontakt mit ihm. Soll er in seiner Arbeit ersticken – ach, streich diesen Satz bitte, er war unprofessionell und gemein.« Nach kurzem Schweigen fügte Dorothy hinzu: »Inzwischen habe ich mir überlegt, was ich mit meiner Zeit in Maple Creek anfangen werde: Auf meiner To-do-Liste stehen Interviews mit Lilly und Pamela – du weißt, ich darf sie in mein neues Buch einbauen. Die beiden sind ein besonderes Paar, und es wird –«

»Du hast mir den zweiten Grund noch nicht genannt«, unterbrach Molly ihre Freundin. Sie vermutete, dass sich hinter diesem der wahre Auslöser verbarg.

Dorothy gab einen leisen Klagelaut von sich. »Es hat mich zutiefst verletzt, dass er mich nicht nach Toronto mitnehmen will. Du hättest es hören müssen. Sein Aufschrei kam, kaum dass ich den Vorschlag gemacht hatte. Solch eine strikte Ablehnung tut verdammt weh.«

Selbsttätig verkrampfte sich Mollys Herz. In Dorothys Worten lag ein Schmerz, den sie beinahe selbst körperlich spürte. Ihre Freundin litt Höllenqualen. »Hat er es denn begründet?«, murmelte sie.

»Ja, mit der Arbeit. Er sei von früh bis spät unterwegs und könne sich nicht konzentrieren, weil er bei mir sein und sich um mich kümmern wolle«, antwortete Dorothy. »Er müsste mich bereits besser kennen. Ich bin doch selbstständig und benötige keinen Babysitter. Eine fremde Stadt zu erkunden, bereitet mir Freude, und meine Arbeit habe ich ohnehin immer mit dabei. Molly, ich befürchte wirklich, ich habe mich in etwas verrannt. Jack ist nicht mit jener Ernsthaftigkeit dabei, wie ich es bin. Das ist die traurige Realität.«

Unwillkürlich stöhnte Molly auf. Sie musste zugeben, der Verbindung von Dorothy und Jack am Anfang skeptisch gegenübergestanden zu haben – allerdings nicht wegen Jack. Zu oft hatte sie Dorothys Aufflammen für einen Mann miterlebt, das geradewegs zu weniger als einem Glimmen verkommen war. Dann aber hatte sie hautnah dabei sein dürfen, wie ernst ihre Freundin die Angelegenheit nahm – Dorothy war aufrichtig verliebt. Konnte es sein, dass sie sich als außenstehende Dritte letztlich in Jack getäuscht hatte? Betrachtete er Dorothy gar nur als angenehmen Flirt, der nichts mit seinem wahren Leben zu tun haben sollte? Nein! Das glaubte sie nicht. Sie hatte in Jacks glühende Augen geblickt, und auch Lauries und Toms diesbezügliche Informationen entsprachen dem nicht. Molly beschloss, sich jetzt weder weiter in Annahmen zu verstricken noch Dorothy einen Rat zu geben. Erst musste sie mehr erfahren, bevor sie eine Stellungnahme abgab. »Es tut mir so leid, dass es dir schlecht geht«, sagte sie leise.

»Aber du verstehst mich?«, fragte Dorothy. »Ihn anzurufen und die Schuld auf mich zu nehmen, wäre schlichtweg falsch. Es geht dabei nicht um Stolz oder Sturheit, sondern darum, bei sich zu bleiben und seinen Werten zu folgen. Außerdem, wie heißt es? *Besser ein Ende mit Schrecken als ein Schrecken ohne Ende.*«

»In diesem Zusammenhang habe ich einen hervorragenden Alternativspruch parat: *Es ist nicht aller Tage Abend*«, entgegnete Molly. »Und ich kann nachvollziehen, warum du dich nicht bei ihm meldest.« Unweigerlich musste sie an die anfänglichen Wirren mit Nat denken. Er war es gewesen, der den ersten Schritt auf sie zu gemacht hatte. Trotz all ihrer Trauer damals hätte sie sich niemals dazu entschließen können. Dass Pamela unterstützend eingegriffen und ihrem Bruder den Kopf zurechtgerückt hatte, zählte dabei nicht. »Ich selbst weiß am besten, wie schwierig das ist«, fügte sie deshalb rasch hinzu.

»Ich werde nichts tun und die Zeit für mich arbeiten lassen«, erwiderte Dorothy und gähnte. »Entschuldige, Molly, ich brauche dringend ein paar Stunden Schlaf. Vierundzwanzig Stunden durchzumachen und dann fidel zu einer Univorlesung zu gehen, das ist vorbei.«

»Ruf mich an, wenn du wieder aufgewacht bist.« Molly legte das Handy zur Seite und schloss kurz die Augen. Wie unterstützte sie Dorothy in dieser Situation am besten? Nichts lag ihr ferner, als sich in die Angelegenheiten ihrer Freundin einzumischen, aber sie wollte ihr helfen. Zumindest konnte sie ihren Gedanken während des Telefonats aufgreifen und Jacks Beweggründe herausfinden, um richtig auf Dorothys Aussagen zu reagieren. Laurie und Tom wussten wahrscheinlich ebenfalls mittlerweile Bescheid und hatten Jacks Seite gehört. Als Erstes würde sie allerdings mit Nat reden und ihm von der Auseinandersetzung erzählen. Er war Toms bester Freund und kannte auch Jack sehr gut.

Kapitel 11

Nat öffnete die Tür der Tavern und ließ Molly den Vortritt.

Nachdem er von der Arbeit nach Hause gekommen war, hatte Molly ihm unverzüglich von dem Streit zwischen Dorothy und Jack berichtet. Keineswegs war sie sicher gewesen, dass Nat ihren Vorschlag für gut befinden würde, Laurie und Tom wegen Jack zu befragen, aber er hatte so reagiert, wie sie es erhofft hatte: *Auf jeden Fall müssen wir erfahren, was hinter der Sache steckt. Wie es klingt, brauchen die beiden Hilfe.* Dafür liebte sie ihn gleich noch mehr. So klar und strukturiert Nat in seinem Leben vorging, genauso viel Herz und Mitgefühl besaß er.

Sie erreichten die Bar und begrüßten Jim, der gerade an einer Espressotasse nippte.

»Hattet ihr nicht eigentlich vorgehabt, heute zu Hause zu bleiben? Wenn ich gewusst hätte, dass ihr kommt, hätte ich mit dem Essen gewartet – in Gesellschaft speist es sich immer angenehmer«, bemerkte Jim und hob die Schultern. »Jetzt ist es zu spät, ich bin bereits beim Kaffee angelangt.«

»Wir haben uns kurzfristig anders entschieden. Es gibt ein Beziehungsproblem zu klären«, entgegnete Nat und nahm auf einem Barhocker Platz.

Jim zog die Brauen hoch und musterte Nat mit offensichtlichem Erstaunen. »Woher wisst ihr beide, dass ich …? Oh, es geht gar nicht um mich«, schwenkte er sofort um, als er Nats Blick registriert hatte. »Also, wer hat Schwierigkeiten? Ihr seid es schon mal glücklicherweise ganz offensichtlich nicht.«

Von selbst musste Molly lächeln. Inzwischen hatte sie sich daran gewöhnt, *Freud und Leid* nahezu ohne Einschränkungen mit den Freunden zu teilen, jedoch erachtete sie diesen Umstand noch nicht als Selbstverständlichkeit – und darüber war sie froh. Niemals wollte sie vergessen, welch besonderes Geschenk ihr damit allzeit dargeboten wurde.

»Es geht um Dorothy und Jack. Er muss den geplanten Urlaub in Maple Creek wegen der Arbeit verkürzen und will nicht, dass Dorothy ihn nach Toronto begleitet«, erklärte Nat freimütig.

»Diese beiden Turteltauben?« Jim kratzte sich am Kinn. »Seltsam, aber nachvollziehbar. Dorothy ist eine toughe wie emotionale Frau, da kann der gute Jack nicht schalten und walten, wie es ihm beliebt.«

Tom, der am anderen Ende der Bar mit einem Gast geredet hatte, trat zu ihnen. Übergangslos – ohne Begrüßung – fragte er: »Was wisst ihr über Dorothy und Jack? Hat sie mit dir gesprochen, Molly? Mein Bruder ist komplett aus dem Häuschen – eine Mischung aus Wut und Verzweiflung. Ich musste eine Dreiviertelstunde mit ihm telefonieren.« Sein Blick glitt zu Nat. »Du weißt, wie ungern ich am Handy hänge, genauso wie du.«

»Dorothy ist zutiefst traurig und enttäuscht. Sie glaubt, Jack würde die Beziehung nicht ernst nehmen und hätte nur etwas Abwechslung gesucht. Mit einem Einlenken ihrerseits darf er nicht rechnen«, erklärte Molly.

Tom verdrehte die Augen. »Na toll. Jack wiederum ist wütend, weil Dorothy offenbar außer sich gewesen ist und plötzlich das Gespräch abgebrochen hat. Er nannte es: *voll ausgeflippt.* Auch er schaltet auf stur und meint, für Dorothy sei das Ganze nur ein Strohfeuer gewesen. Kein Mensch verhalte sich auf diese Weise, wenn ihm der andere wichtig sei. Sie dürfte ihm zu viel über ihre vergangenen Beziehungen erzählt haben. Darauf hat er sich fixiert, wie ein in Rage geratener Stier auf das rote Tuch.«

»Jacks Gefühle für Dorothy sind also echt?«, schoss es aus Molly heraus. Schnell hob sie die Hand. »Entschuldige, ich wollte dich nicht in die Enge treiben. Aus mir spricht nicht Neugierde, sondern Sorge.«

Tom wischte ihre Bemerkung mit einer knappen Bewegung fort. »Ist schon okay. Und ob sie das sind! Jack ist verrückt nach Dorothy.« Er beugte sich vor und stützte die Arme auf dem Tresen ab. »Du musst wissen, Molly, mein lieber Bruder war immer mit demselben Frauentyp zusammen: hübsch, lieblich und ihn anhimmelnd – was er von sich gab, wurde ohne Widerrede hingenommen. Er ist es nicht gewohnt, dass ihm eine Frau Paroli bietet.«

»Warum will er nicht, dass Dorothy nach Toronto kommt?«, erkundigte sich Nat. »Das wäre doch die Lösung schlechthin gewesen. Ich sag's dir ehrlich, sogar ich finde das komisch. Noch verstörender muss es auf Dorothy gewirkt haben.«

»Jack hat davon gefaselt, dass er dann unter Druck stünde, weil er das Gefühl hätte, Dorothy zu vernachlässigen. Fragt mich nicht, woher er diese befremdende Weisheit hat. Wie ich Dorothy kennengelernt habe, weiß sie sehr wohl genug mit ihrer Zeit anzufangen – und Jack sollte das ebenfalls nicht entgangen sein.«

»Vielleicht hat er keine Ahnung, wie man mit selbstständigen Frauen umgeht«, überlegte Jim. »Willst du deinem Bruder nicht auf die Sprünge helfen, Tom? Ich kenne zwar keine Details und reime mir nur einiges zusammen, aber die Sachlage stellt sich so dar, als könnte das wirklich ins Auge gehen, wenn niemand eingreift.«

Molly nickte eifrig. »Jim hat recht. Dorothy wird wegen Jacks Abfuhr nicht einlenken, selbst wenn ich mir den Mund fusselig rede.«

»Jack springt mit Sicherheit ebenso wenig über seinen Schatten«, entgegnete Tom. »In bestimmten Belangen ist er nun mal ein unbelehrbarer Idiot. Ich werde mir etwas überlegen, um die beiden an einen Tisch zu bringen. Begegnen sie sich erst, schaffen sie es ohnehin nicht, die Finger voneinander zu lassen – bei Dorothy und Jack lodert das Feuer nämlich gewaltig, und dagegen sind sie machtlos.«

Nat grinste. »Dir schwebt eine Versöhnung ohne Worte vor? Du schwelgst in einem männlichen Wunschtraum.«

»Das ist mir bewusst, leider. Träume sind nicht verboten.« Tom lachte auf. Dann huschte ein Strahlen über sein Gesicht. »Bevor ich euch bewirte – was ich längst hätte tun sollen –, muss ich euch unbedingt etwas erzählen. Wir haben den Termin für die nächste Ultraschalluntersuchung. Ich werde dabei sein und bin riesig aufgeregt. Das erste Mal konnte ich ja nicht mit, weil sich der Getränkehändler verspätet hatte.«

»Sieht man zu diesem Zeitpunkt schon, ob es ein Mädchen oder ein Junge wird?« Jim schob die Unterlippe vor. »Ich habe keine Ahnung, ab wann man das Geschlecht erkennen kann.«

»Dito. Ich werde die Gynäkologin fragen. Manche Eltern wollen es nicht erfahren, wir unbedingt, um uns darauf einzustellen.« Tom trat einen Schritt zur Seite und stellte Gläser bereit. »So, nun sind die Tom's Maple an der Reihe. Für dich auch einen, Jim?«

»Ja, gern.«

Während sich Tom an die Zubereitung der Getränke machte, erkundigte sich Nat: »Wenn wir gerade dabei sind, was ist mit deinen Beziehungsproblemen, Jim?«

»Du hast meinen anfänglichen Irrtum also nicht vergessen«, antwortete Jim. »Wie fasse ich die Situation am besten zusammen? Meine Versuche, Ann Gutes zu tun, scheitern kläglich. Sie ist nicht zufrieden, doch sie scheint nicht imstande zu sein, offen darüber zu sprechen. Das ist aber genau das, was ich brauche. Ich bin wohl ein wahrhaft untypischer Mann.« Er wandte sich an Molly. »Du hast meine Frau leider nicht gekannt. Lucy war ein sprühender Geist und stets voller Ideen. Nie hätte sie mit ihrer Meinung – egal zu welchem Thema – hinter dem Berg gehalten. Wir haben oft stundenlang heiße Diskussionen geführt. Das fehlt mir. Ein dermaßen verschlossener Mensch wie Ann bereitet mir Unbehagen, besonders wenn ich ein gewisses Maß an Frustration vermute. Ich habe ständig das Gefühl, etwas falsch zu machen.«

»Hast du sie schon wirklich direkt angesprochen und gebeten, dir ihre Wünsche und Vorstellungen zu offenbaren?«, wollte Molly wissen.

»Erst kürzlich, völlig unverblümt. Sie zieht sich allerdings auf der Stelle zurück und beteuert, dass alles bestens sei.«

»Dann wird sie irgendwann platzen«, entgegnete Nat lakonisch.

»Völlig richtig. Das ist auch meine größte Befürchtung. Ich kann nicht oft genug betonen, wie sehr ich Ann mag. Auf dieser Basis jedoch können sie und ich nicht miteinander glücklich werden«, antwortete Jim.

Molly räusperte sich. Noch immer hatte sie Jim nicht erzählt, dass Nora ihren Urlaub in Maple Creek verbringen würde. Wie die Umstände lagen, sollte sie die Information endlich weitergeben. Jim musste sich darauf einstellen, sofern sie nach wie vor durch seine Gedanken spukte. Sonst geriet er in ein Dilemma. »Es ist zwar etwas unpassend, aber Nora hat ihren Aufenthalt hier bestätigt. Sie reist am ersten Dezember an.«

Jims Kopf ruckte hoch, und er lächelte versonnen. »Ein Hoffnungsschimmer am Horizont! Obwohl ich sie nicht kenne und dich lange nicht nach ihr gefragt habe, sinniere ich häufig über Nora. Ich freue mich, dass sie sich für Maple Creek entschieden hat.«

Molly bedachte Jim mit einem prüfenden Blick. War in seinen Augen eben ein verheißungsvoller Funke aufgeblitzt? Hoffentlich brachte Nora Jims vermeintlich heile Welt nicht durcheinander. Oder sollte sie ihm gerade dies wünschen?

Kapitel 12

Brauchst du noch etwas, Timothy?«, erkundigte sich Pamela, während sie in ihren Mantel schlüpfte.

»Nein, alles bestens. Ich bin bereit für eine ruhige Abendschicht. Die Damen spielen im Aufenthaltsraum Rommé, und die Männer pokern. Drei aus der Herrenrunde haben sich davongestohlen und rauchen auf der Veranda Zigarren. Ich werde dafür sorgen, dass sie nach ihrem kleinen Ausflug unbemerkt zurückkehren.«

»Du kannst mich jederzeit anrufen, ich bin nicht weit entfernt.«

»Ich werde mich hüten, meine Chefin und Halbmentorin von einem Abendessen mit ihrem Bruder und dessen Freundin fortzuholen. Dafür habe ich zu viel Angst vor Nat«, entgegnete Timothy.

»Nat weiß, welch gute Arbeit du im Hotel und bei Lilly in der Agentur leistest. Die Geschichte auf der Baustelle ist längst vergessen. Was meinst du mit *Halbmentorin?*«

Timothy schmunzelte. »Zur Hälfte bist du es, und zur Hälfte ist es Lilly.«

Pamela öffnete die Eingangstür des Hotels, verharrte und drehte sich zu ihm um. »Du und deine Wortkreationen! Bei Lilly bist du damit wahrlich am besten aufgehoben. Ich wünsche dir einen ruhigen Abend!« Sie trat ins Freie hinaus und zog den Mantel fester um ihren Körper. Der nahende Winter war bereits deutlich zu spüren. Mit einem Seufzer lief sie los und bog um die Ecke des Hotels. Gynnies Häuschen, das Molly ihr zur Miete überlassen hatte, lag zum Glück fast direkt neben dem Maple Lake Inn.

Als sie die Tür des kleinen Hauses erreichte, zog sie sie eilig auf, sprang über die Schwelle und schloss sie schnell wieder. Wohlige Wärme und der würzige Duft von Brathähnchen empfingen sie. Lilly musste schon zu kochen begonnen haben. Sie zog Mantel und Stiefel aus, ging in die Küche und sah sich um. »O wow, du bist fast fertig! Selbst der Tisch ist gedeckt. Seit wann bist du denn hier?«

Lilly schickte Pamela einen Kuss. »Ich war viel zu aufgeregt, um im Büro zu bleiben. Alle nicht zwingend notwendigen Arbeiten habe ich verschoben. Morgen sitze ich dafür wahrscheinlich bis zehn Uhr abends vor dem Computer.«

»Was macht dich so nervös?«

»Das fragst du? Wir berichten deinem Bruder in Kürze von unserer Heirat und der Adoption. Das ist eine Riesensache. Was ist, wenn er uns nicht versteht? Auf verdrehte Art will ich seinen Segen. Das klingt blöd, nicht wahr?«

Obwohl Pamela auch eine untrügliche Erregung verspürte, barg sie kein unangenehmes Gefühl in sich. In ihrem Fall handelte es sich um reine Vorfreude, Molly und Nat von ihren Plänen zu erzählen. Seit sie Nat ihr lang gehütetes Geheimnis offenbart hatte und er mit Verständnis darauf eingegangen war, hatte sich in der geschwisterlichen Beziehung vieles verändert. Nat war nicht mehr der nörgelnde Bruder, der sie der Unbeständigkeit und Oberflächlichkeit bezichtigte, sondern ihr Gesprächspartner in allen Lebenslagen. Er nahm ihre Meinung ernst und war stolz, wie sie das Maple Lake Inn führte. Endlich waren sie zu einer echten Familie verschmolzen.

Pamela machte einen Schritt auf ihre Freundin zu und ergriff ihre Hand. »Lilly, wir haben uns dafür entschieden, unser Leben miteinander zu verbringen und Eltern werden zu wollen. Wer könnte dem skeptisch gegenüberstehen? Zugegeben, es ist rasch geschehen, doch das bedeutet nur, dass wir genau wissen, welcher Weg der richtige für uns ist. Meinst du, andere Paare grübeln jahrelang?«

Lilly lächelte. »Bloß diejenigen, die sich nicht einig sind oder schlicht mehr Zeit benötigen.«

»Eben. Wir beide brauchen weder mehr Zeit, noch sind wir uns uneinig. Also entspann dich … Und sag mir, was zu tun ist.«

Lilly ließ den Blick durch die Küche schweifen. »Eigentlich nichts mehr. Das Hähnchen brutzelt im Ofen, der Salat ist fertig, den Weißwein habe ich kühl gestellt, die Früchte für die Nachspeise sind klein geschnitten und gezuckert. Hoffentlich ist das Huhn nicht viel früher fertig, als Molly und Nat eintreffen, sonst wird es trocken.«

Pamela sah auf die Armbanduhr. »Weißt du was? Ich rufe die beiden an und frage, ob wir das Essen vorverlegen. So hast du auch alles schneller hinter dich gebracht und darfst durchatmen.« Abrupt drehte sie sich um und lief in den Vorraum, wo sie ihre Handtasche abgelegt hatte. Sie zog das Handy aus dem Seitenfach und wählte Mollys Nummer.

Als Molly abhob, legte Pamela sofort los: »Wir haben uns etwas verpeilt und sind quasi *ready*. Wollt ihr nicht jetzt schon zu uns kommen?«

Molly jauchzte auf. »Liebend gern! Um ehrlich zu sein, sind wir nämlich längst da. Nat hatte die Idee, vor dem Abendessen einen gemütlichen Spaziergang am Seeufer zu machen, aber ich erfriere. Der Wind beißt scheußlich.«

Pamela lachte auf. »Dann dreht um und begebt euch flott ins Warme.« Sie steckte das Telefon in die Tasche und ging zurück in die Küche.

Lilly hatte inzwischen zwei Gläser Wein eingeschenkt und sich an den Tisch gesetzt.

Pamela nahm ebenfalls Platz, hob ihr Glas und prostete Lilly zu. »Wir haben noch nicht darüber gesprochen, wann du es deinen Eltern sagen willst.«

»So rasch wie möglich. Am liebsten würde ich mit dir nach Florida fliegen und ihnen die Neuigkeit persönlich mitteilen. Bei Mum und Dad ergeht es mir wie bei dir mit Nat – ich verspüre pure Vorfreude. Sie haben sich immer ein Leben für mich gewünscht, das trotz der Umstände zumindest annähernd dem Standard entspricht: eine feste Partnerin, Heirat, Kinder. Das geht nun in Erfüllung.«

»Deine Eltern müssen toll sein. Ich würde sie gern kennenlernen.« Pamela senkte den Blick. »Gegenwärtig kann ich das Hotel selbst für wenige Tage nicht verlassen. Auch wenn die Bauarbeiten abgeschlossen sind und der normale Zimmerpreis verlangt wird, laufen wir mit Vollbelegung weiter, und es fehlt Personal. Ich hoffe, das wird sich im Laufe des nächsten Jahres ändern. Notfalls musst du allein –« Das Geräusch der sich öffnenden Eingangstür unterbrach Pamela. Schnell sagte sie: »Sprechen wir später darüber. Bestimmt finden wir eine Lösung.« Kaum dass sie ausgesprochen hatte, erschienen Molly und Nat bereits in der Küche.

Lilly schnellte hoch und hätte beinahe den Stuhl umgeworfen. »Wie schön, dass ihr da seid! Molly, setz dich auf *deinen Platz*, wir halten ihn extra frei.«

»Bis heute weiß ich nicht, warum mich genau diese Stelle von Anfang an angezogen hat. Als ich hier gewohnt habe, gab es für mich in der Küche ausschließlich diesen einen Stuhl. Ich habe das richtig ritualisiert – verrückt, nicht wahr?«, entgegnete Molly.

Lilly schenkte zwei Gläser ein und reichte sie Molly und Nat. »O nein, das ist gar nicht verrückt. Ich verstehe das. Tief in deinem Inneren hast du dich sofort zu Hause gefühlt, und dieser Stuhl war eine Art Symbol. Es dauert nur eine Weile, bis man das erkennt. Glücklicherweise bist du dahintergekommen und hast die Tatsache angenommen, wohin du wirklich gehörst. Ach, was rede ich da? Wenn ich nervös bin, plappere ich einfach vor mich hin.« Ihr Blick schwenkte zu Pamela. »Bitte, erlöse mich …«

Nat fixierte seine Schwester. »Was ist los?«

Pamela faltete die Hände. »Es ist wohl tatsächlich besser, wir sprechen vor dem Essen darüber, sonst hört Lilly nicht auf zu quasseln und bringt keinen Bissen hinunter. Ich mache es kurz: Lilly und ich haben beschlossen, zu heiraten. Das ist aber noch nicht alles. Wir wollen ein Adoptionsverfahren in die Wege leiten und eine kleine Familie gründen. Ihr seid die Ersten, die es erfahren.«

Nat öffnete den Mund, schloss ihn jedoch wieder.

Dafür reagierte Molly prompt. Sie sprang auf, umrundete den Tisch und umarmte zuerst Pamela und dann Lilly. »Du liebe Güte! Das sind ja wunderbare Neuigkeiten. Ich glaube es nicht!« Als sie erneut Platz nahm, sah sie Nat an. »Sagst du nichts dazu?«

Nat nickte, benötigte allerdings eine Weile, bis er endlich antwortete. »Entschuldigt, ich bin … ergriffen. Ich bekomme eine Schwägerin und werde Onkel. Damit wächst unsere ganze Familie. Ich kann mir nichts Schöneres vorstellen.«

»Dein Dasein als Onkel wird leider warten müssen. Bis jetzt haben wir nur Informationen eingeholt und erfahren, dass der

Prozess zwei Jahre und länger dauert. Nächste Woche haben wir einen Termin bei einer Adoptionsagentur, danach wissen wir mehr«, entgegnete Pamela.

»Gibt es nicht mehrere Adoptionsmöglichkeiten?«, erkundigte sich Molly. »Zumindest in den USA ist es so.«

Lilly bejahte die Frage. »Hier in Kanada ebenfalls, und zwar grundsätzlich vier: eine öffentliche oder private Adoption, die internationale, wo man Kinder aus anderen Ländern zu sich holen darf, und schließlich die sogenannte verwandtschaftliche, aber die kommt in unserem Fall nicht zum Tragen.«

»Was strebt ihr an?«, wollte Molly wissen.

»Wir werden uns beraten lassen. Obwohl ein solches Unterfangen nicht von heute auf morgen geschehen kann, möchten wir nicht jene Variante wählen, die am längsten dauert. Es wäre schön, wenn sich der Zeitraum eingrenzen ließe«, erklärte Pamela.

»Mädchen oder Junge? Und wie alt soll das Kind sein? Habt ihr auch an künstliche Befruchtung gedacht? Wie werdet ihr das mit der Arbeit machen?« Lachend schüttelte Nat den Kopf. »Sorry, ich bin echt aufgewühlt. All das könnt ihr wahrscheinlich großteils noch gar nicht beantworten.«

»So ist es«, entgegnete Lilly. »Geschlecht und Alter sind uns egal. Ein Baby zu adoptieren, benötigt wohl die meiste Geduld, und ich glaube, dass wir –« Plötzlich fuhr sie hoch und rief: »Ach nein! Das Brathähnchen … Wir haben es ganz vergessen.«

Kapitel 13

Gedankenverloren betrat Molly die Redaktion. Es war früh am Morgen und bis auf Hilary, die den Empfang betreute, war niemand anwesend. Unwillkürlich kam ihr die Erinnerung an den ersten Besuch bei der *Maple Creek News Time* in den Sinn – sie wusste jedes Wort, das gesprochen worden war. Immerhin hatte ihr Franklin anlässlich dieses Termins das Jobangebot gemacht. Damals war ihr Hilary desinteressiert, nahezu unwirsch erschienen, heute war ihr bewusst, welche Arbeiten die Frau zu bewältigen hatte. Viel Zeit für Höflichkeiten beim Begrüßen von Gästen blieb ihr nicht. Sie war ein Multitalent, was die Büroorganisation betraf. Der Empfang war nur eine von ihren Aufgaben. Darüber hinaus war sie Franklins Sekretärin, erledigte die Buchhaltung und verwaltete die Termine der Redakteure sowie den Anzeigenverkauf.

Es duftete nach frischem Kaffee, und Molly bog in die kleine Küche ab, bevor sie sich zu ihrem Schreibtisch begab. Sie goss den dampfenden Kaffee aus der Kanne in eine Tasse, dann ging sie zu ihrem Platz und setzte sich.

Seit sich auch Pamela und Lilly für eine Familie entschieden hatten, geisterten bestimmte Fragen immerwährend durch ihren

Kopf: Wie würden Nat und sie die Zukunft gestalten? Was hatte das Schicksal vorgesehen? Wollte Nat Kinder, überhaupt je heiraten? Molly war klar, dass sie ohne die aktuellen Anlässe wahrscheinlich nicht begonnen hätte, darüber nachzudenken, doch nun hatte sich das Thema in ihr festgesetzt und würde sich nicht verdrängen lassen. Wie hatte Nat es im Zuge von Pamelas und Lillys Eröffnung formuliert? *Unsere Familie wächst. Ich kann mir nichts Schöneres vorstellen.*

Ein Schauer lief über Mollys Rücken, und etwas in ihr verkrampfte sich. Sie meinte, Nat inzwischen wie keinen anderen Menschen zu kennen. Aber entsprach diese Annahme der Wahrheit? Wie gut hatte man die Person tatsächlich erfasst, wenn man solch gewichtige Fragen nicht beantworten konnte? Es war eine Sache zu wissen, wie Nat seinen Frühstückskaffee trank und welches Filmgenre er bevorzugte. Eine ganz andere, mit Entschiedenheit zu sagen, ob er etwa die Ehe als grundlegende Institution ablehnte oder befürwortete, und wie er dazu stand, Vater zu werden – mit allen Pflichten und Aufgaben, die damit verbunden waren.

Mit einer energischen Geste öffnete Molly den Laptop. Während sie sich ermahnte, sich auf die Arbeit zu konzentrieren, ließ sie den Blick über den Schreibtisch gleiten. Franklin hatte ihr einen Zettel hingelegt, dass er heute erst gegen zehn Uhr kommen würde, und Emilia hatte ihren Artikel über die Baumrodungen hinterlassen. Sie zog die Blätter aus der Klarsichthülle und begann zu lesen.

Als sie am Ende ankam, ließ sie den Bericht sinken und atmete tief durch. Emilia hatte eine gut recherchierte und informative Abhandlung verfasst, allerdings fehlte genau jener Teil, den sie ihr aufgetragen hatte – nirgendwo konnte Molly einen einzigen

Satz über die Meinung der im Valley lebenden Menschen finden. Emilia hatte ihre Anweisung schlichtweg ignoriert und den Artikel so geschrieben, wie sie es richtig fand. Daher mangelte es dem Text genau an der menschlichen Note, die den Leser direkt in den Inhalt hineinzog und ihn persönlich beteiligte. Die *Maple Creek News Time* war keine Wirtschaftszeitung, die pure Zahlen und Fakten präsentierte, sondern ein wöchentlich erscheinendes Regionalblatt, das von den Menschen der Umgebung gelesen wurde – und darauf hatte man als Journalist Rücksicht zu nehmen.

Kurz überlegte Molly, ob sie Emilia den Bericht, versehen mit entsprechenden Bemerkungen, auf ihren Schreibtisch zurücklegen sollte, entschied sich aber anders. Sie durfte nicht vor einer Diskussion zurückschrecken, zumal diese ohnehin früher oder später stattfinden würde. Emilia musste erkennen, wie die Zusammenarbeit verlief, und dabei ging es nicht nur um die Akzeptanz von Mollys Weisungen. De facto bedeuteten die nächsten notwendigen Schritte nämlich vergeudete Stunden: Sie musste nochmals mit Emilia reden, die den Artikel dann umzuschreiben hatte und ihr abermals zur Begutachtung übergab. Das war ineffizient.

Dass sich Molly selbst gedanklich zu intensiv und lange mit der Angelegenheit auseinandersetzte und grübelte, weil es einfach ihrem Naturell entsprach, kam erschwerend hinzu. Ihr Lernprozess startete mit der Abgrenzung von Vorfällen wie diesem. Wenn sie ständig allen Kleinigkeiten nachhing, würde ihr Kopf bald platzen. Sie durfte sie nicht als Mahnmale in ihrem Gehirn prangen lassen. Sowohl im beruflichen Bereich als auch im privaten – die momentane Situation bewies das – waren ständig Aufgaben zu bewältigen, und es gab Dinge, die nicht sofort zu klären waren.

Emilia etwa musste in die Schranken gewiesen werden. Es handelte sich um eine Hürde, war diese erst genommen, konnte Molly einen Haken darunter setzen. Was in der Folge geschah, würde sich weisen.

Das Sinnieren über Nats Vorstellungen, was Heirat und Familie betraf, war im Grunde noch leichter aus der Welt zu schaffen. Anstatt zu bangen und sich im Kreis zu drehen, sollte sie die Frage stellen: Nat, willst du einmal heiraten und Kinder haben?

Molly hatte Antworten parat, warum sie unfähig war, das Thema direkt anzusprechen. Keinesfalls wollte sie den Eindruck erwecken, Nat unter Druck zu setzen. Selbst die vorsichtigste Formulierung würde in ihm etwas auslösen, das den Verlauf ihrer Beziehung beeinflusste – der Schuss ging nach hinten oder vorne los. Außerdem widerstrebte es ihr, hier den ersten Schritt zu tun, wo sie sich doch wünschte, dass er von diesem Traum zu sprechen begann. Sie durfte nicht der Initiator sein, es gehörte umgekehrt.

Dorothy hatte ihr schon oft Sturheit und falschen Stolz unterstellt – damit lag sie nicht falsch. Hatte sich ein gewisses Bild erst manifestiert, war sie schwer davon abzubringen. Dem gegenüber stand das grundsätzliche Gefühl, einem anderen Menschen nichts aufzwingen zu wollen. Es war wahrlich eine schwierige Mischung, die allein ihr selbst schadete. Von wegen *einfach aus der Welt zu schaffen!*

Mit einem Seufzer zog Molly den Ordner mit der Aufschrift *MCNT OP – Maple Creek News Time* Onlinepräsenz – zu sich und öffnete ihn. Auf der Stelle würde sie keine Lösung für ihr ewiges Dilemma finden.

Kapitel 14

Nat parkte vor Lauries und Toms Haus und stieg aus

Tom wartete bereits an der Eingangstür. »Danke, dass du mich so schnell einschiebst. Ich weiß, welchen Stress du hast.«

»Ach komm, das ist doch selbstverständlich. Wie viel Zeit haben wir?«

»Laurie ist zu diesem Babyausstatterladen gefahren, um sich einen Überblick zu verschaffen, was wir alles brauchen. Sicherlich kommt sie mit einer Wagenladung Zeug zurück. Den Fahrweg eingerechnet, ist sie bestimmt zwei Stunden weg.«

»Ist es nicht ein wenig früh, schon alles für das Baby zu besorgen?«, fragte Nat.

»Na klar, ich hüte mich jedoch davor, das auszusprechen. Sie liest längst Geburtssachbücher und wie man später ein Baby richtig betreut, selbst Erziehungsratgeber liegen bei uns herum. Ich bekomme die Infos brühwarm erzählt und denke mir, was für ein Schwachsinn. Das ergibt sich doch von selbst – auch das behalte ich tunlichst für mich und handle nach dem Motto: Keine Wellen schlagen.« Tom zeigte auf den schmalen Steinweg, der direkt an der Wand um das Haus führte. »Gehen wir gleich außen herum.«

Sie umrundeten das Gebäude und hielten vor einer lang gestreckten Holzscheune an, die bessere Tage gesehen hatte.

»Seit wir das Haus damals gekauft haben, stört mich das Ding. Eine vertraute Geschichte – erledigt man die Sache nicht sofort, tut man es nie. Jetzt ginge es allerdings in einem Aufwasch.«

Nat zog ein Laser-Maßband aus der Tasche seines Parkas. »Messen wir mal, ob genügend Platz zur Verfügung ist, ohne das verbaute Areal zu vergrößern. Das würde die Einreichung zur Genehmigung deutlich erleichtern. Du hast gesagt, diese Scheune ist im bestehenden Plan als Teil des Hauses eingezeichnet?«

»Ja, so ist es.«

Nachdem Nat gemessen hatte, nickte er. »Du willst anstelle des Holzanbaus ein Zimmer mit etwa fünfundzwanzig Quadratmetern plus ein geräumiges Bad und eine Toilette haben. Werden die Räume hintereinandergelegt, passt das perfekt.« Er öffnete die Tür der Scheune und blickte hinein. »Der Durchbruch zum Hauptwohnbereich müsste irgendwo dort erfolgen.« Mit dem Kinn wies er auf eine Wand.

»Ja, genau. Man landet am Ende des Flurs hinter dem bestehenden Gästezimmer, das für unser Baby hergerichtet wird.«

»Wenn du den Raum zum Kinderzimmer umfunktionierst, warum willst du dann einen zusätzlichen?«, erkundigte sich Nat.

»Das Haus ist klein, leider auch das Bad – du kennst die Räumlichkeiten. Ich möchte, dass unsere Kleine oder unser Kleiner Platz hat und sich wohlfühlt. Jack und ich sind in Toronto in einer Wohnung aufgewachsen, die eigentlich nicht ausgereicht hat für vier Personen. Vor allem, als wir ins Teenageralter gekommen sind, war das die Hölle für uns. Es gab keinen einzigen Rückzugsort, man konnte nicht mal allein fernsehen.« Tom schmunzelte. »Außerdem denke ich, dass es nicht bei einem Kind bleiben wird.

Obwohl Jack und ich uns ständig in den Haaren lagen, war es klasse. Und Laurie war zwar ein Einzelkind, aber sie hat sich Geschwister gewünscht und will nicht, dass unser Kind einsam aufwächst.«

Nat lächelte. »Das kann ich gut nachvollziehen. Bis Pamela aus Maple Creek weggegangen ist, war sie mein großer Halt. Ich habe keine Ahnung, was ich ohne meine große Schwester getan hätte, besonders, nachdem unsere Mutter gestorben war.«

Kurz schwiegen sie, bis Nat schließlich fragte: »Jack zeichnet die Pläne, oder?«

»Klar, wozu hat man einen Bruder, der Architekt ist – ein verdammt guter noch dazu. Zudem schlage ich damit zwei Fliegen mit einer Klappe. Er hat mir versprochen, anlässlich seines Besuches den Plan zu zeichnen. Ich werde ihn mit Nachdruck an sein Wort erinnern.«

»Du hast dir also tatsächlich etwas überlegt wegen Dorothy und Jack«, stellte Nat fest.

»Natürlich. Jeder bedarf manchmal einer Schützenhilfe wider Willen. Ich vertraue Mollys Info, dass Dorothy enttäuscht ist und sich ihrerseits nicht bei Jack melden wird. Jack wiederum ist stur und sagt, wenn sie ihn nicht sehen will, soll es so sein. Also muss er aus einem anderen Grund nach Maple Creek kommen. Ich weiß, wie man meinem Bruder ein schlechtes Gewissen einredet. Er hasst es selbst wie die Pest, hängen gelassen zu werden. Außerdem ist der Umbau eine Überraschung für Laurie, damit punkte ich doppelt.«

Nat verzog den Mund. »Dein Bruder hat schon so manche Zusage nicht eingehalten. Erinnerst du dich an die geplante Wanderung? Er hat die Tour einen Tag zuvor verworfen. Ich kann dir weitere Beispiele nennen.«

Tom schnaubte auf. »Das ist die Kehrseite. Gerade, wo er sich in einem Ausnahmezustand befindet, ist die Wahrscheinlichkeit groß, dass er trotz aller gewichtigen Gründe die Sache unvermittelt abbläst und verschiebt. Ich tue, was mir möglich ist, und spiele jeden Trumpf aus – das Versprechen an mich, die Dringlichkeit und last, not least, dass es für Laurie ist. Auf keinen Fall darf Molly Dorothy davon erzählen, nur zur Sicherheit. Ich will nicht, dass sie nach dem Strohhalm greift und dann aufs Neue enttäuscht wird.«

»Ich rede mit Molly. Wenn du willst, telefoniere ich zusätzlich mit Jack und sage ihm, dass er meinen Zeitplan durcheinanderbringt, wenn er die Sache hinauszögert. Das ist nicht mal gelogen.«

»Nein, das ist nicht notwendig. Aber so habe ich ein viertes Argument. Ihm ist bewusst, wie viel du zu tun hast. Bleibt euch beiden eigentlich genügend Zeit füreinander, ich meine, dich und Molly?«, wollte Tom wissen.

»Wir haben einen guten Rhythmus gefunden und schaffen uns Freiräume, sowohl für die Zweisamkeit als auch für uns selbst.« Nat hob die Arme. »Ich befürchte nur, Molly steckt wieder einmal mitten im Grübeln. Damit macht sie es mir nicht immer leicht.«

»Was beschäftigt sie?«

»Ich kann bloß eins und eins zusammenzählen und daraus eine Vermutung anstellen. Durch Lauries Schwangerschaft und Pamelas und Lillys Entschluss sinniert sie über unsere Beziehung und was die eigene Zukunft bringt. Ganz bestimmt stellt sie sich die Frage, ob ich Kinder will. Unlängst hat sie etwas in diese Richtung angedeutet.«

»Und, willst du welche?«

»Ja, klar, aber noch nicht jetzt. Genauso verhält es sich mit dem Heiraten. Ich bin nicht der spontanste Mensch, und fühle ich mich überrollt, ziehe ich mich zurück.«

»Dann verlobe dich mit ihr. So gibst du Molly den notwendigen Rückhalt, und sie wird aufhören, irgendwelche Schreckensszenarien zu entwerfen. Das Kinderthema anzusprechen, ergibt sich von selbst. Du willst ja welche, irgendwann später.«

Nat nickte. »Ich habe bereits darüber nachgedacht, ihr einen Heiratsantrag zu machen. Das würde ich wirklich gern, ohne sofort zum Standesamt laufen zu müssen. Klingt schräg, oder?«

»Überhaupt nicht. Ich kenne dich lang genug. Du liebst Molly über alles, und sie ist die Einzige für dich. Du bist einfach der Typ, der seine Brötchen langsam backt. Übrigens … welchen Entschluss haben Pamela und Lilly getroffen?«

Nat legte den Zeigefinger auf die Lippen. »Behalte es für dich, vorerst wissen es nur Molly und ich. Pamela und Lilly wollen heiraten und ein Kind adoptieren.«

»Nein, ernsthaft?« Lachend schüttelte Tom den Kopf. »Ich finde das sensationell. Babyboom in Maple Creek. Hervorragend!«

»Ein Baby wird es bei Pam und Lilly wohl nicht werden, wahrscheinlich ein älteres Kind, aber man wird sehen. Nächste Woche haben sie einen Termin bei einer Adoptionsagentur, dann erfahren sie die Details des Ablaufs.«

»Wenn Laurie das hört, wird sie jubeln. Ihr darf ich es doch erzählen? Verheimliche ich das und sie kommt später dahinter, dass ich davon wusste, habe ich die Hölle auf Erden. Das meine ich wortwörtlich. Laurie an sich ist schon explosiv, mit all den Hormonen ist sie ein wahres Inferno«, erklärte Tom und fügte mit einem Augenzwinkern hinzu: »Ich liebe es.«

»Dein Seelenheil zu gefährden, kann ich nicht verantworten. Sag es ihr.« Nat grinste. »Gehen wir ins Haus und sehen uns die Stelle an, wo der Durchbruch stattfinden soll.«

Tom stimmte zu, und sie marschierten los.

Kapitel 15

»Doctor Frey erwartet Sie, Mister Morris … Morris Morris?« Die Dame am Empfang sah ihn irritiert an.

Morris hob die Arme. »Ein perfider Scherz meiner Eltern. Sie gaben mir denselben Vornamen, wie der Nachname lautet. Eine Erklärung sind sie mir zeit ihres Lebens schuldig geblieben.«

Die Frau lächelte verlegen. »Entschuldigen Sie, ich wollte mich nicht darüber lustig machen. Sie wissen, wo Sie Doctor Frey finden?«

»Ja, ich war öfter in seinem Büro. Und … an die fragenden Blicke und unzähligen Witze wegen meines Namens habe ich mich längst gewöhnt. Sie brauchen also kein schlechtes Gewissen zu haben.« Morris setzte sich in Bewegung. Er lief den klinisch anmutenden Gang entlang bis zur vorletzten Tür und klopfte.

Als er Doctor Frey »Herein!« rufen hörte, öffnete er die Tür und trat ein.

»Hallo, Mister Morris. Nehmen Sie Platz.« Der Arzt wartete, bis Morris sich gesetzt hatte, und sagte: »Ich habe gute Neuigkeiten für Sie. In einer Woche können wir Ihre Frau entlassen. Ich schlage allerdings den Aufenthalt in unserer Tagesklinik vor, der langsam in regelmäßige Therapiesitzungen übergehen sollte.

Die Dauer dieser Phase ist von Elisabeths Zustand abhängig.« Er beugte sich nach vorn. »Ihre Medikation ist optimal eingestellt. Rechnen Sie vorläufig nicht damit, eines der Arzneimittel absetzen zu können. Unter keinen Umständen dürfen Sie oder Ihre Frau an der Zusammenstellung selbsttätig etwas ändern.«

»Auf die Idee käme ich niemals«, entgegnete Morris eilig. »Und Elisabeth fühlt sich sehr wohl mit den Medikamenten. Sie vertraut auf die positive Wirkung. Bei ihr herrscht eher die Furcht vor, in den alten Zustand zurückzufallen.«

Doctor Frey nickte bedächtig. »Das Wort *Furcht* gefällt mir zwar weniger, doch die grundlegende Einstellung ist gut und wichtig. Geht es dem Patienten besser, ist er mitunter geneigt zu glauben, die eine oder andere Pille nicht mehr zu benötigen. Ein massiver Schub ist dann quasi vorprogrammiert.«

»Ich werde auf jeden Fall genau darauf achten«, bekräftigte Morris.

»Sehr gut. Kommen wir zum nächsten wichtigen Thema: Ihre Frau muss langsam in den Alltag zurückgeführt werden. Aus den Gesprächen mit Elisabeth weiß ich, dass ihr einige Dinge Sorge bereiten. Etwa, was der Reverend über sie denkt oder wie jene Personen, die sie in der Vergangenheit offenbar beleidigt hat, auf sie reagieren werden. Es wäre äußerst förderlich, wenn Elisabeth mit den betroffenen Menschen konfrontiert wird und bemerkt, dass sie ihr wohlgesonnen sind. Lässt sich das arrangieren?«

»Ihr Umfeld ist informiert und will helfen. Seit bekannt geworden ist, woraus ihr früheres Verhalten resultiert und warum sie so manche Geschichte verbreitet hat, steht ihr niemand mehr ablehnend gegenüber«, entgegnete Morris.

Wieder nickte der Arzt. »Bessere Voraussetzungen kann ich mir nicht vorstellen. So bedeutend es ist, Elisabeth nicht wegzuschließen und in Watte zu packen, bleibe ich bei meiner Meinung, was den Kiosk betrifft. Es liegt mir fern, Ihnen eine Weisung zu erteilen, Mister Morris, ich spreche aber eine deutliche Empfehlung aus: Eine alternative Beschäftigung wäre für Elisabeth von großem Vorteil. Der Kiosk steht in direktem Zusammenhang mit ihrer Phantasiewelt, er war das Zentrum des Geschehens.«

»Ich habe den Kiosk bereits schließen lassen und werde ihn verpachten oder verkaufen«, antwortete Morris. »Elisabeth hat mir erzählt, dass hier im Programm einige Tätigkeiten angeboten werden. Sie sagt, sie malt und schreibt besonders gern. Für die Schriftstellerei hat sie sich von jeher begeistert. Ich erinnere mich, dass sie früher, am Beginn unserer Beziehung, viele Texte verfasst hat. Auch der bildenden Kunst war sie immer zugetan. Soll ich sie motivieren, eines dieser Interessen weiterzuverfolgen?«

»Einen Moment bitte.« Doctor Frey öffnete eine Mappe, die vor ihm lag, blätterte einige Seiten um und las. Schließlich widmete er seine Aufmerksamkeit erneut Morris. »Das Malen ist für unsere Patienten mitunter ein hervorragender Ausdruck ihrer Gefühle und eine gute Beschäftigung. Ihre Frau scheint allerdings tatsächlich ein Schreibtalent zu besitzen. Die Kursleiterin hat dies explizit vermerkt. Vielleicht will sich Elisabeth in diesem Bereich fortbilden. Das wäre durchaus geeignet für sie.«

»Doctor Frey, ich nehme jede Ihrer Empfehlungen dankend an.« Morris hüstelte. »Seit Elisabeths Diagnose habe ich viel über diese Krankheit gelesen und einiges gehört, weil ich denke, je besser ich ihre Situation verstehe, umso mehr kann ich eingreifen. Als Laie fehlt mir dabei dieser *kleinste gemeinsame Nenner*, das greifbare Element, um durchzublicken. Wissen Sie, was ich meine?«

Der Arzt strich sich über das Kinn. »Ja, ich verstehe und werde versuchen, Ihnen das Bindeglied beziehungsweise die Basis näherzubringen. An Schizophrenie erkrankte Menschen verspüren ein alles beherrschendes Gefühl einer undefinierten Angst. Diese Angst ist jedoch anders zu verstehen, als wir sie vor reellen Dingen haben. Stellen Sie sich vor, Sie hätten gegensätzliche Empfindungen ständig parallel nebeneinander herlaufen – lachen und weinen zugleich.« Er hob die Arme. »Gehen Sie in den Wald und stehen plötzlich einem Bären gegenüber, ist die Angst völlig normal und obendrein notwendig. Sie schützt uns. Begleitet sie uns indessen auf subtile und nicht erfassbare Art, bewirkt sie etwas.«

»Man muss also bloß diese Angst ausschalten?«

Doctor Frey neigte den Kopf. »Leider ist es nicht so einfach, es handelt sich um keine Phobie, aber im Falle Ihrer Frau bin ich positiv eingestellt. Der Krankheitsverlauf ist leicht, und sie spricht – wie gesagt – hervorragend auf die Medikation an. Es ist schwierig, in meinem Bereich von Heilung zu sprechen, doch kann ich Ihnen versichern, dass Sie und Elisabeth gute Chancen auf ein angenehmes weiteres Leben haben. Wollen Sie nun zu ihr? Sie ist auf ihrem Zimmer.«

»Ja, sehr gern.« Morris stand auf und reichte dem Arzt über den Tisch hinweg die Hand. »Vielen Dank, Doctor Frey.« Er verließ den Raum und ging langsam den Gang zurück in Richtung des Lifts. Elisabeths Zimmer lag im zweiten Stock der Einrichtung.

Während des Gesprächs hatte Morris eine Reihe an unterschiedlichen Emotionen empfunden – Freude, Bedenken, Furcht, Ungewissheit –, die er erst verarbeiten musste. Er vermisste Elisabeth und befand sich in einem ständigen Zustand der Bedrücktheit, was ihn belastete. Prinzipiell war er ein fröhlicher Mensch mit positiver Einstellung. Sein Glas war stets halb voll gewesen, auf einmal war es halb leer.

Sosehr ihm Elisabeth fehlte, hatte ihm ihr Aufenthalt in der Klinik Sicherheit geboten. Hier wurde sie beschützt und war bestens versorgt. Würde er zu Hause alles richtig machen? Was geschah, wenn er falsch handelte oder etwas tat, das den Heilungsprozess verlangsamte oder gar umkehrte? Er war doch auch nur ein Mensch und keineswegs perfekt.

Kapitel 16

Molly setzte sich auf einen Barhocker in der Küche und warf einen Blick auf ihre Armbanduhr. Nat war in einer Besprechung mit Friedrich Mayer, in dessen großes Bauunternehmen Nat seine Zimmerei integriert hatte. Dank der rasch steigenden Auftragslage mussten weitere Mitarbeiter eingestellt werden, und die beiden wollten beratschlagen, welche Voraussetzungen die Neuen mitbringen sollten. Nat dachte allem voran an zwei zusätzliche Vorarbeiter, denen er die Aufsicht über eine Baustelle überlassen konnte. Langsam verlagerte sich sein Tätigkeitsbereich von der aktiven Arbeit hin zu Organisation, Kontrolle und Troubleshooting.

Obwohl Molly heute schon zweimal mit Dorothy telefoniert hatte, griff sie nach dem Handy und tippte auf die Nummer ihrer Freundin.

Dorothy nahm sofort ab. »Woher weißt du, dass ich mich gerade miserabel fühle?«

»Weil es in Friedenszeiten gleich war. Abends hast du Jack am meisten vermisst. Willst du ihn nicht doch anrufen? Ich finde, ihr solltet das schnellstmöglich klären. Du kennst die Beweggründe nicht, warum er deinen Besuch abgelehnt hat. Oder hast du durchschaut, was sich dahinter verbirgt?«

Dorothy stieß einen Seufzer aus. »Darum geht es nicht. Du kennst mich, Molly. Ich bin grundsätzlich weder verkrampft noch pingelig – genau das Gegenteil, aber es widerstrebt mir, einem Mann hinterherzulaufen. Wenn er unsere Verbindung locker sieht, soll es so sein, und ich werde lernen, damit umzugehen. Möglicherweise hält mir das Schicksal damit auch einen Spiegel vor. Obwohl ich immer korrekt gehandelt habe und ehrlich war, ist mir doch bewusst, dass ich in der Vergangenheit Männer verletzt habe, und das nicht zu knapp.«

»Solche Gedanken musst du schnell streichen«, entgegnete Molly entschieden. »Und Jack geht es genauso schlecht wie dir. Was Tom gesagt hat, klingt ganz und gar nicht nach *locker sehen*, aber nach Verärgerung und Unverständnis.«

»Es bringt nichts, wenn er mit seinem Bruder darüber spricht. Er soll zum Handy greifen und mit mir reden. Mal ehrlich, würdest du ihn an meiner Stelle anrufen?«

»Nein«, antwortete Molly leise.

»Siehst du! Es bringt nichts, etwas zu tun, gegen das ich mich auflehne. Es bliebe – Versöhnung oder endgültige Trennung – ein bitterer Beigeschmack zurück. Alles wird sich weisen und auf irgendeine Art von selbst lösen. Und wenn es mir auch noch so schwerfällt, muss ich darauf warten. Verstehst du?« Dorothy räusperte sich. »Lassen wir mich mal außen vor, es gibt seit Tagen kein anderes Thema. Wie geht es dir? Und Laurie? Fühlt sie sich wohl? Haben Pam und Lilly schon den Termin bei der Agentur hinter sich gebracht?« Sie lachte trocken auf. »In einem Städtchen wie Maple Creek scheint bedeutend mehr los zu sein als in New York, unglaublich. Oder liegt es daran, dass die kleinen und großen Ereignisse des Lebens hier im Trubel einfach untergehen?«

»Ach, Dorothy, ich für mich habe diese Frage längst beantwortet, und du kennst das Resultat. Keine einzige Sekunde habe ich es bereut, New York den Rücken gekehrt zu haben – das allerdings muss jeder für sich entscheiden.« Automatisch erschien ein Lächeln auf Mollys Gesicht. »Bei Laurie ist alles okay. Diese morgendliche Übelkeit hat sie nicht, auch sonst fühlt sie sich rundum gut, manchmal ist sie müde. Laurie und Tom sind so glücklich. Pam und Lilly im Übrigen ebenfalls, wenngleich ihr Weg ein langer ist. Aber sie nehmen den Zeitfaktor, der ihnen auferlegt wird, gelassen«, fasste sie zusammen.

»Das müssen sie«, erwiderte Dorothy. »Eine Adoption geht nicht mit einem Fingerschnippen über die Bühne. Toll, dass sie sich nicht unter Druck setzen. Du hast dich selbst ausgelassen, liebste Freundin …«

»Habe ich das?« Molly hüstelte. »Bei mir passt alles, wirklich. Nur diese ständigen kleinen Hürden machen mir zu schaffen, daran bin ich jedoch selbst schuld. Du hast gerade New York erwähnt – die Oberflächlichkeit und der Rhythmus dort bringen einen vermeintlichen Vorteil: Man kommt erst gar nicht dazu, sich in seine ganz persönlichen Gedanken zu stürzen und sein *Ich* auszuleben. Meine Grübeleien und dieses Hineinkippen in bestimmte Szenarien sind hier in Maple Creek allgegenwärtig. Keine Ahnung, wie ich dagegen angehen soll.«

»Es ist mir nicht entgangen, dass deine alten Muster wieder verstärkt hervortreten. Ich kann mich noch gut an unsere Studienzeit erinnern. Du hast dich in allem verloren: Prüfungen, ungerechte Professoren, fehlende Bücher in der Bibliothek. Was beschäftigt dich aktuell? Dass Nat nicht über Heirat und Kinder spricht oder diese Redakteurin bei der *Maple Creek News Time*, die sich gegen dich auflehnt?«

»Beides.«

»Nats Einstellung zu einer Familie wird sich aufklären – ich rate dir, ihm nicht zu sehr auf die Pelle zu rücken –, aber für die Angelegenheit mit dieser Redakteurin hast du die allerbesten Ansprechpartner: Nat, Franklin und letzten Endes auch Nora. Sie alle sind laufend damit konfrontiert, Mitarbeiter in die Schranken zu weisen und notfalls zu entlassen. Hol dir von ihnen Hilfe. In meinem Beruf habe ich mit solchen Angelegenheiten naturgemäß kaum bis nichts am Hut. Ich kann dir also leider nichts empfehlen.«

»Völlig richtig, die drei zeigen es mir vor. Franklins Meinung kenne ich, Noras durfte ich jahrelang faktisch miterleben, und Nat agiert rigoros in diesem Bereich. Bei ihm kommt hinzu, dass auf einer Baustelle leicht ein Unglück geschieht, wenn eine Person fehl am Platz ist. Ich muss einfach lernen, die –« Molly horchte auf. Die Eingangstür war ins Schloss gefallen. »Nat ist nach Hause gekommen«, erklärte sie Dorothy.

Die gab einen glucksenden Laut von sich. »Das ist wie ein Déjàvu, witzig: Du rufst mich an, wir plaudern, das Geräusch der Tür kündigt Nat an, wir legen auf. Behalten wir diesen *Täglich grüßt das Murmeltier*-Ablauf bitte bei? Dann habe auch ich ein Highlight des Tages. So, und nun genieße den Abend mit deinem Liebsten.«

Bevor Molly etwas entgegnen konnte, hatte Dorothy das Gespräch bereits beendet. Als Nat die Küche betrat, hielt sie das Handy noch in der Hand und betrachtete das Display.

»Dorothy?«, fragte er.

Molly nickte. »Ja, zum dritten Mal heute. Es geht ihr nicht gut. Dorothy ist ein durch und durch fröhlicher Mensch, der unangenehme oder traurige Situationen normalerweise extrem schnell wegsteckt. Wie sie sich aktuell verhält, ist neu für mich. Ihr Schmerz ist offenkundig, und sie tut mir unendlich leid – ich will, nein, ich muss ihr irgendwie helfen.«

»Ich denke, die vielen Gespräche mit dir sind die beste Unterstützung, die du ihr geben kannst.« Nat lächelte hintergründig. »*Ich weiß etwas, das du nicht weißt.* Möchtest du es erfahren? Aber ich sage gleich dazu, es handelt sich um ein Geheimnis, das du für dich behalten musst.«

»*Natürlich* will ich es wissen, und *natürlich* halte ich meinen Mund. Also …«

Nat gab Molly einen Kuss. »Im Grunde sind es sogar zwei Geheimnisse. Ich habe mich heute mit Tom bei ihm zu Hause getroffen. Er plant eine Überraschung für Laurie: Die hässliche Scheune wird weggerissen und ein Kinderzimmer mit allem Drum und Dran angebaut. Das Bauliche übernehme ich, die Planung selbstverständlich Jack. Es ist vereinbart, dass Jack die Pläne während seines Aufenthalts in Maple Creek zeichnet.«

»Ja, aber … wenn er jetzt nicht kommt?«

»Tom hofft, dass er Jack bei seinem Gewissen packen kann. Somit …« Nat öffnete die Arme.

»… wird Jack zur vereinbarten Zeit nach Maple Creek reisen«, vollendete Molly Nats Satz und fügte sogleich hinzu: »Ich darf es Dorothy nicht erzählen?«

»Nein, leider musst du dichthalten. Tom hat mich explizit darum gebeten, dir dieses Versprechen abzuringen. Aus gutem Grund: Es ist nicht klar, ob er seinen Bruder wirklich überzeugt. Und selbst wenn Jack fest zusagt, besteht nach wie vor die Gefahr, dass er es sich kurzfristig anders überlegt – Jack kann verdammt stur und spontan sein. Tom denkt dabei nur an Dorothy. Er mag sie gern und will keine falschen Hoffnungen in ihr wecken.«

»Das verstehe ich sehr gut. Auch wenn es mir schwerfällt, werde ich kein Wort zu Dorothy sagen. Unweigerlich käme sie voller Erwartungen nach Maple Creek, die dann womöglich nicht erfüllt werden. Das wäre doppelt schlimm für sie. Hoffentlich lässt sich Jack von Tom erweichen.« Molly lächelte versonnen. »Es erinnert mich ein wenig an uns. Wir haben damals ebenfalls einen Schubs von außerhalb gebraucht.«

Nat zog Molly zu sich. »Das stimmt, und wir haben das Allerbeste daraus gemacht. Ich liebe dich.« Abermals küsste er sie und flüsterte: »Wollen wir das Abendessen vielleicht auf später verschieben? Ich hätte da eine Idee …«

Obwohl Molly sofort dieses besondere Kribbeln verspürte, das Nat in solchen Momenten stets bei ihr auslöste, entwand sie sich seinen Händen. »Ich muss dich etwas fragen …«

Auf der Stelle schaltete Nat um. »Ja, klar. Immer und alles.«

»Mit Dorothy habe ich auch über Emilia gesprochen, und sie hat mir empfohlen, mit dir darüber zu reden. Es ist neu für mich, Personalentscheidungen zu treffen, und ich weiß nicht recht, wie ich damit umgehen soll. Solange ich mir im Unklaren bin, bekomme ich das Thema nicht aus den Gedanken, wie ein richtiges Hirngespinst. Es dürfte mich nicht so intensiv beschäftigen.«

Nat nickte. »Das ist wohl wahr. Was Franklin dir dazu gesagt hat, unterstreiche ich: Manches Mal muss man leider hart durchgreifen. Ich dulde keine Unachtsamkeit, Querulieren, Nachlässigkeiten und Ähnliches, Alkohol und Drogen sind absolut tabu.« Er winkte ab. »Es geht nicht um mich, ich habe mit anderen Problemen zu kämpfen als du in der Redaktion. Was möchtest du genau wissen?«

»Wie gehst du damit um – ich meine, du für dich, ganz persönlich? Immerhin verliert jemand durch deine Entscheidung seinen Job. Er hat vermutlich Familie, die er erhalten muss, und du hast keine Ahnung, warum er neben der Spur steht.«

Nat strich sich über das Kinn. »Ich versuche es dir zu erklären. Es gehört zu meinen Aufgaben, einen reibungslosen Ablauf zu gewährleisten und gute Arbeit abzuliefern. Den Sicherheitsaspekt lasse ich bewusst weg, er kommt in deinem Fall nicht zum Tragen. Wenn einer meiner Männer ständig Fehler macht oder gegen mich angeht und damit die anderen aufwiegelt, fällt das auf mich und mein Unternehmen zurück. Mein Ruf würde darunter leiden, und ich bekäme weniger Aufträge. In der Folge müsste ich gute Leute kündigen. Auch wenn es hart klingt, aber ich darf mich von vornherein nicht in die Sache verstricken. Kollegiales Verhalten ist wichtig, dennoch gilt es, einen gewissen Abstand zu wahren. Du bist ein unglaublich mitfühlender Mensch, Molly, doch in diesem Punkt musst du über deinen Schatten springen.«

»Es gehört zu meinen Pflichten, für Ruhe und ein angenehmes Klima im Unternehmen zu sorgen«, murmelte Molly.

Nat ergriff ihre Hand. »Korrekt. Auch das unterscheidet einen guten Chef von einem schlechten. Bei dir steht zwar nicht die körperliche Gesundheit der Mitarbeiter auf dem Spiel wie bei mir, jedoch die psychische. Niemand arbeitet gern in einem ständig angespannten Umfeld.«

»Was würdest du an meiner Stelle tun?«, fragte Molly.

»Das ist einfach. Ich würde mir diese Emilia schnappen und ein äußerst ernsthaftes Gespräch mit ihr führen. Entweder sie akzeptiert deine Regeln oder sie geht.« Er hob den Zeigefinger. »Du musst außerdem bedenken: Franklin will dich als seine Nachfolgerin aufbauen. Ich wette, er betrachtet die Angelegenheit mit Emilia als Prüfung.«

»Du meinst, er checkt ab, ob ich tough genug bin für den Job?«

»Davon kannst du ausgehen. Ich würde es so tun.«

»Ich glaube, du hast recht. Von seiner Position aus könnte er die Sache mit einem Schlag regeln, aber er möchte sehen, wie ich damit umgehe. Die Erkenntnis macht es mir zwar nicht leichter, allerdings weiß ich nun, was ich zu tun habe.« Molly spitzte die Lippen. »Würdest du mir jetzt verraten, welche Idee du vorhin hattest?«

Nat lachte auf, und blitzschnell glitt sein linker Arm unter ihre Kniekehlen, mit dem rechten umschlang er Mollys Rücken. Als wäre sie eine Feder, hob er sie hoch. »Am besten, ich zeige sie dir … im Schlafzimmer.«

Kapitel 17

Die Assistentin streckte den Kopf durch den Auslass der Glaskabine, in der ihr Schreibtisch stand. »Mrs Underwood, Mister Underwood. Sie können nun kommen. Doctor Wilson ist bereit.«

Sofort erhoben sich Laurie und Tom und betraten den Untersuchungsraum.

Die Ärztin zeigte auf die beiden Stühle vor ihrem Schreibtisch, dann sagte sie an Laurie gewandt: »Wie geht es Ihnen, Mrs Underwood?«

Laurie richtete sich auf. »Sehr gut. Im Grunde habe ich keine Beschwerden. Manches Mal fühlte ich mich ein wenig aufgebläht und … ich werde rasch müde. Dabei brauche ich normalerweise wenig Schlaf. Ich bin es gewohnt, in der Nacht zu arbeiten.«

Doctor Wilson nickte. »Durch die Schwangerschaft sind Sie hormonellen Veränderungen unterworfen. Das ist völlig normal und macht sich auf verschiedene Weise bemerkbar. Gerade im ersten Drittel kann der Blutdruck niedrig sein. Ihr Körper zeigt Ihnen seine Bedürfnisse. Gönnen Sie ihm Erholung, wenn er danach verlangt.« Ihr Blick schwenkte zu Tom und wieder zurück zu Laurie. »Sie haben mir erzählt, Sie führen in einem Restaurant die Küche?«

»Uns gehört die Sycamore Tavern in Maple Creek«, warf Tom ein.

Die Ärztin zog die Brauen hoch. »Oh, Freunde von mir kommen regelmäßig zu Ihnen. Sie sind begeistert. Das nächste Mal werde ich mich anhängen.«

Laurie lächelte. »Geben Sie rechtzeitig Bescheid, dann werde ich Ihnen etwas außerhalb der Karte kochen. Nennen Sie mir Ihre Lieblingsspeise, und ich zaubere eine Variation daraus.«

»Vielen Dank.« Doctor Wilson faltete die Hände wie zum Gebet. »Mrs Underwood, ich bin eine Befürworterin von Bewegung und einem normalen Verhalten bei Schwangeren – Sie sind nicht krank –, doch müssen Sie auf sich achten. Ich kann nur erahnen, wie anstrengend Ihr Beruf ist. Ihre Bedürfnisse in den nächsten Monaten werden mit dem Alltag von heute nicht mehr zu vereinbaren sein, zumindest nicht in vollem Umfang.«

»Sie meinen also, Laurie mutet sich zu viel zu?«, fragte Tom.

Doctor Wilson hob die Arme. »Jeder Mensch ist anders und benötigt ein unterschiedliches Maß an Ruhe in der Schwangerschaft. Jedenfalls muss man mit seinen Kräften achtsam umgehen und soll nicht auf Reserven zurückgreifen. Laurie, in Ihrem Fall möchte ich besonders darauf hinweisen.«

Tom bejahte den Hinweis der Ärztin eifrig. »Ich bin voll und ganz Ihrer Ansicht.« Er drehte sich Laurie zu. »Ich habe dir gesagt, wir sollten unverzüglich einen zweiten Koch anstellen. Vergiss die Einarbeitungszeit nicht! Wie ich dich kenne, wird es Monate dauern, bis du mit seiner Arbeit zufrieden bist. Entschuldigen Sie, Doctor Wilson, das gehört nicht hierher.«

»O doch, Ihre Bemerkung, Mister Underwood, ist sehr aufschlussreich für mich. So weiß ich, dass ich mit meiner Vermutung richtigliege.« Die Ärztin zwinkerte Tom zu. »Laurie, wie Sie liebe ich meinen Job und bin mit Leib und Seele dabei. Also kann ich Ihre Gedankengänge bestens nachvollziehen, dennoch sage ich Ihnen hiermit direkt: Treten Sie – im wahrsten Sinne des Wortes – Schritt für Schritt leiser. Auch wenn Sie mir aus heutiger Sicht nicht glauben, Sie werden die Zeit genießen.« Mit einer einladenden Handbewegung wies die Ärztin auf die gegenüberliegende Seite des Zimmers. »Sehen wir nach, wie es dem kleinen Lebewesen in Ihrem Körper geht. Sie kennen das Prozedere.«

Laurie erhob sich. Als sie auf den Paravent zuging, um sich dahinter für die Untersuchung bereitzumachen, hatte sie das Gefühl, wie auf Wolken zu laufen. Alles war so hautnah und real, dabei unwirklich und schien einem Traum zu entspringen. Noch nie in ihrem Leben hatte sie sich in solch einem Zustand befunden. Es war, als müsste sie lachen und weinen zugleich – beides vor Glück und Erstaunen über das, was gerade mit ihr geschah. Ebenso empfand sie aber auch Furcht. Was würde in den nächsten Monaten mit ihr geschehen, welche Veränderungen standen bevor? Sie hatte völlig neues Terrain betreten, und die Ungewissheit bereitete ihr Sorgen. Unwillkürlich musste Laurie schmunzeln. Nun hatte es sie also ebenfalls gepackt. Seit Menschengedenken bekamen Frauen Kinder. Was sie durchlebte, war weder etwas Außergewöhnliches noch Herausragendes, und doch fühlte es sich an, als wäre sie die erste Schwangere auf dieser Welt. Dabei hatte sie immer von sich gedacht, diesen Zustand normal und locker zu nehmen.

Als Laurie hinter der Wand hervortrat, hatten sich die Ärztin und Tom bereits in Position gebracht. Sie ging zu ihnen und machte es sich auf der Liege bequem.

Doctor Wilson verteilte ein kühles Gel auf ihrer Haut, dann nahm sie den Ultraschallscanner und begann, damit langsam über ihren Bauch zu streichen. »Beginnen wir mit dem schönsten Teil der Untersuchung …«, sagte sie und blickte hintereinander Laurie und Tom an.

»O mein Gott«, flüsterte Tom und fixierte wie gebannt den Bildschirm. »Schau, unser Baby. So winzig …«

Ein Schauer durchlief Lauries Körper. Sie ergriff Toms Hand und umklammerte seine Finger. Die jähe Gefühlswelle ließ sie kein Wort hervorbringen.

Doctor Wilson lächelte. »Noch ist es in der Tat winzig, bald wird es sich gehörig strecken. Messen wir einmal …« Sie klickte mit der Maus und markierte auf dem Bildschirm Punkte oberhalb des Kopfs und unter dem Steiß des Fetus. »Fünfundzwanzig Millimeter, die Größe ist genau richtig, und es liegt perfekt für ein wunderschönes Foto.« Sie betätigte eine Taste auf dem Gerät.

»Kann man schon sehen, ob es ein Mädchen oder ein Junge wird?«, erkundigte sich Tom.

»Das erfordert ein wenig Geduld – bisweilen mehr als *ein wenig*. So manches Kleine versteckt sein Geschlecht mit Geschick. Wenn wir Glück haben, kann ich Ihnen in einigen Wochen sagen, was es wird. Nageln Sie mich jedoch nicht daran fest. Ich irre mich selten, aber es ist vorgekommen.« Die Ärztin reichte Laurie ein Tuch zum Abwischen des Gels. »Beim nächsten Termin werde ich Ihnen Blut abnehmen, und im Zuge der Ultraschalluntersuchung führe ich die Nackenfaltenmessung durch. Wissen Sie, was das ist?«

»Nein. Wozu dient diese Messung?«, fragte Laurie.

»Das ist schnell erläutert: Eine erhöhte Nackentransparenz kann auf eine Chromosomenstörung hinweisen, die bekannteste ist die Trisomie 21, das Downsyndrom. Machen Sie sich deshalb keine Sorgen. Alles sieht wunderbar aus, es handelt sich um eine standardisierte Kontrolle.«

Trotz der Erklärung der Ärztin hielt Laurie den Atem an. Bis jetzt hatte sie keinen Gedanken daran verschwendet, dass ihr Baby vielleicht nicht gesund sein könnte. Auch worauf Doctor Wilson sie zuvor hingewiesen hatte – sich Ruhepausen und Entspannung zu gönnen –, war noch nicht in ihr Bewusstsein vorgedrungen gewesen. Die Erkenntnis, dass sie nun nicht mehr für sich allein verantwortlich war, überflutete sie schlagartig. Ein Leben wuchs in ihr, und dieses musste sie mit allen Mitteln beschützen – das Wort *Verantwortung* flammte in ihr auf. Lauries Blick schwenkte zu Tom. Sein Mienenspiel war eindeutig: Er gewahrte wie sie die Tragweite. *Du liebe Güte, wir werden tatsächlich Eltern,* dachte Laurie.

Kapitel 18

Molly betrat die Tavern, hängte ihren Mantel an die Garderobe und steuerte direkt auf die Bar zu, wo sie Jim erspäht hatte. Sie erklomm den Hocker neben ihm und rieb sich die Hände. »Es ist eiskalt draußen. In New York habe ich den nahenden Winter deutlich weniger gespürt.«

Jim schmunzelte. »Bei uns ist es auch um einiges rauer. Außerdem findest du hier nirgendwo Straßenschluchten mit wärmespeichernden Hochhäusern. Der Wind weht ungebremst über das Land.« Er bedachte Molly mit seinem typisch prüfenden Blick. »Du siehst etwas abgekämpft aus. Liegt das an der Kälte oder hast du Stress?«

Sie zuckte mit den Schultern. »Eine Kombination aus beidem wahrscheinlich. Darüber hinaus denke ich ständig zu viel nach. Mittlerweile weißt du, wie ich bin.«

»Oh, dieses Laster teilen wir. Deshalb kann ich dich bestens verstehen. Bei mir sind es gerade Ann, Morris und Elisabeth, Lauries Schwangerschaft, Pamelas und Lillys Pläne, und zu allem Überfluss kommt nun deine Chefin aus New York hinzu. Habe ich etwas vergessen? Natürlich: Dorothy und Jack. Was ist es bei dir?«

Jim hatte in einem Satz gleich mehrere Punkte angesprochen, auf die Molly unbedingt näher eingehen wollte. Am besten, sie brachte ebenfalls alles auf einmal dar. »Lassen wir mich vorerst beiseite. Hast du mit Morris gesprochen? Wie geht es Elisabeth? Was meinst du mit Pams und Lillys Plänen?« Sie beugte sich vor. »Und zum Thema Dorothy und Jack habe ich eine geheime Information, du darfst also nichts weitererzählen.«

Jim blies die Wangen auf. »Du liebe Güte, Molly! So viele Fragen in einem Abwasch. Warte, alles der Reihe nach.«

Sie konnte nicht anders, als breit zu grinsen. »Nur ein kleiner Vorgeschmack auf Nora. Du hast nicht vergessen, was ich dir über sie berichtet habe?«

»Sie steckt voller Leben, und ihr Geist ist überaus rege. In ihren Aussagen spricht sie fünf Themen zugleich an und springt zwischen ihnen hin und her.« Jim lächelte und tippte sich an die Schläfe. »Jedes Wort, das du je über Nora erwähnt hast, ist fest verankert. Es geziemt sich nicht, immerhin treffe ich mich mit Ann und nenne sie meine Freundin, aber ich freue mich schon sehr darauf, Nora endlich kennenzulernen.«

Molly sah ihn erstaunt an. »Was sollte daran verwerflich sein, sich auf jemanden zu freuen?«

Jim wirkte regelrecht verlegen. »Nun, wie du weißt, habe ich eine unwiderlegbare Schwärmerei für deine mir unbekannte Chefin entwickelt. Auch wenn ich dich nicht weiter über sie ausfrage, ist sie doch in meinen Gedanken – intensiver und anders, als sie es sein dürfte.« Er verdrehte die Augen. »Was bin ich für ein alter Narr. Am Anfang meines Studiums hatte ich knapp hintereinander drei Liaisons – das war meine sogenannte wilde Zeit –, dann habe ich bereits meine Frau kennengelernt. Soll ich jetzt, mit über fünfzig Jahren, beginnen, mich wie ein Teenager zu verhalten?

Eine Frau im Arm, eine zweite, von der ich träume? Lass uns von etwas anderem reden, an Inhalten mangelt es nicht.«

Molly nickte. »Okay. Was hältst du von einem kleinen *Quidproquo*-Spiel, um all die Fragen zu stellen und zu beantworten?«

»Ach Molly, welch wunderbare und kreative Idee! Liebend gerne. Du ahnst nicht, wie sehr ich es genieße, dass du nach Maple Creek gezogen bist. Allein deswegen …«, entgegnete Jim und öffnete einladend die Hände. »Du beginnst.«

»In Ordnung. Wie geht es Morris und Elisabeth?«

»Ich habe Morris heute in meinem Büro getroffen – auf einen Männerplausch sozusagen, mit Kaffee und Zigarre. Elisabeth wird entlassen, es geht ihr den Umständen entsprechend gut. Wichtig ist in dieser Phase, ihr die Rückkehr in den Alltag zu erleichtern. Dabei können wir helfen. Morris will mit allen darüber sprechen und die notwendigen Informationen liefern. Nun bin ich an der Reihe«, sagte Jim und fragte sogleich: »Welches Geheimnis gibt es rund um Dorothy und Jack?«

Molly warf einen schnellen Blick in Richtung Tom, der auf der anderen Seite der Bar stand und mit Doctor Strauss beschäftigt war. »Tom organisiert als Überraschung für Laurie einen Anbau bei ihrem Haus. Jack übernimmt die Planung. Tom versucht es so zu drehen, dass er zur selben Zeit hier sein wird wie Dorothy – den Rest müssen die beiden selbst regeln.«

»Eine hervorragende Idee von Tom. Du bist dran …«, erwiderte Jim.

»Was weißt du über Pamelas und Lillys Vorhaben?«

»Ich denke, alles. Pam hat mich in meiner Funktion als Anwalt besucht und über die Adoptionswünsche informiert. Eventuell benötigen die beiden meinen anwaltlichen Beistand.« Jim streckte die Wirbelsäule durch. »Wenn das der Fall sein sollte, darf ich nicht mehr darüber sprechen – Pam und Lilly können selbstverständlich preisgeben, was sie wollen. Machen wir bei dir weiter. Obwohl du fröhlich scheinst, belastet dich etwas. Ich sehe das.«

Bevor Molly antworten konnte, trat Tom zu ihnen. »Sorry, aber unser guter Doc war gerade sehr mitteilungsbedürftig. Nun kenne ich einige Details über die Geburt, die ich lieber nicht gewusst hätte. Was darf es für dich sein, Molly, einen Tom's Maple?«

»Heute nicht, ich brauche einen Energieschub.«

Tom tat, als müsste er einen Augenblick überlegen. »Also eine Lauries Maplemilk. Ehe ich es vergesse, bist du nur auf einen Sprung hier oder kommt Nat nach? Laurie muss nämlich mit dir sprechen. Sie will in der *Maple Creek News Time* eine Annonce wegen eines Kochs schalten.«

»Nat kommt in etwa einer Stunde. Wir essen bei euch«, erklärte Molly.

»Perfekt, dann haben wir keine Eile.« Tom tat zwei Schritte zur Seite, hielt inne und kam wieder zurück. »Es würde mich freuen, wenn ihr Samstagabend vorbeischauen würdet. Laurie und ich waren beim Ultraschall, wir haben Fotos! Die möchten wir euch zeigen und feiern – dezent und sittlich feiern, natürlich. Wie es sich gehört mit einer Schwangeren in der Runde.« Ein Strahlen nahm sein Gesicht ein. »Ihr könnt euch nicht vorstellen, wie es ist, sein Baby auf einem Monitor zu sehen. Ich schwöre, ich musste die Tränen zurückhalten, so gerührt war ich.«

Wie glücklich er ist, fuhr es Molly durch den Kopf, und wider Willen verkrampfte sich ihr Herz. Unmerklich atmete sie tief durch und ermahnte sich, ihre ewigen Gefühlsstürme endlich abflachen zu lassen. Was rund um sie herum geschah, hatte nichts mit ihr zu tun, und es war falsch, alles in irgendeiner Form auf sich zu projizieren.

Laurie und Tom bekamen ein Baby, Pamela und Lilly heirateten, weshalb sollte Nat deshalb plötzlich darüber reden und selbst in diese Richtung planen wollen? Es handelte sich um den Lebensrhythmus der anderen, nicht um ihren. Sie musste daran arbeiten, diese Übersensibilität abzulegen, sonst würde sie letztlich etwas heraufbeschwören, das sich negativ auf ihre und Nats Zweisamkeit auswirkte.

Kapitel 19

Ich werde es mir sofort ansehen und rufe Sie umgehend zurück, Mister Browner.« Lilly steckte das Telefon wieder in die Aufladestation und aktivierte den Bildschirm ihres Computers, der in den Stand-by-Modus gegangen war. Sie öffnete den Kundenordner der Browner Adventuretours und klickte auf eine Excel-Datei, die den Werbejahresplan des Unternehmens inklusive der Agenturabzüge beinhaltete.

Nachdem sie Zeile für Zeile durchgegangen war, schob sie die Unterlippe vor und nagte an ihr. Wie kam Mister Browner darauf, dass er plötzlich weitere fünf Prozent Rabatt haben wollte? Alles war korrekt. Bei zwei Medien hatte sie sogar einen Bonus herausgeschlagen, den sie eins zu eins an Mister Browner weitergab.

Lilly zog das Telefon erneut aus der Halterung und tippte auf Mister Browners Kontakt. Als er sich meldete, sagte sie: »Hallo, Lilly Summers. Ich habe mir Ihren Jahresplan angesehen. Alles ist einwandfrei.«

Mister Browner reagierte prompt. »Das weiß ich doch. Ich meine auch nicht, dass Sie etwas falsch gemacht haben. Mir geht es um die fünf Prozent, die mir … nun ja …« Er geriet ins Stocken. Schließlich sprach er weiter: »Eine andere Agentur würde mir von einem sogenannten Agenturrabatt fünf Prozent weitergeben. Warum bekomme ich die nicht von Ihnen? Und was ist das überhaupt, ein Agenturrabatt?«

»Das erkläre ich Ihnen gerne: Als Werbeagentur, und nur als solche, erhält man zum Beispiel von Druckereien oder Zeitschriften einen festen Rabattsatz bei Bestellungen. Dieser Rabatt ist gewissermaßen die Provision für die Agentur – davon leben wir unter anderem. Ich rechne sorgfältig und nach den Standards ab. So leid es mir tut, daran verändere ich nichts. Durch meine guten Verbindungen zu den Medien erhalten Sie durch mich allerdings eine erhöhte Anzahl an Gratisschaltungen, die nicht üblich sind. Der Wert übersteigt fünf Prozent bei Weitem.« Lilly hüstelte. »Darf ich Sie fragen, wer Sie kontaktiert hat?«

»Natürlich. Das war die C. Hill Werbeagentur mit Sitz in Maple Creek.«

Kurz verschlug es Lilly die Sprache, doch schnell fasste sie sich. »Ich lebe in Maple Creek und kenne keine Agentur dort.«

»Oh, die ist ganz neu. Die Inhaberin – Miss Hill – hat um einen Termin gebeten und mir das Angebot unterbreitet. Sie ist mir zwar nicht sonderlich sympathisch, im Gegensatz zu Ihnen, aber hey – fünf Prozent sind fünf Prozent. Bei meinem Werbebudget ist das nicht so wenig.«

Tief sog Lilly die Luft in die Lungen. »Mister Browners, darf ich Ihnen etwas vorschlagen? Zeigen Sie dieser Miss Hill Ihre diesjährigen Anzeigen, nicht den redaktionell vereinbarten Teil, also die für Sie kostenfreien Beiträge, und lassen Sie sich ein Angebot für das kommende Jahr erstellen. Meinen Plan haben Sie bereits, vergleichen Sie, und treffen Sie danach eine Entscheidung.«

»Das stört Sie nicht, Miss Summers?«

»Nein. Es ist Ihr gutes Recht, alternative Offerten einzuholen.«

»Dann mache ich das und melde mich bei Ihnen, sobald ich eine Rückmeldung habe. Bis bald.«

»Bis bald, Mister Browner.« Lilly behielt das Telefon in der Hand und wählte Pamelas Nummer. Als sie sich meldete, fragte Lilly auf der Stelle: »Sag mal, kennst du eine Werbeagentur in Maple Creek?«

»Es gibt keine Werbeagentur bei uns«, entgegnete Pamela.

»Sie soll neu eröffnet haben und heißt C. Hill. Einer meiner Kunden hat gerade versucht, den Preis zu drücken, weil diese Firma ihm mehr Prozente versprochen hat.«

»C. Hill? Du liebe Güte! Das glaube ich nicht. Charlotte heißt mit Nachnamen Hill. Sie hat während ihrer Zeit als Kellnerin in der Tavern eine Marketingausbildung gemacht.«

»Meinst du *diese* Charlotte?«

»Genau jene. Nats ehemalige Affäre, die sich später an Tom herangemacht hat und während der Eröffnungsfeier des Maple Lake Inn für gewaltige Unruhe bei einigen sorgte. Und jetzt stürzt sie sich offensichtlich auf deine Kunden, um sie von dir abzuziehen. Lilly, ich befürchte, das ist meine Schuld.«

»Weil du sie damals bei der Feier gebeten hast zu gehen? Es war das Richtige.«

Pamela stöhnte auf. »Richtig oder falsch, ich habe sie damals in die Schranken gewiesen, und das wird sie mir nie verzeihen – ich kenne sie gut genug. Schadet sie dir, trifft sie mich ebenfalls, und das weiß sie.«

Automatisch zog Lilly die Brauen zusammen. »Bitte, sie soll nur versuchen, mir ein Bein zu stellen. Sie wird es nicht schaffen.«

»Bringt dich das wirklich nicht in Schwierigkeiten?«, fragte Pamela leise.

»Mach dir keine Sorgen. Sie kann für Unruhe sorgen und lästig sein, aber nicht mehr. Pam, ich bin so viele Jahre in der Branche und habe die besten Verbindungen weit und breit. An meine Vereinbarungen mit den Medien, Reisebüroketten und anderen Netzwerken kommt sie nicht heran. Maximal springen Kunden auf ihren Zug auf, die Einmalschaltungen tätigen.«

»Es reicht aus, wenn sie dich in Bedrängnis bringt.«

Lilly hörte den Zorn in Pamelas Stimme. Bewusst gelassen antwortete sie: »Ich habe meine festen Richtlinien und beginne wegen Charlotte nicht, mit irgendjemandem zu feilschen. Vergiss die Sache einfach wieder. Freuen wir uns auf den Termin bei der Adoptionsagentur – das alleine zählt, und dass ich dich liebe.«

»Ja, stimmt. Dennoch …«

»Kein weiteres Wort über Charlotte«, entgegnete Lilly entschieden. »Weder sie als Person noch die Angelegenheit sind es wert. Vielleicht hat sie durch Zufall bei Mister Browner angerufen, und es steckt nichts dahinter. Auch diese Möglichkeit dürfen wir nicht außer Acht lassen.«

Abermals stöhnte Pamela. »Okay. Wir sehen uns abends. Ich liebe dich.«

»Bis später.« Lilly beendete das Gespräch und lehnte sich in ihrem Stuhl zurück. Ihre Worte hatten Pamela beruhigt, und das war das Wichtigste. In Wahrheit kochte sie nämlich vor Wut. Sie kannte Charlotte nicht näher, was sie jedoch von ihr wusste und hautnah miterlebt hatte, reichte aus, um sie entsprechend zu beurteilen. Schon einigen ihrer Freunde hatte diese Frau Kummer bereitet.

Lilly drehte eine Locke um ihren Zeigefinger. Womöglich handelte es sich bei Mister Browner tatsächlich nur um einen Treffer aufs Geratewohl, aber das würde sich bald herausstellen. Zielte Charlotte auf ihre Kunden ab, bekäme sie in Kürze unweigerlich mehrere vergleichbare Anrufe. Dann musste sie etwas unternehmen.

Lilly presste die Lippen aufeinander. Diese Person sollte sich bloß nicht mit ihr anlegen.

Kapitel 20

Jim saß in seinem Büro und blickte aus dem Fenster. Cicero lag unter dem Schreibtisch zu seinen Füßen und schlief. Mit zunehmendem Alter benötigte er immer mehr Ruhe, doch noch machte Jim sich keine Sorgen um ihn. Erst kürzlich hatte er mit Cicero den Tierarzt für die jährliche Kontrolluntersuchung aufgesucht. Es beruhigte ihn zu wissen, dass sein Hund kerngesund war, und er wollte nicht darüber nachdenken, was die ferne Zukunft brachte.

Von selbst glitten seine Gedanken von Cicero zu ihm selbst. Wie würde er die nächsten Jahre wohl verbringen? Das letzte Gespräch mit Molly in der Tavern hatte ihn angeregt, ernsthaft über seine momentane Situation zu sinnieren und damit ebenso sein restliches Leben zu betrachten. Auch wenn es ihm widerstrebte, würde er bald eine Entscheidung zu treffen haben.

Seit Lucys Unfalltod hatte er keine neue Liebe an seiner Seite zugelassen. Die erste Frau, bei der er aufgehorcht hatte, war wirklich Nora gewesen. Mit ihr war der grundsätzliche Wunsch in ihm hochgekommen, nicht alles im Singledasein bestreiten zu wollen, sondern erneut teilen zu dürfen. Nach wie vor befand sich Nora in seinem Fokus, und wenn er sich der Illusion hingab, sie an seiner Seite zu haben, verspürte er ein leises sehnsüchtiges Ziehen.

Wie irrational diese romantischen Gefühle waren, wusste er natürlich – er kannte Nora nicht einmal persönlich. Nichtsdestoweniger ließen sie sich nicht verdrängen. Seiner sachlichen Überlegung zufolge barg er offensichtlich ein gewisses Wunschbild, das sich in Nora manifestiert hatte. Dabei war er mit Ann zusammen.

Dass diese Verbindung nicht reibungslos und harmonisch verlief, wurde ihm mit jedem Tag klarer, den er mit Ann gemeinsam verbrachte. Aber er gab nicht auf. Es lag nicht daran, dass er sich davor fürchtete, wieder allein zu sein. Vielmehr war es das Empfinden, nicht genug in diese Beziehung zu investieren. Manchmal fragte er sich, ob er es verlernt hatte, sich normal zu verhalten. Auch wenn Ann ihre wahren Bedürfnisse nicht offenbarte – was ihn neben der Eifersucht am meisten störte –, ahnte er, was ihr fehlte. Sie wünschte sich einfach, mehr in sein Leben eingebunden zu werden. Die andere Möglichkeit anzunehmen, dass ihr Verhalten auf reinen Charaktereigenschaften basierte, würde die Beziehung mit einem Schlag zerstören – und das wollte er nicht, noch nicht. Vielmehr war es wichtig, Ann ein besseres Grundgefühl zu vermitteln und ihr Halt zu geben. Was konnte er Sinnvolleres dafür tun, als sie am Samstag in die Tavern mitzunehmen?

Untrennbar war er mit seinen Freunden verbunden, und da er mit Ann einen Schritt in die richtige Richtung zu gehen gedachte, gehörten sie dazu. Ihre Eifersucht lag möglicherweise ohnehin nur darin begründet, dass sie sein Umfeld nicht kannte und somit im Dunkeln tappte. Gern erzählte er ihr von den kleinen und größeren Ereignissen in Maple Creek. Doch konnte Ann überhaupt etwas damit anfangen? Die Personen waren ihr fremd.

Jim stieß einen Brummton aus. Wenn alles an seinem falschen Verhalten lag, warum hatte er dann das merkwürdige Empfinden, dass er Entschuldigungen für Ann suchte? Es war ein legitimer Wunsch, den Freundeskreis des Partners kennenzulernen. Aber was war der Auslöser? Ging es Ann darum, die Menschen in seinem Umfeld als liebe Bekannte zu gewinnen, oder darum, ihn einzunehmen? Beinahe hatte er ein schlechtes Gewissen wegen dieses Gedankens, wobei er nicht von der Hand zu weisen war. Selbst hatte sie keine Freunde. Es sollte zumindest ein oder zwei beste Freundinnen geben, Reiterinnen wie sie, mit denen sich Ann auf einen Kaffee traf, ausritt oder am Telefon plauderte. Egal wie alt man war, brauchte man Menschen um sich, die man gernhatte. Er gab einen ächzenden Laut von sich und warf einen Blick auf den nach wie vor schlafenden Cicero.

Ann würde seine Freunde zu einem schönen Anlass kennenlernen – er selbst war schon gespannt auf die Ultraschallfotos – und sich hoffentlich in der kleinen Gruppe gut aufgehoben wähnen. Danach würde die Situation sicherlich besser werden. Darüber nachzudenken, was andernfalls geschah, verbot sich Jim. Er wollte nicht über ein Ende sinnieren, wenn die Möglichkeit auf ein positives Miteinander zum Greifen nahelag. Die Vorstellung allein versetzte ihm bereits einen Stich – erstaunlicherweise zudem ein weiteres Gefühl: Erleichterung.

Irritiert über diese zusätzliche Empfindung schüttelte Jim den Kopf und stand abrupt auf. »Komm, Cicero, machen wir einen Spaziergang. Dein Herrchen versteht sich selbst nicht mehr, und sein Gehirn verlangt dringend nach frischer Luft, um wieder klar zu werden.«

Worin hatte er sich bloß verstrickt? Die Veränderungen hatten sein Leben bereichert, genauso belasteten sie ihn. Warum sonst verspürte er *Erleichterung* bei einem an sich traurigen Ereignis? In der Tat wühlte ihn diese jähe Erkenntnis außerordentlich auf. Ging es letzten Endes gar nicht um eine illusorische Vorstellung mit Nora, sondern vielmehr um den unerfüllbaren Wunsch, Ann wäre schlichtweg ein anderer Typ? Sie war ohne Zweifel eine wunderbare Frau, aber deshalb musste sie noch lange nicht mit ihm harmonieren.

Als Cicero endlich aufstand und sich streckte, konnte es Jim nicht schnell genug gehen, das Haus zu verlassen. Die Bewegung in der Kälte würde seine wirren Gedanken vertreiben.

Kapitel 21

Gefällt dir der Text?«, fragte Molly und reichte Laurie über ihren Schreibtisch hinweg ein Blatt Papier.

»Super. Ich glaube, deutlicher lässt sich auf höfliche Weise nicht formulieren, was ich suche.« Laurie grinste. »Mir tut die Person leid, die den Zuschlag erhält. Ich habe im Laufe meiner Arbeitszeit in den großen Hotels einige Köche ausgebildet, aber jetzt verhält es sich ganz anders – die Küche der Tavern ist *meine,* und ich weiß nicht, ob ich je mit einem fremden Koch darin zufrieden sein kann. Verstehst du das?«

»Sehr gut sogar. Du und Tom habt mit der Sycamore Tavern eine wahre Perle erschaffen und seid in der Gegend berühmt für die herausragenden Speisen. Du willst diesen Ruf nicht verlieren«, antwortete Molly und fügte hinzu: »Außerdem ist es bestimmt nicht einfach, das Zepter aus der Hand zu legen.«

»Bestens zusammengefasst. Das Niveau *muss* erhalten bleiben, das ist das Allerwichtigste. Auch die Tatsache, dass ich die Dinge bald nicht mehr steuern kann, bereitet mir Übelkeit. Am liebsten würde ich alles bewerkstelligen: Kinder bekommen und voll weiterarbeiten. Die Worte der Ärztin haben mir jedoch zu denken gegeben. Ich spüre bereits, wie sich mein Körper verändert.«

»Belastet das die Freude über die Schwangerschaft?«, fragte Molly.

»Seltsamerweise überhaupt nicht. Ist das zu verstehen? Paradox, nicht wahr? Trotz all dieser Gedanken und Ängste bin ich überglücklich. Bis heute hat sich in Toms und meinem Leben alles um die Tavern gedreht. Sie ist auch heute wichtig, und wir lieben unsere Arbeit, aber das Kind hat dem Lokal eindeutig den Rang abgerungen.« Laurie lächelte. »Ich bilde mir ein, schon zu merken, wie es sich bewegt. Dabei kann das – glaube ich – gar nicht sein. Allein dieses Gefühl ist wie ein Tornado, der alles wegfegt.«

Bevor Molly etwas erwiderte, trat Franklin aus seinem Büro. Er streckte Laurie die Hand entgegen und sagte: »Wie wäre es mit einem Sonderbericht über die Chefin der Sycamore Tavern? Bald Mutter und Unternehmerin ...«

»Untersteh dich, Franklin! Für so etwas bin ich nicht geeignet. Über die Tavern selbst dürft ihr natürlich jederzeit liebend gern schreiben – und über Tom. Er ist der geborene Showman.« Laurie stand auf. »Sycamore Tavern ist mein Stichwort. Dorthin muss ich nämlich, sonst gibt es abends nichts zu essen. Noch darf ich mich nicht auf der Couch ausstrecken und dem Müßiggang ergeben.«

Sie verabschiedeten sich voneinander.

Molly sah Laurie nach, bis sie das Redaktionsbüro verlassen hatte, dann blickte sie zu Franklin hoch. »Die Idee ist nicht übel, Porträts über bekannte Menschen in der Gegend zu machen. Gewerbetreibende, Künstler, unsere Ärzte, querdurch ...«

»Was ich zu Laurie gesagt habe, war eigentlich scherzhaft gemeint, genauso gut könnte es eine Eingebung sein. Die besten Einfälle entstehen manchmal aus solch einem Moment. Komm zu mir ins Büro – lass uns ein wenig brainstormen.«

»Das geht leider nicht.« Verhalten deutete Molly in die Richtung von Emilias Schreibtisch. »Ich habe ihr angekündigt, nach meinem Termin mit Laurie mit ihr zu reden. Das will ich unbedingt einhalten«, erklärte sie leise.

»Völlig korrekt.« Franklin beugte sich zu Molly vor und flüsterte: »Du hast komplett freie Hand, nutze sie und bedenke, in welcher Position du dich befindest. Du hast fest durchzugreifen, sonst macht schließlich jeder, was er will. Also, bringe es hinter dich.« Er drehte sich um und verschwand in seinem Büro.

Molly atmete tief durch und erhob sich. Sie wollte Emilia nicht durch den Raum zurufen, also ging sie zu ihrem Schreibtisch und sagte: »Ich bin so weit. Gehen wir ins Besprechungszimmer.«

Emilia nickte, entgegnete jedoch nichts. Auch auf dem Weg schwiegen sie.

Obwohl Molly die Situation als unangenehm empfand, spürte sie, wie ihre Unsicherheit mit jedem Schritt schwand und eine neue Seite an ihr hervortrat. Franklin sollte sie nicht umsonst als seine Vertretung und Nachfolgerin ins Boot geholt haben. Er hatte sich mit ihrer Arbeit und ihrem Verhalten bei der *NY Woman* beschäftigt und sie für geeignet erachtet. Dennoch war es ein Vertrauensvorschuss gewesen, und diesem würde sie Rechnung tragen.

Dachte sie an ihre Anfangszeit bei der New Yorker Zeitschrift zurück, hatte sie auch dort um ihre Position kämpfen müssen – hart und nachhaltig. Dabei war sie immer fair vorgegangen, hatte sich aber gegen unlautere Angriffe mit Vehemenz gewehrt. Die Probleme mit Emilia waren anders gelagert, allerdings galt dasselbe Prinzip: Sie musste bestehen.

Als sie Platz nahmen, hatte Molly jenes Zutrauen zu sich gefunden, das sie für ein solches Gespräch benötigte. Sie hielt sich aufrecht und sagte: »Emilia, wir müssen über deinen aktuellen Artikel und unsere grundlegende Lage sprechen …« Bewusst setzte sie keinen Punkt.

Emilia verschränkte die Arme. »Der Bericht ist mir gelungen. Ich habe eingehend recherchiert und viel Zeit investiert.«

»Das ist richtig, er gefällt mir sogar sehr gut, doch fehlt der vereinbarte Teil mit den Interviews«, entgegnete Molly.

»Ach, ich hatte den nicht geplant und finde, er ist nicht notwendig.«

»Ich werde nicht wiederholen, warum die Befragung der Menschen, die dort zu Hause sind, relevant ist. Ohne dieses Element wird dein Artikel nicht gedruckt.«

»Das kannst du nicht machen!« Emilia fuhr hoch.

Offensichtlich hatte sie nicht mit einer solch unumwundenen Ansage gerechnet. Molly beugte sich einen Tick vor. »Emilia, ab Januar werde ich offiziell die Position der stellvertretenden Redaktionschefin übernehmen. Siehst du keine Möglichkeit, meinen Anweisungen zu folgen, wird es für dich hier keine Zukunft geben.«

»Da hat Franklin ebenfalls ein Wort mitzureden. Er ist der Boss.«

Molly schob ihren Stuhl zurück – ein Zeichen, dass die Unterredung für sie als beendet galt. »Du kannst gerne mit Franklin darüber sprechen.«

»Oh, das werde ich tun, und zwar sofort.« Unvermittelt sprang Emilia auf und stürmte aus dem Raum.

Kurz blieb Molly noch sitzen und schloss die Augen. Auch wenn sie auf eine positive Reaktion von Emilia gehofft hatte, war dieses Szenario vorauszusehen gewesen – die Ablehnung sowie der Ärger. War sie zu direkt vorgegangen? Nein, Emilia hatte sie bewusst herausgefordert und damit genau das heraufbeschworen, was Molly ausgesprochen hatte. Warum verspürte sie dann aber dieses schmerzliche Ziehen in sich? Die Worte darzubringen, war nicht schwer gewesen, sie jetzt zu bewerten, umso mehr.

Kapitel 22

»Ich kann mich nicht sattsehen«, erklärte Lilly und legte die Ultraschallfotos achtsam zurück in die Box.

»Wie oft hast du sie dir mittlerweile angeschaut? Dreimal?«, fragte Pamela.

»Fünfmal, ich habe mitgezählt.« Jim wandte sich an Ann. »Möchtest du etwas anderes trinken? An dem Tom's Maple hast du nur genippt. Einen Kaffee vielleicht?«

»Nein danke.« Sie lächelte und senkte die Lider.

Tom klopfte Nat auf die Schulter. »Wir beide nehmen aber noch einen, oder? Elisabeth, darf ich dir eine weitere Lauries Maplemilk zubereiten? Ich freu mich, dass dir der Shake so gut schmeckt.«

»O ja, sehr gern.« Elisabeth nickte eifrig.

»Sollten wir nicht langsam nach Hause? Es ist spät, und du brauchst Ruhe«, sagte Morris und bedachte seine Frau mit einem sorgenvollen Blick.

»Gönn mir eine zusätzliche halbe Stunde. Ich bin so glücklich, wieder hier zu sein.« Elisabeth sah der Reihe nach jeden an. »Ihr alle habt in der Vergangenheit einiges mit mir durchgestanden und seid heute so nett zu mir. Ich danke euch dafür.« Schnell wischte sie sich über die Augen.

»Ach, Elisabeth, wir gehören doch alle zusammen und müssen uns gegenseitig unterstützen. Wozu in alten Wunden herumstochern?«, antwortete Pamela.

Elisabeth stand die Rührung ins Gesicht geschrieben. »Ich hoffe inständig, dass ich diese Krankheit besiegen kann. Wie ihr damit umgeht, so offen und normal, hilft mir enorm. Das ist alles nicht selbstverständlich, und ich weiß es zu schätzen.«

»Wir drücken dir die Daumen, Elisabeth«, erwiderte Laurie und streichelte über ihren Bauch. Lachend blickte sie an sich hinab und erklärte: »Ich tue das ständig, völlig automatisch, und es fällt mir teilweise gar nicht auf. Dabei ist noch fast nichts zu bemerken. Mein Bauch sieht gerade einmal so aus, als hätte ich zu viel gegessen.«

»Es dauert nicht mehr lange, dann wirst du kugelrund sein«, entgegnete Pamela. Sie räusperte sich. »Weil wir heute alle beisammen sind und es irgendwie zum Thema dieses Abends passt, würden Lilly und ich euch gerne etwas mitteilen.«

»Eine Neuigkeit? Raus damit«, forderte Tom Pamela auf zu sprechen, während er die Getränke verteilte.

»Okay, wie bei einem Pflaster reiße ich es mit einem Ruck ab: Lilly und ich werden heiraten und bewerben uns für eine Adoption. Gestern hatten wir unseren ersten Termin bei einer Agentur. Seitdem beratschlagen wir, welche Form der Adoption wir anstreben sollen.«

»Eigentlich haben wir uns bereits entschieden«, warf Lilly ein. »Wir werden eine internationale Adoption anstreben. Es liegt nicht nur daran, in diesem Bereich gute Chancen zu haben, auch sind wir ganz beseelt von dem Gedanken, einem armen Kind von irgendwo auf der Welt ein Zuhause geben zu können.«

Laurie reagierte als Erste. »Ich habe schon darauf gewartet, dass ihr uns endlich offiziell von der Sache erzählt. Es ist einfach wunderbar, was ihr vorhabt.« Sie zog erst Pamela und dann Lilly in die Arme.

Tom folgte ihrem Beispiel, auch Morris und Elisabeth schlossen sich mit herzlichen Gratulationen an. Sogar Ann entkam ein verhaltenes »Alles Gute für eure Zukunft«, und sie blickte daraufhin Jim fragend an.

»Ich bin durch meine anwaltliche Funktion im Bilde und habe längst ausgiebig gejubelt. Nun sind die anderen an der Reihe«, erklärte er und lehnte sich zurück.

Lilly grinste. »Woher weißt du es, Laurie?« Sie deutete auf Molly. »Ich tippe auf dich, nichts für ungut – ich liebe das ja.«

Molly schnalzte mit der Zunge. »Da irrst du dich gewaltig. Dieses Mal haben die Männer getratscht.«

»Es ist zwar kaum zu glauben, aber wahr. Nat hat es Tom geschildert und der mir.« Laurie drückte die Handinnenflächen auf die Wangen und sagte lachend: »Ich glühe richtig vor Begeisterung. Das müssen die Hormone sein. Bei allem, was mit den Themen Kind und Partnerschaft zusammenhängt, könnte ich auf der Stelle zu heulen beginnen – riesengroße Kullerfreudentränen.«

Tom küsste sie. »Ich liebe diese neue zarte Seite an dir. Außerdem wirst du immer schöner. Ist dir überhaupt bewusst, wie du strahlst?«

Jim stimmte zu. »Das ist wahr. Dich umgibt eine besondere Aura, Laurie.«

Sie verdrehte die Augen. »Hört auf! Das macht mich verlegen.«

Molly, die den Abend bis jetzt mehr mit Beobachten als Reden zugebracht hatte, gab Tom und Jim in Gedanken recht. Laurie hatte sich tatsächlich verändert. Ihre Haut schimmerte rosig, die Lippen waren voll und in den Augen meinte sie, ein Glimmen zu erkennen. Von Anfang an hatte sie Lauries offene und manchmal resolute Art gemocht, nun war eine gewisse Sanftheit hinzugekommen, die sie wahrhaft schier unwiderstehlich machte. Entschieden verdrängte sie das leise Ziehen in ihrem Herzen und ermahnte sich aufs Neue, ihre persönliche Situation nicht mit denen der anderen zu vergleichen. Ihr Leben und ihre Umstände hatten nichts mit Laurie und Tom oder Pamela und Lilly zu tun. *Nat und ich folgen unserem eigenen Rhythmus. Ich darf mich nicht in die Welt der anderen stürzen, und wenn es sein muss, bete ich mir das noch hundertmal vor.*

Als hätte Nat ihre Grübeleien aufgenommen, ergriff er ihre Hand und fragte: »Du bist heute so still?«

Molly lächelte. »Es hat keinen bestimmten Grund, alles ist in Ordnung. Ich bin nur etwas müde – die Woche war anstrengend.«

Wie auf Befehl gähnte Laurie. »Wem sagst du das! Ich selbst komme aus der Trägheit nicht mehr heraus.«

»Morgen kannst du ausschlafen, der Sonntag ist euer freier Tag«, bemerkte Jim.

»Genau genommen hoffe ich, dass mein Telefon nicht stillsteht. Heute ist die Annonce für den Koch in der *Maple Creek News Time* erschienen. Je mehr Personen sich bewerben, desto besser. Molly hat die Anzeige übrigens ganz toll platzieren lassen.«

Elisabeth räusperte sich und blickte Molly eine Weile lang an, bevor sie zu sprechen begann. »Ich möchte dir nicht noch mehr Arbeit aufhalsen, aber ich habe eine Bitte an dich. Es ist auch gar nicht wichtig, und falls du keine Zeit oder Lust dazu hast, sag es mir.«

»Worum geht es denn? Wenn ich kann, helfe ich dir gerne«, antwortete Molly.

Elisabeth wirkte verlegen. »In der Klinik habe ich an einem Kreativschreibkurs teilgenommen, und man hat mir mitgeteilt, dass ich gut darin sei. Ich möchte das weiterverfolgen, will davor jedoch eine ehrliche Meinung einholen. Würdest du lesen, was ich verfasst habe?«

»Natürlich. Willst du es mir per Mail schicken? Dann gebe ich dir meine Adresse.«

»Um ehrlich zu sein, habe ich es ausgedruckt und mitgenommen.« Elisabeth griff in ihre Tasche, die über der Lehne des Barhockers hing, zog eine dünne Mappe heraus und überreichte sie Molly.

»Ich sehe es mir an und melde mich bei dir. Moment! Ich habe deine Handynummer nicht.«

»Ich schicke sie dir«, sagte Morris und bedachte Molly mit einem dankbaren Blick.

Molly wollte gerade etwas erwidern, als sich die Tür der Tavern öffnete und ein elegant gekleidetes Paar – er im Anzug, sie in einem dunkelgrauen Kostüm – das Lokal betrat.

Die Frau kam direkt auf sie zu.

»Du meine Güte, das ist Charlotte«, flüsterte Pamela.

Während der Mann in einigem Abstand stehen geblieben war, hielt Charlotte erst knapp vor ihnen an. »Hallo zusammen. Laurie, hast du für späte Gäste unter Umständen noch die Küche geöffnet? Wir haben lange gearbeitet und sterben vor Hunger. Ihr habt es womöglich schon gehört. Ich habe meinen Lehrgang abgeschlossen und mich selbstständig gemacht.«

»Die Küche ist geschlossen, die Tavern genau genommen auch«, entgegnete Laurie kühl.

Charlotte lachte gekünstelt auf. »Habe ich doch glatt vergessen, welch verschlafenes Nest Maple Creek ist. Es wird Zeit, alles ein wenig zu beleben. Ich wünsche euch einen schönen Abend.« Sie drehte sich ihrem Begleiter zu und sagte laut: »Wir müssen weiterfahren. Hier gibt es *nichts* mehr.« Dann erst setzte sie sich in Bewegung und stolzierte auf den Ausgang zu. Der Mann hob die Hand zum Gruß und folgte ihr.

»Ich könnte ihr die Augen auskratzen«, zischte Laurie, sobald die beiden das Lokal verlassen hatten. »So viele Glückshormone kann mein Körper gar nicht produzieren, dass ich bei Charlottes Ansicht ruhig bleibe.«

»Womit – bitte – hat sie sich selbstständig gemacht? Weiß das jemand von euch?«, fragte Tom.

Lilly hüstelte. »Mit einer Werbeagentur. Und offensichtlich versucht sie, meine Kunden abzuwerben. Laurie, teilen wir uns ihre Augen? Eines du, eines ich.«

Jim tippte sich an die Stirn. »Jetzt begreife ich! Sie hat vor mehreren Wochen bei mir angerufen und wollte einen Termin wegen einer wichtigen Angelegenheit. Ich habe sie darum gebeten, einen anderen Anwalt zu konsultieren. Es ist sicherlich um die Firmengründung gegangen.«

Ann sah Jim mit einem erstaunten Blick an. »Du hast einen Kunden abgelehnt? Noch dazu, ohne zu wissen, worum es geht?«

»Ich befinde mich in der glücklichen Position, nicht jeden Klienten annehmen zu müssen – Charlotte steht weit oben auf meiner No-Go-Liste«, erklärte Jim.

Molly kannte ihren väterlichen Freund gut genug, um zu bemerken, dass Jim die Frage nicht behagte. Sie verstand ihn. Es hatte etwas nahezu Beißendes und Abschätziges in Anns Worten gelegen. Oder irrte sie sich? Immerhin hatte Jims Freundin den ganzen Abend über kaum gesprochen. Vielleicht war dies ihre normale Stimmlage.

Kapitel 23

Pamela und Lilly verließen das Amtsgebäude und blieben am Treppenabsatz vor der zweiflügeligen Eingangstür stehen.

»Spazieren wir ein wenig herum, bevor du zum Maple Lake Inn zurückfährst?«, fragte Lilly.

Pamela nickte. »Eine gute Idee. Timothy hat alles fest im Griff. Die neue Reisegruppe ist sehr angenehm – Wanderer, wir sehen sie den ganzen Tag über nicht. Auch die Bauarbeiten sind weitgehend abgeschlossen. Das Gerüst bauen sie nun doch schon morgen ab – das habe ich dir gar nicht erzählt –, und dann hat der Spuk endlich ein Ende.« Sie zog ihre Handschuhe aus der Manteltasche und streifte sie über. »Ich bin ohnehin zu aufgewühlt, um mich gleich wieder ins Hotelgeschehen zu stürzen. Kannst du es glauben? Wir haben einen festen Termin für unsere Heirat.«

Sie stiegen die Treppe hinab und hielten sich links in Richtung der autofreien Geschäftsstraße.

»Für mich ist das alles wie ein Traum, aber es gibt einige reale Dinge zu klären«, antwortete Lilly. »Wir haben noch nicht darüber gesprochen, wo wir feiern wollen und wer unsere Trauzeugen sein sollen. Willst du überhaupt eine Feier?«

»Alles geschieht so rasch, dass die Details komplett untergehen.

Wir sind *tolle Bräute*, was? Eigentlich müssten die größten Themen Gästelisten, Trauzeugen und Kleidung sein, den Junggesellinnenabend nicht zu vergessen. Bei uns läuft das alles nebenbei.« Pamela lachte auf.

»Toll allemal, allerdings nicht ganz typisch«, entgegnete Lilly schmunzelnd. »Was ist nun mit einer Feier?«

»Bis auf Nat habe ich keine Familie, aber es gibt unsere Freunde in Maple Creek. Haben sich deine Eltern schon entschieden, ob sie zur Hochzeit anreisen werden?«, fragte Pamela.

Lilly stieß einen Seufzer aus. »Der Status quo hat sich nicht verändert: Sie wollen abwarten, bis wir einen Termin vereinbart haben – der ist nun da. Ich sage dir bereits jetzt, dass sie eine Ausrede finden werden.«

»Wegen der Flugangst deines Vaters«, stellte Pamela fest.

»Genau, die er jedoch niemals zugeben würde. Bestimmt muss das Vorhofflimmern meiner Mutter herhalten.«

»Schade, dass sie nicht dabei sein werden … und dass du nicht zu ihnen fliegen konntest, um ihnen die Neuigkeit persönlich mitzuteilen.«

Lilly ergriff Pamelas Hand. »Ach, das ist nicht so schlimm. Ich habe einfach zu viel zu tun in der Agentur, das geht vor. Wie geplant, werde ich zu Weihnachten nach Florida fliegen und hoffe inständig, dass du mitkommst.«

»Oh, ich auch! Den Urlaub könnte ich gut gebrauchen, und ich will deine Eltern kennenlernen.«

»Sie freuen sich auch sehr auf dich. Vor allem meine Mutter kann es kaum erwarten. Als wir vorgestern telefoniert haben, hat sie dich *ihre zweite Tochter* genannt. Ich glaube, sie sieht dich lieber als beste Freundin oder eben zweite Tochter. Die Bezeichnung Ehefrau ist ihr nicht ganz geheuer, aber das musst du ihr verzeihen.

Sie haben mir nie etwas vorgehalten und immer zu mir gestanden, dennoch ist ihnen mein Leben fremd. Sie können es nicht nachvollziehen.«

»Ich finde deine Eltern allein anhand deiner Erzählungen reizend. Vergiss nicht, dass sie einer anderen Generation entstammen. Unsere Heirat wäre vor einigen Jahren verboten gewesen«, erwiderte Pamela. »Ich erinnere mich gut daran, als die Nachrichten damals über den *Civil Marriage Act* berichtet haben. Zwar war ich noch ein Teenager, hatte jedoch bereits bemerkt, dass ich mit Jungs nichts anfangen kann, und war deshalb besonders aufmerksam, wenn es um dieses Thema ging.« Sie lächelte versonnen. »Wie sich die Welt doch verändert hat und manches davon innerhalb meines eigenen Lebens.«

»In welchem Jahr war der *Civil Marriage Act?*«, fragte Lilly. Eine Windbö erfasste ihr Haar und wirbelte es durcheinander. Sie befreite das Gesicht von den zerzausten Locken und strich sie hinter die Ohren.

»2005 – es ist also keine Ewigkeit her.« Pamela sah zum Himmel hoch. »Lass uns zurückgehen. Der Wind wird stärker. Regnen wird es auch bald oder vielleicht schneien.«

»Ja, laufen wir zum Auto. Seit der Sturmnacht fühle ich mich beklemmt, wenn ein Unwetter aufzieht.«

Während sie kehrtmachten, sagte Pamela: »Was hältst du von einer kleinen Zusammenkunft im Maple Lake Inn nach der Trauung? Nur die engsten Freunde und ein paar Gläser Sekt, nichts weiter. Ich würde mich freuen, alle um mich zu haben, ohne uns dabei großartig in den Mittelpunkt zu stellen.«

Lilly nickte. »Die Idee ist schön, und ich weiß, was du meinst. Nun lass uns aber einen Zahn zulegen, ich habe den ersten Tropfen gespürt.«

Kapitel 24

»Von wem sind diese Texte?« Franklin lehnte am Türrahmen seines Büros und hielt eine Mappe hoch. »Sie sind gut, verdammt gut sogar. Stilistisch passen ein paar Kleinigkeiten nicht, aber ich vermute mal, die Zeilen stammen nicht von einem ausgebildeten Journalisten. Treffe ich ins Schwarze?«

»Von jemandem, der bedingt durch das Schicksal kürzlich einen Kurs für kreatives Schreiben besucht hat.« Molly lächelte vielsagend. »Elisabeth …«

»Elisabeth Morris?« Franklin riss die Augen auf. »Ist sie nicht mehr in der Klinik?«

»Sie ist entlassen worden. Während ihres Aufenthalts hat sie an dem Kurs teilgenommen, und das ist das Resultat. Ich finde die Texte auch sehr gut, sonst hätte ich sie dir nicht gezeigt.«

»Du hast ein gutes Gespür, Molly. Elisabeth ist offensichtlich ein Naturtalent. Mit der richtigen Person an ihrer Seite hätte sie im Handumdrehen die Kniffe beisammen, die ihr fehlen.«

»In deinem Kopf formt sich doch gerade eine Idee. Was hast du vor?«, fragte Molly.

Franklin wies auf sein Büro. »Komm rein, und schließ die Tür.«

Molly stand auf und tat wie ihr geheißen.

Als sie Platz genommen hatte, sagte Franklin: »Im Laufe meiner Zeit als Reporter bin ich einigen Menschen begegnet, die ein Händchen für das Schreiben haben, und seit ich bei der *Maple Creek News Time* sesshaft geworden bin, halte ich aktiv nach solchen Personen Ausschau – du bist übrigens eine davon. Bei dir kommt aber einiges hinzu: das adäquate Studium, der Charakter und deine Führungsqualitäten.«

»Letzteres kannst du nicht wissen.«

Franklin verdrehte die Augen. »Du vergisst meine Erfahrung und das vorangegangene Telefonat mit deinem Boss bei der *NY Woman*. Meinst du, wir hätten nicht auch über deine möglichen Eignungen geredet?«

Demonstrativ hielt sich Molly die Ohren zu. »Ich habe mich längst damit abgefunden, dass ich nie hören werde, worüber genau ihr gesprochen habt. Rühre also bitte nicht in alten Wunden.«

Franklin grinste. »Wäre es etwas Schlechtes gewesen, säßest du heute nicht hier – das muss dir genügen.«

»Wie die Tatsache, dass ich von dir nicht über deine früheren Aktivitäten informiert werde?« Entgegen ihrem Vorhaben konnte Molly in seltenen Fällen einfach nicht anders, als Franklin doch wieder darauf anzusprechen. Sie war neugierig, und dank ihres mittlerweile freundschaftlichen Verhältnisses durfte sie sich Andeutungen dieser Art herausnehmen.

»Meine Vergangenheit lässt dir keine Ruhe, was? Bevor du dir ein allzu verklärtes Traumbild erschaffst, hole ich dich auf den Boden der Tatsachen zurück: In meiner Laufbahn befindet sich keine bombastische Enthüllung alla Watergate. Meine Kollegen und ich waren durchaus aktiv in verschiedenen Bereichen . . Innen- wie Außenpolitik, die Thematik der Ureinwohner, unsere Befürwortung oder Ablehnung bestimmter Krisenherde und Kriege im

Ausland. Es war eine spannende Zeit, und wir haben damals die Wahrheit hautnah am Geschehen berichtet – mehr steckt nicht dahinter, aber auch nicht weniger.« Franklin vollführte eine auffordernde Handbewegung. »Zurück zu Elisabeth. Du weißt, dass Emilia nach dem Gespräch mit dir zu mir gekommen ist. Letzten Endes hat sie zwangsläufig klein beigegeben, es ist allerdings anzunehmen, dass sie sich weiterhin querlegen wird. Der Groll sitzt zu tief. Realistisch betrachtet werden wir in absehbarer Zeit also entweder einen neuen festen oder zwei bis drei zusätzliche freischaffende Mitarbeiter als Ersatz für sie brauchen. Nutz die Chance und baue *deine* Leute auf. William etwa ist auch ein Quereinsteiger. Ich habe ihn vor Jahren aus einem Schreibwettbewerb herausgezogen und angelernt.«

»William? Das hätte ich nicht gedacht. Er ist ein ausgezeichneter Journalist.« Kurz schwieg Molly. »Du meinst, ich sollte Elisabeth …« Sie vollendete den Satz nicht. Zu viele Gedanken brachen auf einmal über sie herein. Sie hatte Elisabeth als eine vorwitzige und arglistige Person kennengelernt, die vielen Menschen das Leben schwer gemacht hatte – auch ihr selbst. Dann hatte sich eine schlagartige Wandlung vollzogen, und damit war ihre Krankheit ins Licht getreten. Zwar hatte Elisabeth die Klinik verlassen, und es ging ihr den Umständen entsprechend hervorragend, doch war das Risiko eines Rückfalls gegenständlich. Andererseits musste Molly zugeben, dass ihr die wahre Elisabeth überaus sympathisch war und sie sich vorstellen konnte, mit ihr zu arbeiten. Das Rad drehte sich also weiter: Tat sie Elisabeth etwas Gutes damit, sie einzubinden, sofern sie das überhaupt wollte? War es genau das Richtige, um ihre Genesung zu unterstützen, oder bürdete sie ihr eine Last damit auf?

»Ich *meine*, du solltest als ersten Schritt eine Entscheidung treffen. Nämlich die, ob du dich schon einer Person annehmen willst«, nahm Franklin den Faden auf. »Wenn ja, sondiere dein Umfeld und überlege, ob Elisabeth für dich infrage kommt – wie gesagt, darin steckt echtes Potenzial.« Er hob die Mappe hoch und schwenkte sie hin und her.

»Bevor ich mit Elisabeth spreche, ob sie überhaupt Interesse an einer Mitarbeit bei der *Maple Creek News Time* hat, müsste ich auf jeden Fall mit Morris reden und der wahrscheinlich wiederum mit dem behandelnden Arzt. Es ginge auch nur um einzelne kleine Projekte.«

Franklin nickte. »Jetzt bist du auf dem richtigen Weg. Ich gebe dir noch einen Hinweis: Denk an diese andere spontane Idee mit den Porträts bekannter Menschen aus Maple Creek. Elisabeth wäre wie geschaffen dafür mit ihrer Vorgeschichte.«

»Beißt sich da nicht die sprichwörtliche Katze in den Schwanz?«

Franklin lachte herzlich auf. »Meine liebe Molly, in unserer Branche wimmelt es von seltsamen Menschen mit Ticks und einschlägigen Tendenzen: Bipolare, Schizophrene, Verschwörungstheoretiker, einige mit Wahnvorstellungen – die Liste ist lang. So klar gestrickt und offenkundig kann der Inhalt eines Artikels nicht sein, dass wir nicht dennoch enthüllen und auf etwas Besonderes stoßen wollen.«

Unweigerlich musste Molly an Nora denken, die die Redaktion der *NY Woman* mit Herz und Seele sowie mit Akribie und Härte führte. Schon am Beginn ihrer Karriere dort hatte sie von ihr Vergleichbares gehört. »Ich rede mit Morris. Dann sehen wir weiter«, antwortete Molly.

Franklin setzte eine zufriedene Miene auf. »Das gefällt mir. Und vergiss nicht, ich bin auch noch hier und habe auf meine alten Tage eine Riesenfreude daran, Neulingen auf die Sprünge zu helfen.«

Molly lächelte. Franklin verstand es, einen so zu motivieren, dass man sich wünschte, über seine Grenzen hinauszuwachsen. Das Wort Mentor schoss ihr durch den Kopf. Unzweifelhaft hatte Nora jahrelang diese Position eingenommen, und wie es aussah, wollte Franklin mit Enthusiasmus die Rolle übernehmen und daran anknüpfen. Im Grunde steckte sie bereits mitten in diesem neuen Prozess: Wann musste man Stärke und Durchsetzungsvermögen zeigen, notfalls drastische Schritte setzen? Wie baute man sein eigenes kleines Netzwerk auf?

Spontan kam Molly Dorothy in den Sinn. Ihre beste Freundin war eine bekannte Schriftstellerin von Sachbüchern. Vielleicht hatte sie Lust, eine Artikelreihe zum Thema Beziehungen zu verfassen. Mollys Lächeln wurde breiter, und in Gedanken fügte sie einen weiteren Punkt zu Franklins Lehrtätigkeit hinzu: die Anregung, eigene Ideen zu entwickeln.

Kapitel 25

Dorothy betrachtete den fertig gepackten, noch geöffneten Koffer. Molly hatte ihr am Telefon gesagt, dass es inzwischen kalt geworden war in Maple Creek. Es wäre vernünftig, mehrere warme Kleidungsstücke mitzunehmen. Sie schlenderte zum Kleiderschrank und zog zwei dicke Rollkragenpullis und eine Weste aus dem Regal. Dabei fiel ihr Blick auf die Schublade mit der sexy Unterwäsche. Vor ihrer Auseinandersetzung mit Jack hatte sie voller Vorfreude auf die gemeinsame Woche sogar zwei raffinierte Kombinationen – eine in Schwarz und eine in Beige – gekauft.

Mit einem Jammerlaut setzte sich Dorothy auf den Bettrand und ließ sich zurückfallen. Wie war es so weit gekommen, dass aus blanker Sehnsucht und Glück eine solch tragische Situation hatte entstehen können? Unzählige Male war sie Punkt für Punkt durchgegangen und hatte das Gespräch von Anfang bis Ende Revue passieren lassen: erst der harmonische Beginn und dann ein jähes Überkippen in eine schließlich eskalierende Konfrontation. Jack hatte es abgelehnt, sie mit nach Toronto zu nehmen – ganz einfach *abgelehnt!*

Vielleicht hätte sie ruhig und sachlich bleiben sollen, aber die Gefühle waren dermaßen rasch und mächtig über sie hereingebrochen, dass sie nicht mehr nachgedacht und schlichtweg reagiert hatte. Nicht ein einziges Wort war in diesem Moment von Logik gesteuert gewesen, es hatte sich um pure Emotionen gehandelt: Enttäuschung, Schmerz, Wut.

Nun würde sie in Kürze in das Flugzeug steigen und nach Maple Creek reisen – zu Molly und all ihren neuen Freunden dort. Nur der Mensch, auf den sie sich am meisten gefreut hatte, blieb wegen ihr dem Ort fern. Wie eine Schraubzwinge legte sich dieses Wissen um Dorothys Herz und drückte unbarmherzig zu. Sie kannte das Gefühl bereits, es holte sie tagtäglich ein und quälte ihre Seele. Noch immer wusste sie nicht, wie sie damit umgehen sollte, aber ihr war bewusst, dass sie sich daran gewöhnen musste. Für eine geraume Weile würde es ihr Begleiter sein.

Wenngleich sie Molly oft genug beteuert hatte, so etwas wie mit Jack nie erlebt zu haben, hatte sie sich vor dem Streit tief in ihrem Inneren mehrmals gefragt, ob ihr die Ereignisse rund um Jack womöglich nicht doch etwas vorgaukelten. Gestattete sie sich einen kontrollierenden Blick auf die Wahrheit, war es in ihren vergangenen Beziehungen genau umgekehrt gewesen: Sie hatte dem Moment etwas vorgemacht. So sehr war sie damals davon berauscht gewesen, den Richtigen gefunden zu haben, dass sie mit aller Kraft auf diese Vorstellung hingearbeitet und vieles hineinprojiziert hatte – wieder und wieder. Warum also sollte es nicht jetzt andersherum sein? Eventuell hatte sie zu oft in diesen Spiegel gesehen, der ihr nun das eigene Bild mit voller Wucht zurückschleuderte.

Immerhin war die Frage nach der Echtheit ihrer Empfindungen mittlerweile beantwortet. Was sie durchlebte, gab ihr die endgültige Bestätigung, dass sie keiner Illusion verfallen war: Tatsächlich war die Verbindung zu Jack für sie einzigartig. Ihre Trauer saß dermaßen fest und war so allgegenwärtig, dass sie manchmal selbst darüber staunte. Nicht einmal für kurze Zeit brachte sie es fertig, dem schwarzen Loch zu entfliehen, in das sie seit der Kontroverse gefallen war. Von der Erleichterung, die sie früher nach einer Trennung verspürt hatte, fehlte jede Spur.

Eng damit verbunden war eine weitere Einsicht in ihr Dasein eingezogen: Sie vermochte wahrlich zu lieben. Ab nun musste sie, was Jack betraf, nicht mehr achtsam mit dem Begriff umgehen. Ja, sie liebte ihn. Natürlich war es nicht jene Form, die viele Jahre der Zweisamkeit mit sich brachte. Noch war sie frisch und jung wie der Frühling. Würde sie trotz der Widrigkeiten bestehen bleiben können und die Chance erhalten, in den Sommer und Herbst überzugehen?

Abrupt richtete sich Dorothy auf. Was, wenn Jack überhaupt nicht dieselben Gefühle für sie entwickelt hatte wie sie für ihn? Automatisch war sie von der Annahme ausgegangen, dass es Jack gleich erging. Doch woher wollte sie das wissen? Die Antwort lag klar vor ihr: Liebte Jack sie nicht, würde sie die Beziehung mit ihm als besondere Erfahrung verbuchen müssen und die Zeit arbeiten lassen, damit ihre Wunden heilten.

Mit einem kläglichen Laut legte sie die Hände auf das Gesicht und beugte sich vor. Sie hatte einen Plan gehabt, wie sie vorgehen würde – er war gut und richtig. Warum geisterten jäh diese chaotischen wie sinnlosen Gedanken durch ihren Kopf? Genauso wie die Möglichkeit eines Ungleichgewichts in der Liebe im Raum stand, konnte es sich einfach um das unterschiedliche Verhalten zwischen Mann und Frau handeln – diese unüberbrückbare Diskrepanz der Geschlechter, die von jeher Missverständnisse und Probleme mit sich brachte.

»Um Himmels willen, ich schreibe Bücher zu diesem Thema!

Ich werde doch wohl fähig sein, meine weisen Worte und Empfehlungen auch bei mir selbst anzuwenden«, sagte Dorothy laut und erschrak über ihre eigene Stimme, die in der Stille fremdartig widerhallte. Neben ihrem Schreibstil – locker, flüssig und verständlich – basierte ihr Erfolg vor allem auf der Tatsache, dass sie Beziehungen von mehreren Seiten beleuchtete. Sie nahm Bezug auf die mannigfaltigen Varianten der Gefühlswelt und der Menschen selbst wie auf biochemische Vorgänge und sachbezogene Abläufe im Körper.

Dorothy empfand es als relevant, dass ihre Leser erfuhren, was sich in ihnen abspielte, wenn sie etwa Liebeskummer hatten. Im Gegensatz zum Gemütschaos waren die körperlichen Symptome rational nachvollziehbar, und dieses Wissen half vielen Menschen, ihr Verhalten besser zu verstehen.

Sie etwa wusste genau, in welchem Stadium sie sich gerade befand. Ihr Gehirn hatte eine wahre Flut des Glückshormons Dopamin über sie ausgegossen und es ihr mit Jacks Zurückweisung schlagartig entzogen. Damit war sie in eine Stresssituation geraten, die bewirkte, dass sie Adrenalin und dann Cortisol ausgeschüttet hatte. All ihre physischen Reak onen – der Kloß im Hals, die Tränen, der Herzschmerz – basierten darauf. Die Liebe glich wahrhaft einer Droge.

Trotz ihres Zustands musste Dorothy lächeln. Die Kenntnis, was Dopamin, Adrenalin und Co. anrichteten, stellte eine gute Basis für das Verständnis dar, wie es unausweichlich und wichtig war, Gefühlswallungen jeglicher Art zu erleben. Was man ebenfalls nicht vergessen durfte, war die Notwendigkeit eines Umfelds, das Wärme und Verständnis bot.

Auf einmal konnte Dorothy es kaum erwarten, nach Maple Creek zu kommen. Dort befand sich Molly, ihre einzige richtige

Bezugsperson, mit der sie sprechen konnte und die ihr helfen würde. Darüber hinaus Mollys Freunde, die ihr gewiss ebenso mit Rat und Tat zur Seite standen. Sie hatte es miterlebt, wie diese Menschen sich umeinander kümmerten und sich gegenseitig unterstützten. Obwohl sie nicht im eigentlichen Sinne dazugehörte, war sie doch ein kleiner Teil dieser Gemeinschaft geworden. Jack würde nicht anwesend sein, aber es ging um viel mehr als eine rasche Lösung. Wichtig war es, die richtige Einstellung zu finden und eine vertrauensvolle Sicht auf die Zukunft zu wagen.

Von selbst kamen Bilder von Jack und Momente mit ihm in Dorothy hoch: seine verzehrenden Blicke, das liebevolle Verhalten, all seine bezaubernden Worte – es war echt gewesen. Jack hatte sich weder verstellt noch sich auf oberflächliche Weise der Situation hingegeben. Kein Mensch konnte solch eine Hingabe mimen. Allein galt es zu eruieren, warum er sie nicht in Toronto haben wollte. Alles kreiste um diese Frage, und sie war der ausschlaggebende Faktor für alles Weitere.

Dorothy sprang auf, schloss den Koffer und zog den Reißverschluss zu. Endlich war sie wieder da und handlungsfähig! Wie hatte sie sich bloß in der Spirale verfangen können, die sich unaufhaltsam hinunterdrehte? Ein Schmunzeln huschte über ihre Lippen, und sie musste sich beherrschen, um nicht jäh aufzulachen. Ganz offensichtlich hatte ihr Maple Creek als vorzeitiges Willkommensgeschenk gerade eine kleine Ladung Dopamin zugesendet.

Kapitel 26

Jack stellte seine Reisetasche im Vorzimmer von Toms Haus ab und sah seinen Bruder an. »Legen wir am besten gleich los, bevor Laurie zurückkommt. Wie viel Zeit haben wir?«

»Molly hat Laurie vorhin abgeholt und ins Maple Lake Inn gebracht. Während sie zum Flughafen weitergefahren ist, sorgen Pamela und Lilly für Unterhaltung – alle sind eingeweiht. Offiziell warten sie auf Dorothys Ankunft. Und ist sie erst da, gibt es auf jeden Fall viel zu reden. Du verstehst? Zeit ohne Ende.«

Jack stieß einen murrenden Laut aus. »Jaja. Hast du alles hergerichtet?«

»Der Bauplan des Hauses liegt in der Küche bereit – am Esstisch hast du den meisten Platz –, und Nat hat extra eine Skizze mit den Echtmaßen der Scheune für dich gezeichnet.«

»Bestens. Mehr benötige ich vorläufig nicht. Den Istzustand kenne ich.« Jack setzte sich in Bewegung und lief in die Küche, wo er sofort am Esstisch Platz nahm.

Tom setzte sich ihm gegenüber und beobachtete seinen Bruder, der den Plan sogleich ausbreitete und sich darauf konzentrierte. Schon als Jack zur Tür hereingekommen war, hatte Tom die dunklen Ringe unter seinen Augen bemerkt, außerdem hatte er abgenommen. Entgegen seiner sonst fröhlichen und frechen Art wirkte er ernst und angespannt. Vorerst wollte Tom ihn aber nicht auf Dorothy ansprechen, das würde sich ohnehin automatisch ergeben. Als Jack schließlich aufsah, fragte Tom: »Und, lässt sich etwas Brauchbares daraus zaubern?«

Jack nickte. »Ja, allemal … Ich überlege nur, warum du hier ausgerechnet ein Kinderzimmer inklusive Bad anbauen willst?«

»Das habe ich dir doch bereits am Telefon erläutert.«

»Klar, du willst einen Raum dazu und ein zweites Bad. Das ist auch durchaus vernünftig, aber …« Jack zog Nats Skizze heran und positionierte sie an der richtigen Stelle neben dem Plan. »Sieh her. Hier sind das Gästezimmer, das bestehende Bad und direkt daneben euer Schlafzimmer. Dreh es um!«

»Was meinst du mit *umdrehen?*«

»Diese eben genannten drei Räume ergeben eine Einheit.« Jack tippte auf die Zeichnung. Dann lehnte er sich zurück und lächelte. »Das Gästezimmer bleibt einstweilen unverändert, bis ihr mich nochmals zum Onkel macht. Euer Schlafzimmer funktionieren wir zum Kinderzimmer um, und im Anbau schaffen wir eine kleine Oase für die Eltern, sprich für Laurie und dich.«

»Du meinst, wir sollen in den neuen Trakt ziehen?«

»Ja, klar. Das wird ein Traum. Hier eine Fensterfront mit Außenbeschattung, dazu ein großzügiges Bad, ebenfalls mit viel Glas, das man mit einer hübschen Holzterrasse erweitern könnte – es wäre der geeignete Platz für einen Whirlpool. Auch eine kleine Sauna ist drinnen. Hast du genug finanzielle Mittel? Weil das Ganze Mehrkosten mit sich bringen würde.«

»Laurie und ich arbeiten rund um die Uhr. Zum Geldausgeben kommen wir kaum, also haben wir einiges gespart. Ich muss sicherlich kein Darlehen aufnehmen«, antwortete Tom. Sein Blick schwenkte von Jacks Gesicht zu dem Plan. »An diese Variante habe ich gar nicht gedacht. Sie ist toll, ehrlich.«

»Deshalb bin ich der Architekt und du der Gastronom.« Jack grinste. »Wie ist denn nun dein Zeitplan, und wann willst du es Laurie sagen? Da ich unbedingt heute anreisen musste, nehme ich an, der Hut brennt.«

»Nat beginnt auf der Stelle mit der Arbeit, wenn die Genehmigung durch ist. Das Projekt soll so rasch wie möglich durchgezogen werden. Und Laurie bekommt die Überraschung präsentiert, sobald du den Plan gezeichnet hast – den übergebe ich ihr, mit Blumen und Schleife. Könntest du dafür auch so eine hübsche Skizze anfertigen? Du weißt schon, mit Bleistift, damit sie sich etwas darunter vorstellen kann.«

»In Toronto zerreißt es mich gerade – das habe ich dir erzählt –, aber ich bleibe bis Montagabend hier. Samstag und Sonntag wird gearbeitet, am Montag fahren wir zu einer Druckerei und lassen alles ausfertigen. Bei den Behördenwegen soll Nat dir helfen. Wir werden das *Baby* schon schaukeln, keine Sorge, zum Glück ist es nicht viel«, entgegnete Jack.

Tom schmunzelte. »Der Spruch passt perfekt: *Das Baby schaukeln.* Du bist der Beste, echt. Danke.« Er stützte die Hände auf der Tischplatte ab, als wollte er aufstehen. »Fahren wir hinüber zu den *Mädchen* ins Hotel und warten mit ihnen auf Dorothy? Dann kannst du auch gleich dein Zimmer beziehen, und Pam zeigt dir, wo du ausreichend Platz zum Zeichnen hast.«

Jack verzog den Mund. »Euer Gästezimmer ist also noch immer eine Rumpelkammer?« Zögerlich stand er auf. »Was soll's? Mit Laurie im Nacken ist Arbeiten hier ohnehin nicht möglich. Also schleppe ich meine Reisetasche wieder ins Auto.«

»Du wirst *ihr* früher oder später so und so begegnen und musst mit ihr reden. Oder willst du es ganz bleiben lassen?«, erwiderte Tom.

Jack hob die Arme. »Was weiß ich? Ich bin verrückt nach ihr, und viel verrückter macht mich die Situation – zähl eins und eins zusammen, und du hast das Ergebnis, was *verrückt und verrückter* zusammen ergibt. Mal ehrlich, was bringt es? Ich habe dir die Story erzählt. Sie war eine regelrechte Furie am Telefon, nur weil ich den Urlaub abkürzen muss. Himmel, da geht es um meinen Job! Solch eine Beziehung ist zum Scheitern verurteilt, oder nicht?«

»Ich habe erfahren, warum Dorothy durchgedreht hat – wobei ich anzweifle, dass der Ausraster wirklich so unglaublich schlimm gewesen ist. Vergiss nicht, ich bin mit Laurie verheiratet. Sie tritt von null auf hundert das Gaspedal durch«, bemerkte Tom.

»Mir hat es ausgereicht.«

»Okay, vielleicht hat Dorothy tatsächlich überreagiert, aber eben bestimmt nicht wegen des Urlaubs beziehungsweise deiner Arbeit.«

»Und warum sonst?« Jack blickte seinen Bruder herausfordernd an.

»Nimm das Brett von deiner Stirn, damit du die Fakten erkennst. Ernsthaft. Sie wollte mit dir nach Toronto weiterreisen, und du hast abgelehnt. Was glaubst du, wie das auf sie gewirkt hat? Hätte ich Laurie am Beginn unserer Beziehung so behandelt …« Tom schnalzte mit der Zunge. »Die apokalyptischen Reiter wären liebreizende Teddybären gegen sie gewesen.«

»Deshalb?« Jack fuhr sich mit den Fingerspitzen über die Augen. »Herrgott. Was sollte sie in Toronto machen? In meiner Wohnung herumsitzen und Däumchen drehen? Ich bin von früh bis spät unterwegs. Wenn ich weiß, sie wartet auf mich, will ich bei ihr sein und unsere wenige Zeit ausnutzen. Außerdem habe ich das Gefühl, ich muss sie betreuen. Das setzt mich unter Druck, dabei benötige ich einen klaren Kopf.«

»Sag mir nicht, dass Letzteres der Hauptgrund ist?«

Jack grinste schief und nickte. »Doch. Ich kenne das zur Genüge. *Wann kommst du? Warum bist du nicht da? Was soll ich tun? Wieso hast du keine Zeit für mich?* Da kann ich hundertmal vorher klarstellen, dass ich arbeiten muss.«

»Bruderherz, du spinnst. Ist dir überhaupt bewusst, welche Frau du an deiner Seite hast … hattest? Dorothy ist mit deinen bisherigen Freundinnen nicht einmal im Ansatz zu vergleichen – zumindest mit denen, die ich kennengelernt habe. Um es auf den Punkt zu bringen: Dorothy will dich, aber sie braucht dich nicht – weder als Freizeitbespaßer noch als Beziehungsoberhaupt. Ist sie mit dir zusammen, dann wegen deiner Person und nicht, um sich durch dich zu definieren«, entgegnete Tom.

»Du hast keine Ahnung, wie sehr ich sie vermisse«, antwortete Jack leise.

»Sehr gut, sie dich nämlich auch. Halt nur bloß die Klappe – du weißt von nichts. Und beeil dich mit der Versöhnung. Bei euch zählt jede Stunde.« Tom lächelte zufrieden. Alles lief sogar besser, als er es sich gedacht hatte. Natürlich war ihm längst klar gewesen, dass Jack sich keineswegs von Dorothy abgewandt hatte, jedoch kannte er die Sturheit seines Bruders – wie Molly Dorothys. Sie war ihrerseits gerade dabei, entsprechend auf Dorothy einzuwirken. Je schneller sich die beiden einigten, desto eher kehrte Ruhe und Glück ein.

Kapitel 27

Molly lenkte den Wagen aus dem Flughafengelände. Sie war froh, dass Dorothy dieses Mal auf ein Leihauto verzichtete. So hatte sie ausreichend Zeit, während der Fahrt allein mit ihrer Freundin zu sprechen und sie auf das Bevorstehende vorzubereiten. In der Gruppe wäre das deutlich schwieriger gewesen.

Als sie sich endlich auf der Landstraße befanden, sagte sie deshalb ohne Umschweife: »Jack ist auch hier.«

»Was?«, rief Dorothy aus. »Ach verdammt, warum hast du mich nicht informiert? Was soll ich denn jetzt tun? Wie … warum ist er da?«

Aus dem Augenwinkel sah Molly, wie ihre Freundin den Kopf abrupt in ihre Richtung gedreht hatte und sie anstarrte. »Tom hat dafür gesorgt. Ich musste allerdings hoch und heilig versprechen, dass ich kein Wort darüber verliere – das war ausschließlich für dich und dein Wohlbefinden.« Molly überlegte, ob sie gleich die ganze Wahrheit offenbarte. Mit einer ausweichenden Antwort würde Dorothy weiterbohren und letztlich ebenfalls alles erfahren. »Ursprünglich hätte Jack in eurer Urlaubswoche einen Plan für Tom zeichnen sollen – eine Überraschung für Laurie. Nach eurem Streit hatte Jack eigentlich vor, zu einem späteren Zeitpunkt anzureisen, aber Tom hat ihn beim Wort genommen.«

»Der Anbau! Jack erwähnte einmal etwas, als wir noch miteinander geredet haben. Da war die Sache im Ideenstadium.« Dorothy riss die Hände hoch. »Was hat das mit meinem Wohlbefinden zu tun und dass du mich nicht auf Jacks Anwesenheit vorbereitet hast?«

»Weil Jack doch ein furchtbarer Sturbock ist, war Tom bis zuletzt nicht sicher, ob er sein Versprechen einhält. Verstehst du? Keiner wollte, dass du enttäuscht und traurig bist, wenn sich Jack im letzten Augenblick anders entschlossen hätte. Nat war übrigens wie Tom strikt für Stillschweigen.«

»Molly, ehrlich, das war doof von dir. Du hättest es mir unbedingt sofort sagen müssen – mit genau denselben Worten, wie du es soeben getan hast. Vor den Männern hätte ich dichtgehalten. Du kennst mich gut genug, um zu wissen, dass ich lieber informiert gewesen wäre.«

»Bist du böse auf mich?«

»Nein, ich verstehe deine Beweggründe«, erwiderte Dorothy. »Ich habe nur weder schicke Kleidung noch Dessous eingepackt. In meinem Koffer befinden sich Pullis, Jeans, Turnschuhe … und Baumwollslips. Das ist fürchterlich.«

Molly horchte auf. »Bedeutet das, du willst dich mit Jack vertragen?«

»Sofern er die Beziehung nicht als erledigt ansieht, ja, unbedingt. Die Erkenntnis ist beim Kofferpacken gekommen. Molly, so seltsam das klingt und so kompliziert die Beziehung allein durch die Entfernung ist … Ich glaube, ich liebe ihn – ich liebe überhaupt zum ersten Mal in meinem Leben. Soll ich das einfach sausen lassen?«

Molly atmete erleichtert auf. »Man weiß ja nie, was in einem Mann vorgeht, aber ich bin gewiss, dass Jack dich genauso vermisst wie du ihn. Und wie du dir denken kannst, basiert diese Annahme auf den Informationen einer seriösen Quelle. Meine Empfehlung also: Versöhnt euch unverzüglich, und verbringt ein schönes Wochenende miteinander.«

»Ich folge dem Rat meiner weisen Freundin – in Pulli, Jeans und Baumwollunterwäsche. Was ist noch mal schnell das Gegenteil von sexy?« Dorothy klappte die Sonnenblende hinunter und betrachtete sich in dem kleinen Spiegel. »Ich war nicht beim Friseur, habe die Kosmetikerin verschoben, und – du liebe Güte! – auch den Waxingtermin. Lassen wir das. Sonst werde ich zu nervös, wenn ich weiter darüber nachdenke. Anderes Thema … Du wolltest mich etwas fragen wegen der *Maple Creek News Time?* Also, nun sitze ich vor dir – oder eigentlich neben dir – und bin neugierig. Es muss wichtig sein, sonst hättest du am Telefon darüber gesprochen.«

Molly nickte. »Ja, es ist wichtig, wahrscheinlich mehr für mich als für dich. Deshalb möchte ich mich lieber persönlich mit dir darüber unterhalten. Wie du weißt, befinde ich mich gerade mitten in der Einarbeitungszeit bei der Zeitung, und Franklin treibt mich gehörig an. Hast du nicht Lust, einen Gastartikel oder eine kleine Serie zu schreiben für uns? Ich sage es dir gleich, die Bezahlung erfolgt nach den Standards, aber bei der Werbung für deine Bücher kann ich einiges machen.«

»Du denkst an Artikel über *meinen Schwerpunkt?*«, erkundigte sich Dorothy.

»Ganz genau, eine Beziehungsratgeber-Kolumne. Du hättest im Rahmen der vorgegebenen Zeichenanzahl freie Hand. Details wie Auflagenzahlen und Verbreitungsradius der *Maple Creek News Time* lasse ich dir zukommen.«

»Du hast einmal erwähnt, dass die Zeitung eine erstaunlich hohe Streuung hat.«

»Das stimmt, vor allem, weil es kein zweites Regionalblatt gibt. Zudem ist die Qualität der *Maple Creek News Time* wirklich top.«

Dorothy lachte auf. »Schluss mit dem Verkaufsgespräch. Ich finde die Idee gut und lustig. Warum nicht? Außerdem ist der kanadische Markt durchaus interessant. Ich rede mit meiner Ansprechperson beim Verlag. Bis zum Jahresende erstelle ich ein Konzept für dich und schreibe einen Probeartikel. Was hältst du davon?«

»Das wäre toll. Ich möchte Franklin zeigen, was ich draufhabe. Du würdest mir riesig damit helfen«, antwortete Molly.

»Dafür sind beste Freundinnen da. Ich schreibe dreihundert Seiten lange Bücher. Solch ein Artikel ist in null Komma nichts getippt.«

Molly wies auf die Straße. »Auch wenn es dir nicht behagt, unterbreche ich und schwenke zurück zum ersten Thema. In zehn Minuten sind wir am Ziel. Alle warten auf dich im Maple Lake Inn: Laurie, Pamela, Lilly, Tom und *er* vielleicht ebenfalls. Jim kommt vermutlich etwas später. Bist du bereit?«

»Nein! Ja … Ach oje, plötzlich bin ich doch nervös. Jack ist *vielleicht* da? Im Hotel? Jetzt?«

Molly zuckte mit den Schultern. »Ich habe leider keine Ahnung. Angekommen ist er bereits und geht mit Tom die Pläne durch – dafür mussten wir nämlich Laurie aus dem Haus schaffen.«

»Übernachtet Jack bei Laurie und Tom?«, fragte Dorothy leise.

»Nein, im Maple Lake Inn wie du. Die beiden haben bewusst keinen Finger gerührt, um ihr Gästezimmer zu entrümpeln.«

»Da bin ich heilfroh. Im Hotel sind wir ungestört und können besser … Du weißt schon.« Dorothy kicherte. »Aber ich eile der

Zeit voraus. Erst muss die Versöhnung stattfinden. Drück mir die Daumen.«

Molly schmunzelte. Endlich verhielt sich ihre Freundin ihrem wahren Naturell entsprechend. Nun musste sie sich keine Sorgen mehr machen – bestimmt würden Dorothy und Jack bald wieder vereint und glücklich sein.

Kapitel 28

Obwohl Jack sich rege an dem Gespräch beteiligte, war er mit den Gedanken bei Dorothy und dem in Kürze stattfindenden Aufeinandertreffen. Die innere Anspannung zerriss ihn förmlich. Ständig blickte er verstohlen auf die Uhr und stellte sich im Stillen bereits zum zehnten Mal die Frage, wie er reagieren sollte, wenn sie vor ihm stand.

Und das war nicht die einzige Überlegung, die durch seinen Kopf schwirrte wie eine hyperaktive Biene. Was würde Dorothy tun – ihn umarmen, küssen, ignorieren, anschreien? Am liebsten finge er sie am Eingang des Maple Lake Inn ab, aber er konnte doch nicht einfach aufstehen und nicht wieder zum Tisch zurückkehren. Den anderen allerdings seinen Zustand zu erläutern, widerstrebte ihm. Zudem wusste er nicht, wann Dorothy und Molly genau ankamen. Was sollte er allein im Foyer tun? Wie ein Bittsteller untätig herumstehen?

Hätte er nur nicht zugestimmt, zum Maple Lake Inn zu fahren. Tom war überzeugend gewesen, und in der Küche seines Bruders hatte ihm die Idee sogar gut gefallen, so rasch wie möglich auf Dorothy zu treffen. Es hatte unkompliziert und sinnvoll geklungen, das war es jedoch keineswegs.

»Entspann dich.« Laurie, die neben ihm saß, legte ihre Hand auf seinen Unterarm. »Es wird alles gut gehen.«

»Was meinst du?«, fragte Jack und versuchte, erstaunt zu wirken.

Tom lachte auf. »Ach, komm, Bruder. Du befindest dich hier nicht unter Fremden. Meinst du, wir sehen nicht, was mit dir los ist?«

Jack verschränkte die Arme. »Natürlich ist die Situation unangenehm für mich. Was denkt ihr denn?«

»Warum springst du nicht auf und küsst Dorothy, wenn sie hereinkommt? Im Hollywoodstyle. Dann hast du es hinter dich gebracht und darfst auf ihre Reaktion warten«, warf Pamela ein.

»Damit es noch peinlicher wird, als es ohnehin ist? Vor euch und überhaupt …« Jack schüttelte den Kopf. »Das werde ich keinesfalls tun.«

»Ich hoffe inständig, du erwartest nicht, dass sie den ersten Schritt macht«, bemerkte Laurie und fügte nach einer Pause hinzu: »Was – bitte – soll daran *peinlich* sein, wenn du ihr, ohne übertrieben viele Worte zu verlieren, darlegst, dass du sie vermisst hast und der Streit unnötig war?«

»Welcher Streit ist unnötig gewesen?« Jim war im Türrahmen des Aufenthaltsraumes erschienen und musterte die kleine Runde. An Jacks Gesicht blieb er hängen. »Ah, ich verstehe, der zwischen dir und Dorothy. Hallo, Jack. Schön, dich zu sehen.«

Laurie ließ Jack keine Gelegenheit, Jim ebenfalls zu begrüßen. Sofort erklärte sie: »Wir versuchen Jack gerade darauf einzustimmen, dass er auf Dorothy zugehen soll – am besten gleich. Was meinst du dazu?«

Jim setzte sich. »Ich bin ganz bestimmt nicht der beste Beziehungsberater, muss Laurie aber recht geben. Wenn du mit Dorothy zusammen sein willst, hüpf über deinen Schatten. Jeder Tag im Zwist mit seinem Partner ist ein verlorener Tag.«

»Besser könnte man es nicht formulieren«, bestätigte Laurie und lächelte Jack zu. »Also, mein liebster und einziger Schwager, raff dich gefälligst auf. Du bist nur aus diesem Grund nach Maple Creek gekommen. Worauf willst du also warten?«

»Ich, nun ja ...« Jack warf einen Hilfe suchenden Blick zu Tom.

Laurie reagierte prompt. »Was ist da los? Ist hier noch etwas anderes im Busch? Ich kenne diese Miene.« Sie fixierte Tom. »Jack ist doch ausschließlich angereist, um sich persönlich mit Dorothy auszusöhnen, oder? Überlege gut, was du sagst. Meine Hormone spielen verrückt, und du willst keinen Streit heraufbeschwören, das versichere ich dir.«

Kurz schloss Tom die Augen. »Du erfährst es sowieso bald zwangsläufig. Ich hätte mir allerdings einen anderen, persönlichen Rahmen dafür vorgestellt.« Er ergriff Lauries Hand. »Als Überraschung für dich lasse ich die alte Scheune wegreißen und erweitere unser Heim. Jack übernimmt die Planung – auch deshalb ist er hier. Bis jetzt wissen nur Nat und Jack davon, plus Molly.«

Jim hüstelte. »Das stimmt so nicht ganz. Molly hat es mir im Vertrauen erzählt, und ich habe mit Morris darüber geplaudert.«

»Lilly und ich sind ebenfalls im Bilde. Ich habe es von Timothy erfahren. Morris hat mit Elisabeth darüber gesprochen, und sie wiederum hat es an Timothys Mutter weitergeleitet«, erklärte Pamela mit einem verlegenen Ausdruck.

Laurie sah von einem zum anderen, dann beugte sie sich zu Tom und küsste ihn. »Welch wunderbare Idee! Wie sehr ich diese hässliche Scheune hasse. Oh, ich bin gespannt auf die Ausführung – dieses Geheimnis lasse ich dir aber, bis der Plan fertig ist.

Ich werde nicht dreinreden wie sonst, versprochen.« Sie schmunzelte. »Und natürlich weiß vorher jeder andere Bescheid, wir befinden uns immerhin in Maple Creek.«

Unwillkürlich musste Jack grinsen. »Und für mich gilt wohl *mitgehangen, mitgefangen*, was?«

»Selbstverständlich, Junge. Du gehörst genauso dazu«, entgegnete Jim. »Und wir werden dich in jeder –«

Timothy kam um die Ecke geschossen, blieb mitten im Zimmer stehen und zeigte in die Richtung, aus der er gekommen war. »Sie sind vorgefahren!« Er verdrehte die Augen. »Ja, ich habe ein wenig mitgehört. Ihr habt nicht leise gesprochen, es ging gar nicht anders.« Aus dem Stand machte er kehrt.

Abrupt sprang Jack auf. »Was soll's! Ich gehe ihr entgegen. Vor euch … *ist es peinlich*. Bitte sag nichts dazu, Laurie.« Mit weiten Schritten verließ er den Aufenthaltsraum. Gerade als er das Foyer erreichte, öffnete sich die Eingangstür.

Molly trat als Erste ein. Als sie ihn sah, lächelte sie. »Hallo, Jack. Keine Sorge, ich laufe gleich zu den anderen. So seid ihr allein.«

Wenigstens eine, die mich versteht, dachte Jack und nickte Molly zu. Dann galt seine Aufmerksamkeit Dorothy, die stehen geblieben war und ihn anstarrte. Kurz fragte er sich, was er nun tatsächlich tun sollte. Bereits im nächsten Augenblick jedoch schwand die Unsicherheit, und die Sehnsucht, sie zu berühren, übermannte ihn förmlich. Was sinnierte er großartig darüber, wie er sich am besten verhielt? Er musste einfach seinem Gefühl folgen.

Ohne ein Wort zu sagen, zog er sie in die Arme und drückte sie an sich. Er spürte, wie Dorothy sich an ihn schmiegte, und eine Welle des Glücks rollte über ihn hinweg. Was musste man bei solchen Empfindungen lange nachdenken? Alles lag mit völliger Klarheit vor ihm. Dorothy war die Richtige – und er hatte die Verbindung aufs Spiel gesetzt. So etwas durfte nie wieder geschehen.

Im Stillen dankte er Tom, der diesen Moment durch seine Beharrlichkeit erst möglich gemacht hatte. Das würde er seinem Bruder niemals vergessen.

Kapitel 29

Jim ließ Cicero von der Leine und warf einen Blick auf Ann, die neben ihm ging. »Ich glaube, bald wird es schneien«, sagte er. »Wenn die Landschaft weiß und leise wird, muss ich an meine Kindheit zurückdenken. Mit dem ersten Schnee ist meine Vorfreude auf Weihnachten hochgekommen. Ich war wochenlang nervös.«

»Was meinst du mit *leise?*«, fragte Ann.

»Es lässt sich schwer beschreiben. Irgendwie kehrt eine Ruhe ein, die es im Sommer naturgemäß nicht gibt. Die Geräusche verändern sich, sie werden gedämpfter. Das bringt Frieden, innen wie außen. Ich mag diese Zeit und empfinde sie als ausgleichend und tröstlich – *leise* eben.«

»Mir bringt der Winter Schwierigkeiten. Die Kälte und dazu der ganze lästige Mehraufwand – Schneeschaufeln, störrische Automotoren, die Hemmnisse beim Bewegen der Pferde. Die Tiere müssen auch viel intensiver versorgt und gepflegt werden, um Krankheiten vorzubeugen. Pferde sind anfällig. Mir graut davor«, erwiderte Ann.

»Wenn du Unterstützung brauchst, sag es mir. Ich helfe dir gern.«

Ann berührte Jims Arm. »Am Sonntag werden die Ställe winterfest gemacht. Jede anpackende Hand ist herzlich willkommen.«

»In Ordnung, ich bin dabei.« Jim blieb stehen, zog einen Ball aus der Jackentasche und warf ihn für Cicero weit in die Wiese hinein. »Ich habe eine Idee! Toms Bruder und Mollys Freundin verbringen dieses Wochenende in Maple Creek. Sonntag am späten Nachmittag treffen wir einander alle im Maple Lake Inn. Wir erledigen die Arbeit bei dir und gehen dann gemeinsam dorthin. Was hältst du davon?«

»Ich weiß nicht, eher nein. Wahrscheinlich werde ich müde sein«, entgegnete Ann ausweichend.

»Wir müssen nicht lange bleiben.« Jim musterte sie mit seinem typisch prüfenden Blick. »Oder willst du nicht? Ich hatte gedacht, du möchtest mehr an meinem Leben teilhaben, so wie ich an deinem.«

Ann stöhnte auf. »Können wir es nicht dabei belassen, dass ich nach der Arbeit erledigt sein werde?«

»Nein, du darfst nicht immer alles totschweigen. Es geht nicht um den Sonntag allein, ich meine das generell. Ann, es ist mir ein großes Anliegen, dass du mir sagst, wie du dir unser Zusammensein vorstellst. Was gefällt dir an mir und was nicht? Warum willst du am Sonntag nicht mitgehen zu meinen Freunden? Vor Kurzem hatte ich den Eindruck, genau das wäre dir wichtig. Ich besitze keine Kristallkugel, die mir deine Wünsche mitteilt. Also musst du dich offenbaren – bitte.«

»Du willst wirklich die Wahrheit erfahren? Also gut. Ja, ich habe mich zurückgesetzt gefühlt, weil du so oft mit diesen Menschen zusammen bist. Und ich hatte mich gefreut, als du mich in die Tavern mitgenommen hast. Aber ehrlich? Ich komme mit ihnen nicht klar. Morris scheint ein netter Mann zu sein, was ist jedoch in seiner Ehe los? Ich finde es seltsam, mit einer psychisch Kranken an einem Tisch zu sitzen und über deren Leben zu labern. Und diese ach so tolle Molly? In meinen Augen ist sie eine Frau, die keine Ahnung hat, wohin sie gehört. Sie wirkt städtisch und ist blasiert. Das Mädchen aus dem Dorf spielt sie doch nur. Von Pamela und Lilly will ich erst gar nicht beginnen zu sprechen. Reicht es nicht aus, dass sie gleichgeschlechtlich liiert sind? Nun wollen sie auch noch heiraten und ein Kind adoptieren.« Ann holte tief Luft. »Und jeder legt seine Probleme offen dar, als würde es sich um eine einzige große Familie handeln. Das ist nicht mein Stil. Man muss nicht über alles reden – wie lächerlich und unangenehm.«

Jim benötigte einen Moment, um Anns Worte in ihrer Gesamtheit zu erfassen. Er konnte einfach nicht glauben, was er eben gehört hatte. Zudem irritierte ihn ihr Gesichtsausdruck. Während sie seine Freunde beurteilt hatte, waren ihre Züge schrittweise härter und verbissener geworden. »Meine Freunde sind wunderbare Menschen, die zusammenhalten. Sie haben dich herzlich empfangen und aufgenommen. Warum denkst du so schlecht über sie?«

»Oh, das verstehst du falsch. Es ist mein Eindruck, ich bewerte sie nicht. Dafür kenne ich sie zu wenig.« Ann versuchte ein Lächeln. »Ich lebe gänzlich anders – diese übertriebene Mitteilsamkeit ist nichts für mich. Es erscheint mir, als hätten sie sonst keine Aufgaben. Aber es mangelt mir nicht an Verständnis Sie sind dir wichtig, und du willst Zeit mit ihnen verbringen. Das habe ich kapiert und akzeptiere es.«

Noch immer war Jim perplex. »Jeder von ihnen geht zeitintensiven Tätigkeiten nach. Was meinst du mit: Sie hätten keine anderen Aufgaben? Ich bin doch genauso wie sie. Was magst du eigentlich an mir?«

»Nun sei nicht gleich beleidigt. Warum beziehst du meine Aussage auf dich? Du wolltest meinen Standpunkt erfahren, und ich habe ihn dir dargelegt.« Ann hakte sich bei ihm unter. »Lass uns über etwas anderes reden.«

»Nein, Ann.« Wie sollte er seine Gedanken zum Ausdruck bringen, ohne sie zu verletzen? Er war entsetzt über ihre Stellungnahme, und mehr als je zuvor war er gewiss, dass diese Verbindung keine Zukunft hatte. Aber waren dies der passende Zeitpunkt und der geeignete Ort, um über eine Trennung zu sprechen? Gab es sie in diesem Fall überhaupt, die richtige Gelegenheit? »Ich möchte nicht über irgendetwas Belangloses plaudern, als wäre nichts geschehen. Wir müssen beim Thema bleiben: du und ich. Ständig so zu tun, als herrschte die blanke Harmonie, ist schlichtweg falsch. Ich erkenne deine zeitweilige Unzufriedenheit und wie du dich zügeln musst. Das führt bloß weiter hinein in die Misere. Auch ich bin nicht glücklich.«

Ann hielt den Blick gesenkt. »Man darf in unserem Alter nicht mehr damit rechnen, auf die wahrhaft richtige Person zu treffen.«

Jim schüttelte den Kopf. »Ich bin nach dem Tod meiner Frau alleine geblieben und kann somit nicht auf große Erfahrungswerte zurückgreifen. Einer Sache bin ich mir jedoch völlig sicher: Nur um nicht als Single durchs Leben zu gehen, ist kein ausreichender Grund für eine Partnerschaft. Man wird nie in allen Punkten übereinstimmen, doch mit Freude und Offenheit Kompromisse zu schließen, ist unerlässlich. Das gilt für jedes Alter. Ich möchte etwas von dir wissen, Ann, und bitte sei ehrlich zu mir: Bin ich der Mann, den du dir erträumst?«

Mit einer fahrigen Bewegung zog sie die Haube tiefer über die Stirn. »Was soll die Frage? Du weißt, was ich tue. Mein Traummann teilt diese Passion. Er reitet an meiner Seite über Wiesen und Felder. Wir bedürfen keiner anderen Menschen, es gibt ihn und mich – und Pferde.«

Jim nickte bedächtig. »Ich habe großen Respekt, fast Angst vor Pferden, und ohne meine Freunde wäre ich unsagbar einsam. Sie sind wie meine Familie, und ich sorge mich um jeden Einzelnen von ihnen.«

»Machst du mit mir Schluss?«, erkundigte sich Ann leise.

»Wir erkennen gerade, dass wir beide nicht füreinander geschaffen sind – die Betonung liegt auf *wir.*«

»Ich möchte es aber nicht beenden, weil ich dich gernhabe.«

»Daran liegt es nicht. Auch ich habe dich gern, sehr sogar. Wir passen nur einfach nicht zueinander.«

Ann räusperte sich. »Setze du den Spaziergang mit Cicero fort Ich gehe zurück, und dann werden wir uns eine Weile lang nicht sehen. Wir brauchen etwas Abstand, danach wird es besser laufen.« Abrupt wandte sie sich ab und marschierte davon.

Jim starrte ihr nach. Anns spontaner Abgang glich für ihn einer Flucht, und er fragte sich, ob sie vor seinen Worten oder ihrer eigenen Erkenntnis davonlief. Begriff sie nicht, dass ihre Beziehung tatsächlich zum Scheitern verurteilt war?

Mit einem Seufzer setzte auch er sich in die entgegengesetzte Richtung in Bewegung. Erleichterung empfand er allerdings nicht. Vielmehr machte sich ein beklemmendes Gefühl in ihm breit. Dies war für Ann kein finales Gespräch gewesen, und er wusste nicht, wie er nun weiter vorgehen sollte.

Hätte er bloß seinem Instinkt vertraut und die Unstimmigkeiten früher angesprochen – er hatte es doch längst gespürt. Durch das Hinauszögern war nun etwas hinzugekommen, womit er nicht gerechnet hatte. Anns Ausführungen über seine Freunde waren tief in ihn vorgedrungen und hatten jäh eine Abneigung gegen sie hervorgerufen. Was nahm sie sich heraus, so herabwürdigend zu urteilen?

Kapitel 30

Dorothy legte ihren Kopf auf Jacks Brust und schloss die Augen. Sie spürte, wie sein Körper vibrierte. Jede Sekunde dieses Moments wollte sie ganz bewusst in sich aufnehmen und in ihrem Gedächtnis behalten. Was sie jetzt empfand, galt es nicht nur aus sentimentalen Gründen zu bewahren. Sie musste sich daran erinnern, wenn Ärger und Zorn genau diese Gefühle verschleierten und diffamierten. Es durfte nicht noch einmal geschehen, dass eine Auseinandersetzung mit Jack derart ausuferte. Ihre Situation war schwierig, und sie durften solche Beziehungspausen nicht entstehen lassen. Eine Versöhnung aus der Entfernung war kein leichtes Unterfangen.

»Ich bin glücklich«, flüsterte Jack und küsste ihr Haar.

Dorothy hob die Lider. »Ich auch. Trotzdem müssen wir über unseren Streit reden.« Sie setzte sich auf und lehnte sich gegen das Kopfende des Betts.

»Ich weiß. Lass uns aber bitte nicht den Augenblick damit zerstören. Ich will das genießen und nicht wieder diskutieren. Schaffen wir es, auf einer positiven Ebene darüber zu sprechen?«

Dorothy bejahte Jacks Frage. »Ich möchte nichts anderes. Deshalb erkläre ich dir, was in mir vorgegangen ist. Am Telefon … da habe ich die Beherrschung aus einem einzigen Grund verloren: Es war deine abweisende Reaktion auf meinen Vorschlag, mit dir nach Toronto zu fahren. Plötzlich sind so viele widersprüchliche und schmerzvolle Gefühle in mir hochgekommen, dass ich förmlich übergekocht bin. Normalerweise bin ich überhaupt nicht so. Mein Verhalten tut mir leid.«

»Das darf es nicht, ich trage die Schuld.« Jack streichelte über Dorothys Wange. »Mein Bruder hat also voll ins Schwarze getroffen. Ich muss lernen, auf Tom zu hören. Offensichtlich ist er der weise Mann von uns beiden.«

»Lass mich verstehen, warum du nicht willst, dass ich mit dir komme. Die Idee war spontan, zugegeben, doch allemal besser, als wenn wir uns nach dem Wochenende wieder trennen müssten.«

»Okay, ich versuche es. Vor allem habe ich an mich gedacht. Ich wollte mich nicht unter Druck setzen lassen.« Jack schlug sich auf die Stirn. »Das klingt schrecklich und ist falsch formuliert. Tom habe ich es weitaus besser begründet. Ich war nicht begeistert von dem Gedanken, mich um dich kümmern zu müssen. Oje, genauso schlimm. Ich rede mich direkt ins Grab.«

Dorothy stieß einen amüsierten Ton aus. »Bevor du weiter herumstotterst, stoppe ich das besser. Ich ahne, worauf du hinauswillst, und kann dir versichern, dass du dich irrst. Ernsthaft? Jack, jeder meiner Tage ist mit meinen Angelegenheiten ausgefüllt, ich kenne keine Langeweile und gestalte meinen Alltag wunderbar ohne fremde Einflussnahme. Für mein neues Buch interviewe ich Pamela und Lilly, dieses Kapitel möchte ich danach sofort ausfertigen. Molly hat mich gefragt, ob ich einen Artikel für die *Maple Creek News Time* schreiben will. Ich habe unaufhörlich zu tun, und außerdem schaffe ich es, allein auf Sightseeingtour zu gehen. Ich liebe das.«

»Weißt du, eine Frau wie dich habe ich noch nie kennengelernt. Ich muss mich erst daran gewöhnen und verstehen lernen, wie du tickst.«

»Und was ist mit Laurie?«

»Sie ist meine Schwägerin, zudem ist sie wiederum anders«, antwortete Jack. »Laurie ist eine Amazone, du hingegen die um das Feuer tanzende Hexe aus dem Wald.«

»In meinem Kopf entsteht gerade das Bild einer hakennasigen alten Frau mit Buckel und zerfetzter Kleidung. Im Moment findest du wahrlich jedes Fettnäpfchen.«

Jack schmunzelte. »O nein, eher die vor Energie sprühende junge Hexe, mit offenem Haar und barfuß, in einem wallenden, durchsichtigen Gewand, das im Feuerschein die Silhouette des Körpers zeigt. Sexy, allwissend und anbetungswürdig.« Mit einem leisen Stöhnen beugte er sich über Dorothy und küsste sie.

Unverzüglich schlang sie die Arme um seinen Hals und zog ihn näher zu sich, doch Jack entwand sich.

»Sosehr ich es hasse, muss ich dieses wunderbare Bett verlassen. Der Plan wartet auf mich. Ich habe nur zwei Tage Zeit, um ihn fertigzustellen, und will Tom nicht enttäuschen.« Jack verharrte und betrachtete Dorothy eine Weile lang. »Bitte komm nach dem Wochenende mit mir nach Toronto. Ich verspreche dir, mich zu bemühen, nicht bis in die Nacht hinein zu arbeiten.«

»Du hast es nach wie vor nicht begriffen. Es ist mir egal, ob du um sechs Uhr abends oder um Mitternacht nach Hause kommst.« Dorothy strich über seine nackten Oberarme. Leise fügte sie hinzu: »Aber wenn du dann da bist, musst du mir auf der Stelle zur Verfügung stehen.«

Jack beugte sich vor und küsste sie abermals. »Und wie ich dir zur Verfügung stehen werde! Mit allem, was ich habe.« Er räusperte sich. »Auch wenn mich das schlechte Gewissen plagt, muss der Plan eine Stunde warten.«

Dorothy nickte. »Laurie und Tom würden uns verzeihen, wenn sie wüssten, warum du die Arbeit aufschiebst.«

Kapitel 31

Nat parkte vor dem Blumenladen und stieg aus dem Wagen. Er hatte das Bedürfnis, Molly eine kleine Überraschung zu bereiten. Obwohl sie sich unbändig für Dorothy freute und glücklich über die Entwicklung war, würde sie ihre beste Freundin bestimmt vermissen. Die beiden hatten Pläne für die Urlaubswoche gemacht, und nun packte Dorothy den Koffer, um mit Jack nach Toronto zu reisen.

Während er die Autotür schloss, streifte sein Blick den Juwelierladen auf der gegenüberliegenden Straßenseite. Er fuhr oft hier vorbei und hatte schon einige Male überlegt anzuhalten, um sich Ringe anzusehen. Zeit- oder Parkplatzmangel hatten das bis jetzt allerdings verhindert.

Kurz entschlossen überquerte Nat die Straße und blieb vor dem Schaufenster stehen. Etwa zwanzig Ringe waren ausgestellt, doch keinen davon konnte er sich an Mollys Finger vorstellen. Zwar hatte er kein genaues Bild vor Augen, was für sie passend war, aber er wusste genau, welcher Ring nicht zu ihr gehörte.

»Kann ich Ihnen vielleicht helfen?« Lautlos hatte die Verkäuferin des Juwelierladens die Tür geöffnet und musterte Nat mit einem freundlichen Lächeln. »Entschuldigen Sie, ich will nicht aufdringlich erscheinen. Von innen sieht man durch die Scheibe auf den Gehweg, und Ihr Gesichtsausdruck sprach Bände.«

»Ich habe mir die Ringe angesehen. Sie sind alle zu …«

»Kitschig, verspielt, schnörkelig?«, half sie Nat auf die Sprünge. »Mit dem Wort *verspielt* dürfen Sie mich zitieren, *kitschig* und *schnörkelig* kamen nie über meine Lippen.« Sie schmunzelte verhalten. »Ich ahne, was Sie suchen. Wenn Sie hereinkommen, zeige ich Ihnen einige verborgene Schätze.«

Nat gefiel die Herangehensweise der Frau. Sie vermittelte ihm das Gefühl, gut aufgehoben zu sein. »Ja, gern. Warum nicht?« Er folgte ihr in den Verkaufsraum.

Sie zeigte auf eine kleine Sitzecke. »Nehmen Sie doch bitte Platz.« Nachdem sie sich ebenfalls gesetzt hatte, fragte sie: »Welche Art von Ring suchen Sie – Verlobung, Ehe, Freundschaft? Und erzählen Sie mir bitte von der Frau, der Sie ihn schenken wollen. Wie ist sie so? Dann habe ich ein Bild vor Augen.«

Automatisch musste Nat lächeln. Molly zu beschreiben, war einfach. »Sie hat langes blondes Haar und eine zarte Statur. Andere Menschen sind ihr wichtig, und über viele Dinge denkt sie intensiv nach. Dabei ist sie fröhlich und überaus herzlich. Eigentlich ist sie eine richtige Großstädterin aus New York, die hier in Kanada ihren Frieden – und mich – gefunden hat. Manches Mal ist es schwierig, ihre Stimmungen und Gedankengänge nachzuvollziehen, aber ich bemühe mich.« Er fuhr sich durchs Haar. »Was berichte ich da alles? Sie benötigen Mollys Typus und die Ringgröße, nicht ihre Charaktereigenschaften. Oh, und es handelt sich um einen Verlobungsring.«

»Um ehrlich zu sein, fand ich Ihre Beschreibung gerade wunderschön und herzerwärmend. So etwas bekomme ich nicht alle Tage zu hören. Es ist schade, dass Ihre Molly das nicht mit anhören konnte.« Sie hob den Zeigefinger. »Entschuldigen Sie mich bitte einen Augenblick.« Sie erhob sich und ging zu einem Schrank. Mit einem Tablett kehrte sie zurück. Auf dem dunkelblauen Samt lagen einige Ringe. »Klassisch und doch einzigartig, zierlich gefasst und so elegant wie geschmackvoll«, erklärte sie. »Prüfen Sie sie in Ruhe.«

Der Reihe nach taxierte Nat die Schmuckstücke. Alle Ringe ähnelten einander, vier stachen ihm jedoch besonders ins Auge. Er zeigte darauf. »Diese Form finde ich schön.«

Die Verkäuferin nickte. »Eine sehr gute Wahl, das sage ich nicht so dahin. Es sind sogenannte Solitär-Ringe mit klassischer Krappenfassung. Sehen Sie? Der Diamant wird nur von diesen feinen Edelmetallstreifen gehalten. Für mich persönlich ist dies die edelste aller Formen. Wollen Sie die Preise dieser Auswahl von mir erfahren?« Ohne eine Antwort abzuwarten, zog sie die betreffenden Ringe aus den Halterungen und legte sie auf ein zweites, kleineres Tablett, das bereits auf dem Tisch gestanden hatte. Dabei platzierte sie die Preisschilder so, dass Nat sie sehen konnte.

Eine Weile lang betrachtete er die Auswahl. »Dieser«, bemerkte er schließlich und zeigte auf einen Ring.

»Ich muss mich wiederholen: eine sehr gute Wahl. Darf ich ihn für Sie zur Seite legen? Sie werden sich bestimmt auch anderweitig umsehen.«

»Ja … nein.« Nat atmete tief durch. »Ich denke, genau dieser Ring ist perfekt für Molly.« Er wies zur Tür. »Ich laufe zu meinem Auto und hole mein Kreditkartenetui.« Auf einmal konnte er es kaum erwarten, den Ring tatsächlich in seine Tasche zu stecken.

Während er den Juwelierladen verließ, überfiel ihn jäh eine immense Vorfreude. Es fühlte sich schlichtweg richtig an. Noch wusste er nicht, wann und wie er Molly fragen wollte, doch schon jetzt tat sein Herz einen Sprung, wenn er an ihr Strahlen dachte, das dieser Ring und vor allem seine Bedeutung auf ihr Gesicht zaubern würden.

Kapitel 32

Timothy sah von dem Bildschirm auf. »Wer war das gerade?«

Lilly lehnte sich in dem Schreibtischsessel zurück und verzog den Mund. »Mister Browner. Er hat sich entschuldigt und will weiterhin von uns betreut werden. Es verhält sich so, wie ich es vorhergesagt habe: Charlotte hat weder die Erfahrung noch die Verbindungen, um ein gutes redaktionelles Paket zu schnüren.«

»Der wievielte Kunde hat nun bei dir angerufen?«

»Inklusive Mister Browner waren es zwölf, drei davon sind wirklich abgesprungen. Zum Glück sind es genau die mit dem kleinsten Werbebudget. Und es geht allein um den Bereich der Medien. Die Vermarktung für Reisebüros und vergleichbare Institutionen greift Charlotte nicht an. Das ginge auch nicht so einfach.«

»Es scheint, als würde sie Schritt für Schritt deine Kundenliste abarbeiten. Woher stammen die Informationen?«, erkundigte sich Timothy.

»Ach, das ist leicht. In ihrer Ausbildung hat sie mit Sicherheit gelernt, Medienanalysen durchzuführen. Im Grunde ist es dieselbe Arbeit, die du unter anderem durchführst. So sieht man, welches Unternehmen Anzeigen und Berichte schaltet. Der Rest ergibt sich von selbst: Einige bestellen direkt bei den Medien, wenige werden von entfernt ansässigen Agenturen betreut, die meisten von mir. Da steckt kein perfider Datenraub oder Ähnliches dahinter, glaube mir.«

Timothy richtete sich auf. »Trotzdem bin ich der Meinung, dass Charlotte dir schaden will. Es mag so sein, wie du sagst, nichtsdestoweniger sucht sie als Erstes gezielt deine Kunden auf.«

Lilly zuckte mit den Schultern. »Ich kann nur nach bestem Wissen und Gewissen so weiterarbeiten, wie ich es bisher getan habe. Natürlich ärgere ich mich über Charlotte, aber was sollte ich gegen ihr Handeln unternehmen? Herumlaufen und erzählen, dass meine Lebensgefährtin sie seinerzeit aus dem Maple Lake Inn geworfen hat? Oder dass deren Bruder nicht mit ihr zusammen sein wollte? Wir dürfen Laurie und Tom nicht vergessen. Sie haben Charlotte gefeuert, und dann hat sie sich an Tom herangemacht. Lauries Haare stehen noch immer zu Berge, wenn sie daran denkt. Selbst die arme Elisabeth spielt mit in diesem Reigen. Vor ihrem Klinikaufenthalt hat auch sie Charlotte den Rücken zugekehrt. Und Jim! Er hat ihr keinen Termin bei sich gegeben und sie an einen anderen Anwalt verwiesen.«

»Wenn du die einzelnen Geschehnisse hintereinander aufzählst, bemerkt man erst, was in letzter Zeit alles rund um sie passiert ist. Zweifellos hegt Charlotte einen immensen Groll gegen *uns* alle.« Timothy klopfte sich auf die Brust. »Ich zähle mich ebenfalls zu dieser Gruppe, auch wenn ich nicht zum harten Kern gehöre.«

Lilly lächelte. »Du gehörst allemal dazu. Ich bin sehr stolz auf dich und schätze deine Arbeit ungemein. Pamela denkt ebenso.«

»Danke, Lilly. Ich freue mich über jedes Lob. Lenken wir nicht vom Thema ab. Man sollte etwas gegen Charlotte unternehmen – und mit *man* meine ich uns«, entgegnete er mit ernster Miene.

»Ehrlich, ich wüsste nicht, was wir tun könnten, um sie zu stoppen. Es ist ihr gutes Recht, ein Unternehmen zu gründen und Kunden zu akquirieren. Am besten wirken wir entgegen, wenn wir einwandfreie Arbeit leisten. Das tun wir ohnehin, und daran wird sich nichts ändern.«

»Ich weiß, dass meine Mutter Charlotte nicht ausstehen kann und von ihr sagt, sie sei eine Schlange. Sicherlich hat Mum nichts dagegen, ein wenig Tratsch in Umlauf zu bringen und Charlotte vor anderen schlechtzumachen. Vergiss nicht, sie ist Elisabeths Cousine.« Timothy schmunzelte. »Deine Kunden, Lilly, stammen aus der Umgebung, und bei vielen handelt es sich um Familienunternehmen oder kleinere Firmen. Sie hören und sehen alles – genauso wie wir.«

»Nein, lieber nicht, Timothy. So etwas kann sich schnell gegen einen selbst richten. Außerdem widerstrebt es mir, mich auf diese Ebene zu begeben. Lass uns besser überlegen, was wir offiziell ausrichten können. Bis jetzt bin ich selbst gänzlich ohne eigene Werbung ausgekommen, was angesichts der Tatsache, dass ich eine Werbeagentur besitze, irgendwie witzig ist. Eventuell sollten wir eine hauseigene Kampagne starten.«

»Du meinst, wir vergessen Charlotte einfach?«

Energisch schüttelte Lilly den Kopf. »Ganz und gar nicht. Was sie tut, gehört sich nicht. Wir gehen es nur anders an, nämlich auf korrekte Weise.«

Jäh machte Timothys grimmige Miene einem interessierten Ausdruck Platz. Er klatschte in die Hände. »Eine tolle Idee. Darf ich mich beteiligen?«

»Du musst! Ohne deine grandiosen Geistesblitze bin ich mittlerweile hoffnungslos verloren.« Lilly betrachtete den jungen Mann nachdenklich. Tatsächlich war er ihr zu einer wichtigen Stütze geworden. Er verfügte über eine rasche Auffassungsgabe, arbeitete akribisch, dachte stets mit, und an Motivation mangelte es ihm ebenfalls nicht. Aber war er bereit für den nächsten Schritt? *Ja, er ist so weit. Mehr: Timothy braucht eine Herausforderung, und dies ist die perfekte Möglichkeit.* Schließlich würde sie ihn nicht ins kalte Wasser stoßen, sondern mit einem wachen Auge und Tipps an seiner Seite stehen. Sie beugte sich vor. »Timothy, was hältst du davon, die Leitung dieses Projekts zu übernehmen? Es ist innerbetrieblich, und ich bin für dich da. Wir sprechen jeden Punkt bis ins letzte Detail durch, und selbstverständlich absolvieren wir etwaige Termine bei den Medien gemeinsam, ausführendes Organ bist allerdings du.«

»Meinst du echt, ich kann das? Von so vielen Dingen habe ich noch keine Ahnung. Was ist, wenn ich einen Fehler mache?«, fragte er mit leiser Stimme.

»Einmal ist immer das erste Mal. Und sei versichert, ich würde dir die Aufgabe nicht übertragen, wenn ich meinte, du bräuchtest mehr Zeit. Ich führe dich durch den Ablauf, keine Sorge – das ist Learning by Doing, die beste Variante.«

Ein Strahlen erschien auf Timothys Gesicht. »Womit beginne ich?«

»Brainstorming, ganz einfach. Der erste Teil ist der schönste: der Kreativprozess. Überlege, welche Aktionen für uns die besten wären, und füge sie zusammen. Wenn du fertig bist, gehen wir alles der Reihe nach durch und wählen die geeigneten Ideen aus. In diesem Zuge zeige ich dir auch gleich, wie man eine diesbezügliche Analyse erstellt: Ermittlung des Istzustands, Beantwortung der Frage, was wir erreichen wollen, Festsetzung des Ziels – das gehört alles dazu.«

Timothy zeigte auf seinen Bildschirm. »Ich mache das hier fertig und lege danach gleich los.«

Kapitel 33

»Ich finde die Idee toll, Timothy diese neue Aufgabe zu übertragen.« Kurz presste Pamela die Lippen aufeinander. »Diese Charlotte! Unterschätze sie bitte nicht. Sie ist ein echtes Biest und hat schon früher einiges ausgeheckt. Ich überlege nur, warum sie in Maple Creek geblieben ist. Seit ich mich zurückerinnern kann, spricht sie davon, in einer Großstadt leben zu wollen.«

»Woher stammt sie eigentlich?«, fragte Lilly.

»Direkt von hier. Ihre Eltern wohnen drüben am Fuße des Berghangs in der kleinen Siedlung. Es sind nette Menschen. Soweit ich weiß, ist der Kontakt mit ihrer Tochter nicht besonders intensiv. Charlotte hat ihnen bereits während der Schule Probleme bereitet. Es gab laufend Geschichten über sie.«

»Ich möchte gar nicht so viel an Charlotte als Person herumtüfteln, sondern sie als das sehen, was sie für mich ist: ein Mitbewerber – und so jemandem begegnet man auf einer sachlichen Ebene. Die Kampagne in eigener Sache wird meiner Agentur so oder so guttun, und für Timothy ist es wichtig, weiterzukommen.« Lilly öffnete die Arme. »Ich denke dabei nicht vollauf an ihn, sondern auch an unsere Zukunft. Wenn wir unsere Pläne verwirklichen, benötige ich in der Agentur eine verlässliche Vertretung. Die Arbeit ist wichtig und wird es bleiben, aber sie darf dann nicht mehr an erster Stelle stehen.«

Pamela nickte. »Zum gegebenen Zeitpunkt werden wir uns beide gut organisieren müssen. Ich habe mir ebenfalls schon Gedanken über das Hotel gemacht. Es stimmt, sowohl bei dir in der Agentur als auch im Maple Lake Inn ist eine gute Assistenz für uns unumgänglich. Für meinen Teil will ich die Fäden in der Hand behalten, dennoch ist es wichtig, jemanden zu finden, dem ich vertraue und auf den ich mich voll verlasse. Schade, dass wir Timothy nicht zweiteilen können. Auf jeden Fall hat er bei dir die deutlich besseren Erfolgschancen – Werbung entspricht seinem Naturell. Die Aufgaben im Hotel werde ich mit Neueinstellungen irgendwie kompensieren. Die Umsätze steigen kontinuierlich, und wenn es auf diese Weise weiterläuft, muss ich sowieso zusätzliches Personal aufnehmen.«

»Ich erfasse noch immer nicht ganz, was wir tun und wie alles sein wird. Unser Leben verändert sich gehörig, und ich freue mich so sehr darauf. Offen gestanden fürchte ich mich aber auch ein bisschen – auf eine schöne Art. Klingt das seltsam?«

»Überhaupt nicht.« Pamela lächelte. »Mir geht es gleich und Laurie übrigens ebenso. Sie hat mich heute auf einen Mapleccino im Hotel besucht. Bei ihr beginnt nun die Bewerbungsphase der Köche. Jeden Abend hat sie einen anderen in der Küche neben sich stehen. So findet sie am schnellsten heraus, ob die Person etwas draufhat. Toms Überraschung mit dem Anbau macht ihr darüber hinaus zu schaffen, obwohl sie sie phantastisch und sinnvoll findet.«

»Das verstehe ich gut. Alles zusammen ist ein gehöriger Aufwand, und sie ist schwanger. Der Körper verändert sich, und es können Komplikationen hinzukommen«, entgegnete Lilly. »Wir alle haben einiges zu bewältigen. Unsere Heirat steht vor der Tür, vergiss das nicht. Noch haben wir nichts fixiert. Andere planen diesen Tag monatelang.«

»Ich möchte unser Hochzeitsglück nicht schmälern, aber es dient einem bestimmten Zweck. Um zu wissen, dass ich mein Leben mit dir verbringen will, brauche ich kein offizielles Papier. Wir werden mit unseren Freunden danach anstoßen, und das war's – keine Einladungen, keine Geschenke, keine Tafel.«

Ein versonnener Ausdruck erschien auf Lillys Gesicht. »Als Mädchen habe ich mir vorgestellt, in einem weißen Sommerkleid barfuß an einem Strand zu heiraten. Blumen im Haar und all dieses Zeug. Es hätte keine formelle Sache sein müssen, einfach eine wunderschöne Zeremonie unter Palmen und Sonne. Und was ist daraus geworden? Kanada, Kälte und möglicherweise sogar Schnee.«

»Vielleicht holen wir das einmal nach, bei dir in Florida. Hast du nun schon einen Trauzeugen auserkoren?«, fragte Pamela. »Darum sollten wir uns nämlich dringend kümmern.«

»Ich habe darüber nachgedacht. Durch dich bin ich mit Maple Creek verbunden und habe viele neue Freunde gefunden, die mir gefühlsmäßig sehr nahestehen. Eine besondere Beziehung – wiederum durch dich und wegen dir – sehe ich zu deinem Bruder. Ich werde ihm zeit meines Lebens für die herzliche Aufnahme und Integration in eure Familie danken. Wäre es in Ordnung für dich, wenn ich Nat bitte, mein Trauzeuge zu sein?«

»O Lilly! Damit machst du mir eine große Freude. Ach, du liebe Güte! Sieh nur, ich weine.« Schnell wischte sich Pamela über die Augen. »Nat ist meine wahre Familie, aber wir sind mit den Menschen und Dingen hier wirklich eng verwoben. Allein dieser Platz ist das beste Beispiel. Du und ich leben in Gynnies Haus und sitzen an ihrem Küchentisch. Vergangenheit, Gegenwart und Zukunft vereinigen sich genau an dieser Stelle. Bedenke, Gynnie hat Nat aufrichtig geliebt und Mutterstelle an ihm vertreten. Dann ist sie gestorben, und Molly kam. Sie hat ihm Glück gebracht und liebt ihn aufrichtig.« Pamela schob die Unterlippe vor. »Herrje. Vor lauter Rührung rede ich melodramatisch daher, als stünde ich auf einer Bühne. Kannst du dir trotzdem vorstellen, worauf ich hinauswill?«

Lilly streckte den Arm aus und berührte Pamelas Hand. »Das ist kein *melodramatisches* Zeug, und ich weiß sehr gut, was du meinst. Bereits vor langer Zeit ist ein Band geknüpft worden, das stets länger und fester wird, sich zudem verzweigt. Ich darf mich ebenfalls daran festhalten und bin sehr glücklich darüber. Du wirst Molly fragen, ob sie deine Trauzeugin sein will, stimmt's?«

Pamela bejahte. »Sie wiederum hat große Bedeutung für mich. Frei von Vorurteilen war sie an meiner Seite und hat mich, ohne nachzudenken, unterstützt, wo sie konnte. Mir die Führung des Maple Lake Inn zu übergeben, hat mich dahin gebracht, wo ich heute stehe – wo wir beide stehen, Lilly.«

»Ich möchte nirgendwo anders stehen, liegen oder sitzen – vor allem mit niemand anderem.« Lilly zeigte auf den Ordner in der Mitte des Tisches. »Wir sollten jetzt den Adoptionsantrag für den morgigen Termin bei der Agentur fertig ausfüllen. Es ist spät, und ich werde langsam müde.«

»Ja, das müssen wir unbedingt tun. Ich möchte geradewegs mit dem Elterntraining beginnen. Du weißt, was unsere Betreuerin gesagt hat.«

»O ja, sechs bis acht Monate büffeln, und dann geht es munter weiter.« Pamela zog den Ordner zu sich und öffnete ihn. »Ich kann es kaum erwarten und bin dennoch froh über diese Zeitspanne.

So können wir uns langsam darauf einstellen, alles lernen und die notwendigen Dinge rundherum ohne Hast einleiten.«

»Manchmal glaube ich, inmitten eines wunderbaren Traumes zu stecken, aber es ist die Realität.« Lilly lächelte.

Kapitel 34

Laurie umrundete die Bar und gesellte sich zu Molly und Jim. »Ich muss ihn eine Weile lang allein lassen, um zu sehen, wie er sich anstellt, wenn ich nicht ständig dreinrede.« Sie zuckte mit den Schultern. »Ich befürchte, das macht ihn nervös.«

»Versteht er es, den Kochlöffel zu schwingen?«, fragte Jim.

»Sehr gut, am besten von allen bisher. Fred – so heißt er – trägt echtes Potenzial in sich. Er ist organisiert und weiß, was zu tun ist. Meint ihr, sonst würde ich einen Schritt aus der Küche setzen? Nervosität hin oder her. Habt ihr mich vorgestern auch nur eine Sekunde lang zu Gesicht bekommen? Nein. Die vermeintliche Jungköchin an diesem Abend hat mich beinahe um den Verstand gebracht. Am liebsten hätte ich ihr alles aus der Hand gerissen.«

»Womöglich kannst du Fred bereits an dem Tag von Lillys und Pamelas Hochzeit einsetzen. Dann musst du nicht weg von der Feier«, überlegte Jim.

Laurie nickte. »Wir hatten mit dem Gedanken gespielt, nicht zu öffnen, aber das ist schwierig. Die Gäste verlassen sich auf uns. Einmal das Menü anzubieten plus zwei, drei Gerichte, fände ich allerdings nicht so schlimm. Tom hat eine Vertretung für die Bar, und unsere Susan im Tischservice ist super.« Sie beugte sich vor. »Sagt mal, wollen wir Lillys und Pamelas kleine Feier wirklich so stehenlassen?«

»Wie meinst du das?«, fragte Molly.

»Ach, ich kann ja verstehen, dass die beiden mit ganz anderen Dingen beschäftigt sind und die Heirat quasi pro forma stattfindet. Sie behandeln die Angelegenheit dennoch zu nüchtern. Irgendwie habe ich den Eindruck, als hätten sie Hemmungen, gebührend zu feiern.«

»Ich habe selbst schon darüber nachgedacht. Vermehrt, seit Nat und ich wissen, dass wir die Trauzeugen sein werden. Pam und Lilly wünschen sich tatsächlich kein großes Fest mit allerlei Tamtam, und das ist okay. Zwischen dem Anstoßen mit einem Glas Sekt und einer groß angelegten Party befinden sich jedoch unzählige Nuancen«, antwortete Molly.

Jim räusperte sich. »Ihr wisst, dass ich den beiden bei der Adoption mit Rat zur Seite stehe. Pam hat mir extra vor dem Termin bei der Agentur noch das Antragsformular gezeigt und mich gefragt, ob alles passt. Sie wollen es unbedingt richtig machen.«

»Was hat das mit ihrer Hochzeit zu tun?«, erkundigte sich Molly.

»Nun, den Ausschlag für die Heirat hat definitiv die geplante Adoption gegeben, aber Pamela sagte da etwas … Ich glaube, du liegst nicht falsch mit den Hemmungen, Laurie.« Jim senkte die Stimme. »Ihre Verbindung ist selbst im einundzwanzigsten Jahrhundert nicht alltäglich, und es gibt nach wie vor Menschen, die der gleichgeschlechtlichen Ehe skeptisch und sogar ablehnend gegenüberstehen. Mein Eindruck ist, dass Pam und Lilly einfach in Ruhe ihr Glück genießen und niemanden verärgern möchten. Die Heirat ist nicht allein Mittel zum Zweck, sie sind wohl auch vorsichtig.«

»Daran hatte ich nicht gedacht«, erwiderte Molly. »Pam hat es sehr schwer gehabt, und auch in Lillys Leben gibt es sicherlich gewisse Vorkommnisse.«

Laurie rieb sich die Hände. »Keineswegs möchte ich die Pläne der beiden durchkreuzen. Sie sollen sich ruhig zu zweit mit euch als Trauzeugen das Jawort geben. Aber im Maple Lake Inn könnten wir durchaus für ein wenig passende Stimmung sorgen. Wer ist denn nun alles eingeladen, und wo im Hotel wird diese Anti-Feier stattfinden? Molly, du weißt das bestimmt.«

»Du und Tom, Jim und Ann, Morris und Elisabeth, Timothy. Mary wird sich nur kurz untermischen, sie kümmert sich nämlich währenddessen um das Hotel. Dorothy und Jack fehlen leider. Sie schaffen es beide nicht, von der Arbeit wegzukommen. Stattfinden wird die – wie hast du sie gerade genannt? – Anti-Feier im Frühstücksraum, so sind die Gäste nicht gestört«, erklärte Molly.

Laurie nickte bedächtig und tippte sich mit dem Zeigefinger auf die Lippen. Schließlich sagte sie: »Schmücken wir den Raum – hübsche Blumen und eine nette Dekoration reichen völlig aus. Dann benötigen wir unbedingt etwas zu essen. Ich schlage kalte Häppchen *sweet and salty* vor. Und Musik! Auch das sollte mit Boxen und einer guten Playlist nicht allzu schwer zu bewerkstelligen sein. Geschenke … Pam und Lilly wollen nichts. Müssen wir uns jedoch daran halten? Es geht nicht um Präsente von hohem Wert, sondern um etwas Persönliches. Was meint ihr?«

»Ich finde die Idee hervorragend, ernsthaft, Laurie«, entgegnete Jim. »Wir müssen rasch handeln, viel Zeit bleibt uns nicht mehr. Um die Musik braucht ihr euch nicht zu kümmern, das übernehme ich. Meine Anlage zu Hause ist leicht ab- und wieder aufzubauen. Sie ist über Bluetooth steuerbar, und der Sound ist ausgezeichnet. Eine angemessene Musikliste stelle ich auch zusammen – ein wenig Romantik und viele fröhliche Songs. Und ich bereite eine Rede vor, die darf auf keinen Fall fehlen.«

»Tante Gynnie hat sämtliche Dekoration für verschiedene Anlässe gesammelt und in Kartons aufbewahrt. Sie stehen im Keller des Maple Lake Inn«, bemerkte Molly. »Wenn Pamela nicht im Hotel ist, sehe ich alles durch. Nat soll frühmorgens zum Markt fahren, Blumen besorgen und sie zu euch bringen, Laurie. Er und ich können beim Dekorieren leider nicht mithelfen …«

»Natürlich, ihr beide müsst eure Unterschrift abliefern. Ach, wie schön!« Laurie lächelte, wurde aber sofort wieder ernst. »Für das Essen sorge ich. *Mein neuer Fred* wird mir dabei helfen – das ist ruckzuck geschehen. Tom ist der Chauffeur für die Speisen und Blumen, Timothy bestellen wir als Koordinator vor Ort, Morris und Elisabeth unterstützen uns sicherlich beim Aufbau.« Sie hob die Arme. »Voilà!«

»Wie viel Zeit bleibt uns von der Abfahrt zur Trauung bis zur Rückkehr von Pam und Lilly, Molly?«, fragte Jim.

»Wir holen die beiden um ein Uhr mittags ab, um zwei Uhr ist der Termin am Standesamt. Ich weiß nicht, wie lange die Zeremonie dauert. Offiziell sollen alle um vier Uhr im Maple Lake Inn sein. Pamela hat hier Zeit eingerechnet, um vor den Gästen zurück zu sein. Nat und ich können die Rückfahrt ausdehnen, so dass wir tatsächlich erst dann im Hotel ankommen. Ihr habt also drei Stunden zur Verfügung. Reicht das aus?«

»Mit einer straffen Planung allemal. Jeder muss ganz genau wissen, was er zu tun hat. Und sobald wir die Rücklichter eures Wagens sehen, legen wir los«, erwiderte Laurie.

»Ich überlege, ob wir –«, begann Molly zu sprechen, wurde jedoch vom Klingeln ihres Handys unterbrochen. Sie zog es aus der Handtasche und blickte auf das Display. »Es ist Dorothy«, erklärte sie und tippte auf den Annahme-Button. »Hi Dorothy, warte …« Molly rutschte vom Barhocker und ging einige Schritte zur Seite. »Ich bin in der Tavern. Wir beratschlagen gerade eine Überraschung für Pamela und Lilly zur Hochzeit.«

»Deshalb rufe ich an. Ich muss es dir einfach brühwarm erzählen! Jack und ich haben eben lang und breit diskutiert, ob wir es nicht doch irgendwie schaffen, bei der Hochzeit dabei zu sein. Also: Er legt eine Nachtschicht in der Arbeit ein, und ich habe dieses Interview, von dem ich dir neulich berichtet habe, kurzerhand verschoben. Es hat mich zwar einige Überwindung gekostet, aber ich bin über meinen Schatten gesprungen. Immerhin bin ich die Autorin, und sie sollen sich nach mir richten. Molly, wir können kommen! Es ist zwar nur für zwei Nächte, am übernächsten Tag müssen wir zurück, allerdings ist das besser als gar nichts.«

»O Dorothy! Das ist phantastisch. Ich freue mich riesig. Wann werdet ihr anreisen?«

»Bereits in der Früh. Jack holt mich vom Flughafen ab. Um mich musst du dich also nicht kümmern. Du hast eine Überraschung erwähnt …«

»Pamela und Lilly haben, wie du weißt, keine Feier im ursprünglichen Sinn geplant. Wir konnten das nicht so stehen lassen und bereiten heimlich eine für sie vor – Blumen, Musik, Geschenke. Apropos, wir haben ausgemacht, dass jeder ein kleines Präsent für die beiden mitbringt. Nichts Teures, dafür mit Herz und Liebe ausgesucht.«

»Sollen wir bei der Vorbereitung mithelfen?«, fragte Dorothy.

»Das wäre toll. Es bleiben nämlich maximal drei Stunden Zeit, um alles herzurichten.«

»Ich rufe Jack gleich noch mal an und gebe ihm Bescheid. Wir hören uns morgen wieder«, sagte Dorothy und beendete das Gespräch.

Mit einem Lächeln eilte Molly zurück zu Laurie und Jim. Sie freute sich darauf, ihre beste Freundin schon so bald wiederzusehen. »Ihr werdet es nicht glauben, Dorothy und Jack können doch kommen. Ist das nicht wunderbar?«, jubelte sie und sah Laurie und Jim erwartungsvoll an. Warum waren die beiden auf einmal so ernst? »Was ist denn los?«, fragte sie irritiert.

»Ich wollte vorhin nicht unsere Planung unterbrechen und habe jetzt die Pause genutzt, um Laurie von Ann zu erzählen. Sie wird bei der Feier nicht dabei sein.«

»Ach, oje. Habt ihr euch getrennt?«, erkundigte sich Molly.

»Ich habe ihr versucht zu erklären, dass wir nicht zueinander gehören. Man kann es drehen und wenden, wie man will, Ann und ich finden keinen Konsens – so leid es mir tut.« Einen Moment lang schwieg Jim. »Lasst uns lieber weiter über die Feier sprechen. Das ist wahrhaft ein erfreulicheres Thema.«

Molly nickte und beschloss spontan, Jim morgen bei seinem Spaziergang mit Cicero zu begleiten. Dann konnte er ihr in Ruhe alles berichten. Ohne Zweifel belastete ihn die Angelegenheit.

Kapitel 35

»Bruderherz, du hier? Was verschafft mir die Ehre deines Besuchs?« Erstaunt sah Pamela von ihrem Schreibtisch auf. Sie war gerade dabei, die Zimmerpläne für die nächsten Wochen zu erstellen.

»Ich muss mit dir reden. Hast du Zeit für mich?«, fragte Nat.

Pamela musterte ihren Bruder. Er wirkte verlegen und zugleich unruhig. »Ja, selbstverständlich. Möchtest du in den Aufenthaltsraum gehen und einen Mapleccino trinken?«

»Das würde zu lange dauern. Eigentlich sollte ich längst auf der nächsten Baustelle sein, doch es ist wichtig«, antwortete Nat.

»Was ist denn los? Unglücklich scheinst du nicht zu sein, aber du bist zweifellos durcheinander. Also, erzähle.«

Nat griff in die Jackentasche, zog eine kleine schwarze Schachtel heraus und reichte sie Pamela. »Das habe ich gekauft, und jetzt weiß ich nicht, wann und wie … Herrje, schau dir erst einmal an, was drinnen ist.«

Vorsichtig hob Pamela den Deckel an und erstarrte. Gleich darauf strahlte sie. »Du liebe Güte! Ist es das, wofür ich es halte? Willst du Molly einen Antrag machen? Der Ring ist wunderschön. O Nat, sie wird überglücklich sein.«

»Das hoffe ich inständig. Ich möchte ihr zeigen, wie sehr ich sie liebe und dass ich vorhabe, mein Leben mit ihr zu verbringen. Allerdings will ich nicht auf der Stelle einen Hochzeitstermin festlegen. Du kennst mich. Ich brauche für alles Zeit. Mit deiner Spontanität kann ich nicht mithalten.«

Pamela gab ihm das Schächtelchen zurück. »Ach, Nat, mach dir darüber keine Sorgen. Molly ist sich durchaus bewusst, wie du tickst. Sie ist genauso ein vorsichtiger Mensch, der einem langsamen Rhythmus folgt. Auch deshalb passt ihr beide so gut zueinander. Wann willst du sie fragen?«

»Deshalb bin ich bei dir. Ehrlich? Ich habe keinen Schimmer.«

»Wie wäre es nach unserer Heirat?«, schlug Pamela vor.

»Was? So rasch? Und vor allen Leuten? Das ist nicht mein Ding. Außerdem ist das euer Tag.«

Pamela beugte sich vor. »Es gibt keinen besseren Augenblick. Es sind doch nur die engsten Freunde anwesend, und für Molly wäre es bestimmt etwas Besonderes. Stell dir diesen Moment vor! Traumhaft.«

»Ich weiß nicht …«

»Es würde dir guttun, über diese kleine Hürde zu springen. Und ich spreche in meinem Namen wie automatisch in Lillys: Es wäre eine große Ehre, wenn du unsere Hochzeit zum Anlass nimmst, um Molly den Ring zu übergeben.« Pamela seufzte auf. »Diese beiden Ereignisse wären für immer und ewig miteinander verbunden. O wie schön!«

Nat zog die Brauen hoch. »Pam, bitte. Das ist mir einen Tick zu viel theatralisches Getue. Das Thema allein ist für mich, als stünde ich auf Treibsand.« Er sah sie fragend an. »Ich muss mich doch nicht etwa vor Molly hinknien?«

Unwillkürlich lachte Pamela auf. »Um Himmels willen! Nur

hab dich nicht so, und zeige etwas Romantik. Wenn du Molly einen Antrag machst, soll es richtig geschehen. Ich helfe dir dabei, in Ordnung?«

»Ja, bitte, unbedingt. Nicht umsonst laufe ich flennend zu meiner Schwester. Wann soll ich es überhaupt tun und wie beginne ich? Ich kann mich nicht irgendwann zwischendurch einfach vor Molly hinknien und herausplatzen: He du, heirate mich.«

Pamela musste sich beherrschen, um nicht weiterzulachen. Am liebsten hätte sie Nat in die Arme gezogen und ihn an sich gedrückt. So stark und selbstbewusst er sein Leben meisterte, benötigte er in Gefühlsbelangen wahrlich eine lenkende Hand. »Wenn du willst, leite ich deinen Heiratsantrag ein. Wenn der richtige Zeitpunkt gekommen ist, ersuche ich um Aufmerksamkeit, spreche ein paar Worte und hole dich und Molly in die Mitte des Raums. Überlege dir einen Einleitungssatz – nicht zu lange, sonst gerätst du aus dem Konzept –, knie dich hin, halte den Ring hoch, und frage sie, ob sie dich heiraten will. Molly wird vor Rührung und Erstaunen überwältigt sein und ›Ja‹ sagen, daraufhin applaudieren alle und freuen sich. So simpel ist das.«

»Ich bekomme jetzt schon Bauchschmerzen vor Aufregung«, entgegnete Nat und grinste schief. »Wie war es bei dir und Lilly? Hast du sie gefragt oder sie dich? Und seid ihr –«

»Stopp!«, unterbrach Pamela ihn. »Bei Lilly und mir war es aus der Situation heraus ganz anders, und du darfst nicht auf die Idee kommen, uns nachzuahmen. Wir haben gesessen und über Lauries Schwangerschaft geredet. So sind wir auf Kinder und Adoption zu sprechen gekommen. Das Thema Heirat fiel im Zuge dessen mehr nebenbei. Vergiss nicht, dass sie für uns einen notwendigen und logischen Schritt darstellt. Bei dir verhält es sich anders.«

»Hättest du dir nicht auch einen anderen Rahmen gewünscht?«, wollte Nat wissen. »Deine Augen haben gerade verräterisch aufgeblitzt, als du Mollys und meinen großen Moment beschrieben hast. Das ist mir nicht entgangen.«

Pamela verspürte einen Stich in ihrem Inneren. Wie sollte sie Nat erklären, wie Lilly und sie dachten und welche Ängste sie trotz aller Normalität begleiteten? Dies spiegelte sich unweigerlich besonders in Unterfangen wie einer Heirat wider. »Viele gehen mit ihrer Orientierung offensiv um, was ich toll finde. Laurie und ich hingegen wollen eher zurückhaltend sein. Nach wie vor sind wir leider für manche mit einem Stigma behaftet und möchten niemanden vor den Kopf stoßen oder herausfordern. Lilly ist in diesem Punkt freizügiger als ich, aber sie richtet sich nach mir. Nicht umsonst habe ich jahrelang geschwiegen und es verheimlicht.« Kurz pausierte sie. »Jeder hat seinen Rucksack zu tragen, er gehört zu jedermanns und *jederfraus* Leben. Um deine Frage zu beantworten: Natürlich wäre ein anderer Rahmen für unsere Entscheidung zu heiraten schön gewesen. Egal, ob sie mich, ich sie oder wir uns gegenseitig um das Jawort gebeten hätten, würde ich gerne mit diesem romantischen Ziehen im Bauch darauf zurückblicken. Andererseits bin ich zufrieden damit, wie es abgelaufen ist. Es passt zu meinem generellen Umgang mit der Thematik.«

»Pam, du weißt schon, dass ich und überhaupt alle eure Beziehung als völlig normal ansehen und ihr euch nicht verstecken müsst?«, entgegnete Nat.

»Du sprichst das Wort *alle* zu gelassen aus. Es gibt genügend Menschen, denen eine solche Verbindung noch immer zumindest seltsam erscheint.« Pamela setzte ein Lächeln auf. »Was mich betrifft, musst du dir keine Sorgen machen. Ich fühle mich wunderbar, wie es ist – und dieser Schutzschild ist gut für mein Wohlbefinden. Kehren wir also zu dir zurück. Bevor du zu deiner Baustelle flüchtest, will ich alles wissen. Wann hast du dich dazu entschlossen? Wo hast du den Ring gekauft? Hattest du ein bisschen Angst vor dem Schritt?«

Nat hob abwehrend die Hände. »Vor allem deine dritte Frage führt zu weit. Einigen wir uns auf Folgendes: Du behältst deinen Schutzschild und ich meinen.«

Obwohl ihre Mundwinkel verräterisch zu zucken begannen, schaffte sie es, eine ernste Miene aufzusetzen. »Das ist ein wahrer Deal unter Geschwistern.«

Kapitel 36

Elisabeth betrat die Redaktion der *Maple Creek News Time* und schaute sich um. Am liebsten hätte sie sogleich wieder kehrtgemacht und wäre fluchtartig davongelaufen. Was hatte sie hier zu suchen? Sie war keine Journalistin. Zwar hatte sie während ihrer Schulzeit Kurse für kreatives Schreiben belegt und war aktives Mitglied der Schülerzeitung gewesen, doch das sah sie in keinem Bezug zu ihrem heutigen Dasein. Hatte Molly gar Mitleid mit ihr und sie deshalb hierhergebeten? Oder war Morris derjenige gewesen, der nach den Weisungen von Doctor Frey eine Beschäftigung für sie gesucht und Molly darauf angesprochen hatte? Schließlich waren die ersten Unterhaltungen nicht über sie gelaufen. Molly hatte angeblich erst mit Morris geredet, der daraufhin zu Doctor Frey gegangen war und nachgefragt hatte, ob eine derartige Beschäftigung gut für sie wäre.

Andererseits wollte sich Elisabeth aber auch nichts zusammenspinnen. Unter Umständen war es wirklich so abgelaufen, wie man es ihr erzählt hatte. Immerhin war die *Maple Creek News Time* die offizielle Zeitung der ganzen Gegend. Sie holten bestimmt niemanden zu sich, nur weil es für seine Genesung förderlich war.

Molly saß auf der hinteren Seite des Raums und hielt den Blick auf den Bildschirm gerichtet. Elisabeth setzte sich in Bewegung und ging auf sie zu. Etwa auf halber Höhe sah Molly auf und winkte ihr zu.

Als Elisabeth Mollys Schreibtisch erreichte, schüttelten sie sich die Hände. »Ich bin etwas nervös. Das ist so aufregend für mich«, merkte Elisabeth an.

Molly zeigte auf den Stuhl vor ihrem Schreibtisch. »Setz dich doch erst mal. Willst du etwas trinken? Vielleicht einen Kaffee oder ein Glas Wasser?«

»Nein danke.« Elisabeth hüstelte. »Bevor wir zum eigentlichen Thema kommen, möchte ich unbedingt etwas loswerden. Molly, als du nach Maple Creek gekommen bist, war ich nicht unbedingt freundlich zu dir. Das tut mir ehrlich leid. Du – überhaupt ihr alle – seid so nett zu mir, und ich weiß nicht, wie ich das verdient habe. Entschuldige meine überfallsartige Rede, aber ich hatte mir vorgenommen, das gleich als Erstes zu sagen.«

»Lassen wir die Vergangenheit einfach ruhen und sehen in die Zukunft. Ich hoffe inständig, dass es dir weiterhin gut geht«, antwortete Molly.

»Ich auch! Meine größte Befürchtung ist, dass *Es* zurückkehrt – mein persönlicher Clown mit Luftballons und bizarrer Fratze, wie aus dem Stephen-King-Roman«, entgegnete Elisabeth. Sie rutschte auf dem Stuhl hin und her. Die Ungewissheit, wie dieser Termin entstanden war, ließ sie nicht los. Selbst wenn sie es in der Situation im Grunde als unangemessen empfand, private Belange einzubringen, musste sie sich Klarheit verschaffen. Nur dadurch konnte sie die kleinen schwarzen Geister, die in ihrem Gehirn herumschwirrten, verscheuchen. Sie hatte vor, allem positiv entgegenzutreten, doch dafür benötigte sie einen gewissen Rückhalt.

Und diesen erhielt sie, wenn sie ihre Zweifel und Befürchtungen offen darbrachte. »Molly, darf ich dich etwas fragen?«

»Alles, Elisabeth.«

»Ich bin doch nicht hier zu … Wie sage ich es am besten? Zu Therapiezwecken? Ein Almosen wäre der verkehrte Weg, egal in welchem Glanz es sich darstellt. Ich könnte nicht auf mich und meine Arbeitsleistung vertrauen.«

Molly lachte auf. »Ich weiß nicht, ob ich mich wegen Stephen King oder deiner Überlegungen amüsiere. Sorry. Ganz ehrlich: Deine Texte sind sehr gut, und ich habe sie Franklin gezeigt – da wusste er noch nicht einmal, aus welcher Feder sie stammen. Und er allein ist auf die Idee gekommen, dich einzubinden. Ich wollte alles richtig machen, deshalb bin ich zuerst zu Morris gegangen. Es geht nicht um einen gewichtigen Fulltime-Job, sondern um einzelne Aufgaben.«

»Ich spüre förmlich, wenn man meinen Namen ausspricht.« Franklin war im Türrahmen erschienen und ging sofort zu Elisabeth. Mit einer herzlichen Umarmung begrüßte er sie. »Du solltest mich gut genug kennen, liebe Liz. Ich stelle niemanden an, weil er mir leidtut oder mich jemand darum bittet. Was du geschrieben hast, ist hervorragend, aber du müsstest einiges dazulernen – das Handwerkszeug, wenn du es so nennen willst. Molly und ich würden dich unter die Fittiche nehmen – das heißt, hauptsächlich Molly. Ich selbst habe mehr ein waches Auge auf euch.«

»Mein Arzt ist von der Möglichkeit begeistert, und ich auch. Ich war bloß unsicher«, entgegnete Elisabeth.

»Das verstehe ich und bin froh, dass du deine Bedenken frei aussprichst. Willst du wissen, worum es genau geht?« Franklin wies auf Molly.

Elisabeth nickte. »Unbedingt.«

»Wir überlegen, eine Kolumne über bekannte Menschen aus Maple Creek und der Umgebung ins Leben zu rufen. Unsere VIPs sozusagen«, erklärte Molly.

Franklin übernahm. »Du bist ein wandelndes Lexikon, was die Einwohner hier betrifft. Damit meine ich nicht, dass du Geschichten über den jeweiligen Protagonisten ausgraben sollst, sondern ein neutrales, gefälliges Porträt zeichnen. Wir wollen keine Schlammschlacht inszenieren, sondern die *Maple Creek News Time* ein wenig beleben.«

Elisabeth spürte, wie ihre Aufregung sukzessive schwand und einem Gefühl der Spannung und Vorfreude Platz machte. Dies war eine einzigartige Möglichkeit für sie, aber es konnte sich genauso um eine Blase handeln, die rasch wieder zerplatzte. Die Gründe lagen in ihr selbst vergraben, und sie wollte keine Luftschlösser bauen. Also musste sie sogleich ihre Bedenken äußern. »Bei vielen Personen bin ich nicht eben beliebt, außerdem verfüge ich über keine journalistische Reputation. Jahrelang habe ich den Kiosk geführt, das hat rein gar nichts mit dieser Sache zu tun. Meine Krankheit nicht zu vergessen …«

Franklin lächelte vielsagend. »Ich kann nachvollziehen, wenn du aus diesen Gründen davor zurückschreckst. Als Zeitungsmacher versichere ich dir allerdings, dass unsere Leser etwaige Artikel von dir genau deshalb aufmerksamst lesen werden.«

»Das klingt nun wahrlich nicht nach Almosen, sondern nach einem Vorteil für die Zeitung«, erwiderte Elisabeth und schmunzelte. »Du warst schon immer ein Schlitzohr, Franklin Bauers.«

Mollys Blick wanderte zwischen Elisabeth und Franklin hin und her. »Wie gut kennt ihr beide euch eigentlich?«

Franklin grinste. »Gut beobachtet, Molly. Elisabeth und mich trennen zwar weit mehr als zehn Jahre, aber wir sind in derselben

Gegend aufgewachsen, weiter oben am Fluss. Elisabeths Vater war der Englischlehrer an der hiesigen Highschool und hat damals mein Talent gefördert. Ich war ein häufiger Gast in Elisabeths Elternhaus.«

»Als Franklin tatsächlich einen adäquaten Weg eingeschlagen hat und sich einen Namen machte, war er großes Thema in meiner Familie. Mein Vater war mächtig stolz auf ihn«, fügte Elisabeth hinzu.

Molly wiegte den Kopf. »Wie interessant. Dann erfahre ich vielleicht doch einmal Details über die frühere journalistische Tätigkeit meines Bosses – von Elisabeth.«

»Ich habe dir bereits einen Überblick gegeben«, entgegnete er. »Du darfst die Zeit nicht vergessen. Was ehemals als brandheiße Reportage galt, findest du heute binnen Minuten auf Facebook, Instagram und anderen Social-Media-Plattformen. Aber ich verspreche dir hiermit vor einer Zeugin: Sollte mir je eine spannende, heitere oder dramatische Begebenheit einfallen, erzähle ich sie dir auf der Stelle. So, und nun kehren wir wieder zum Thema zurück. Elisabeth, kannst du dir vorstellen, unter Anleitung diese Kolumne zu übernehmen? Du wärest nicht fest bei der *Maple Creek News Time* angestellt, sondern würdest als freier Mitarbeiter nach Textabgabe mit einem Honorar abgerechnet.«

Elisabeth nickte. »Ja, ich möchte es machen, sehr gern.« Der Schwenk in die Vergangenheit hatte einige Erinnerungen in den Vordergrund ihrer Gedanken geholt. Konnte es sein, dass dieser geheime Jugendtraum von ihr nun – nach all den Jahren – wirklich wahr wurde? Sie hatte längst vergessen gehabt, wie sie damals Ideen in diese Richtung gesponnen hatte, dann allerdings einen ganz anderen Weg gegangen war. Irgendwo im Keller musste es noch die Kiste mit ihren Schreibübungen geben. Eine Zeit lang hatte sie alles Mögliche zu Papier gebracht. Nachdem Morris und sie geheiratet hatten, war ein Großteil davon der Entrümpelung vom Opfer gefallen, aber einiges hatte sie aufgehoben und mitgenommen. Gleich wenn sie heimkam, würde sie Morris bitten, ihr bei der Suche zu helfen.

Kapitel 37

Wenngleich Molly keine einzige Minute unbeobachtet gewesen war, hatte sie es vor der Abfahrt vom Standesamt zurück nach Maple Creek geschafft, Laurie eine Nachricht zu schreiben: *Achtung! Wir fahren los.* Zu mehr war sie in der Situation nicht gekommen.

»Der Beamte hat es trotz aller Sachlichkeit schön gestaltet, was meint ihr?«, fragte Lilly und beugte sich vor. Sie und Pamela saßen auf dem Rücksitz des Wagens. »Trotzdem hätte ich nicht gedacht, dass es so schnell geht. Ein paar Worte, alle unterschreiben, und wir waren vermählt.«

»Ich fand seine kurze Rede über den Sinn des Bundes durchaus ergreifend. Er hat den Eindruck gemacht, als würde er gern länger auf die Eheleute eingehen, gäbe es den straffen Zeitplan nicht. Die nächsten zwei Paare haben schon gewartet.« Molly legte ihre Hand auf Nats Oberschenkel, kniff ihn und schenkte ihm einen bedeutsamen Blick. Sie hoffte, dass er ihn aus dem Augenwinkel wahrnahm und richtig zu deuten wusste. Sicherheitshalber fügte sie hinzu: »Ein wenig *mehr Zeit* hätte er sich dennoch nehmen können.«

»Die Straßen sind nass, und die Temperatur liegt an der Null-Grad-Grenze. Ich werde langsam fahren«, bemerkte Nat.

Molly lächelte dankbar. Sie waren fast eine halbe Stunde zu früh auf der Rückfahrt und mussten ihre Ankunft, so gut es ging, hinauszögern. Hoffentlich schafften die anderen es, mit den Vorbereitungen fertig zu werden. Glücklicherweise gab es mit Dorothy und Jack vier zusätzliche helfende Hände.

Eine Weile lang schwiegen alle, und Molly durchlief in Gedanken sämtliche Schritte, die für die Überraschung von Pamela und Lilly gerade durchgeführt wurden.

Schließlich durchbrach Pamela die Stille. »Kannst du nicht doch ein bisschen mehr aufs Gas steigen, Nat? Wir haben alle für vier Uhr zu uns gebeten. Ich hätte gern zumindest den Mantel ausgezogen, wenn sie kommen.«

Nun war es Nat, der mit einer knappen Bewegung anzeigte, dass er Unterstützung brauchte.

Molly nickte kaum merklich. »Nat fährt wegen mir so langsam. Ich habe Angst, wenn die Straßen glatt sind. Als Großstädterin ist es nicht so leicht, sich an den hiesigen Umgang mit den Wetterverhältnissen zu gewöhnen. Für mich scheinen alle viel zu flott unterwegs zu sein.« Sie drehte sich zu Pamela und Lilly um. »Sagt mal, habt ihr gewusst, dass Elisabeth und Franklin einander von ganz früher gut kennen? Franklin ist ein toller Boss, aber er steckt voller Geheimnisse.«

Pamela sprang unverzüglich darauf an. »Was meinst du mit *gut kennen?* Der Altersunterschied ist doch nicht so gering.«

»O nein, klang das zweideutig? Ich meinte nicht, dass die beiden ein Verhältnis hatten. Elisabeths Vater war Englischlehrer und offensichtlich Franklins Mentor«, erklärte Molly. »Als ich ihm Elisabeths Texte gezeigt habe, hat er das mit keiner Silbe erwähnt. Erst als sie in der Redaktion zu Besuch war und ich ihn direkt gefragt habe, ist er damit herausgerückt.«

»Genau! Mister Silverwood … Er war bereits in Rente, als ich in die Highschool gegangen bin, aber Geschichten gab es genug über ihn. Er soll extrem streng gewesen sein. Mrs und Mister Silverwood haben Elisabeth erst spät bekommen. Sie hatten nicht mehr mit einem Kind gerechnet. Franklin ist an die sechzig Jahre alt. Ja, das passt perfekt«, überlegte Pamela.

»Ich bin zwar ein Neuzugang in Maple Creek, fände es jedoch riesig interessant, genau diese kleinen Geschichten zusammenzuschreiben – wenn ich die Befähigung dazu hätte«, bemerkte Lilly.

»Du meinst eine Maple-Creek-Chronik?«, fragte Molly sofort. Sie war dankbar für jedes Thema, das Pamela die kriechende Fahrt vergessen ließ.

»Ja. Ich bin von jeher fasziniert davon. Wer stand mit wem in Kontakt? Was steckt hinter einer besonderen Familien-Freundschaft oder Fehde? Welche Verbindungen gibt es zwischen den Menschen? Einfach alles.«

»In einer solchen Chronik steckt sicherlich eine immense Recherchearbeit.« Pamela schmunzelte. »Behalten wir es für unsere Rentenzeit im Gedächtnis. Wir kramen, Molly schreibt.« Sie hob die Hand und wies auf das Ortsschild von Maple Creek. »Endlich, wir sind gleich da. Ich sitze auf einem Nadelkissen.«

Nat bog in die Einfahrt, die zum Maple Lake Inn führte, ein. »Beruhige dich, Pam. Wir befinden uns im Zeitrahmen.«

»Du hast leicht reden, Bruderherz. Ich muss –« Pamela starrte auf die parkenden Autos vor dem Hotel. »O Gott, nein! Sie sind alle schon da.« Kaum dass Nat angehalten hatte, sprang sie aus dem Wagen. »Zuvor war ich nicht aufgeregt. Warum bin ich es jetzt auf einmal?«

Lilly lachte. »Ich war es dafür vor dem Standesamt. Das nennt man ausgleichende Gerechtigkeit.« Sie stieg ebenfalls aus.

Molly blieb sitzen, zückte ihr Handy und schrieb eine weitere Nachricht an Laurie: *Angekommen!* Hinterher gesellte sie sich zu Pamela und Lilly. Nat, der inzwischen zum Eingang gelaufen war, öffnete die Tür.

Pamela trat als Erste ein und blickte Mary erstaunt an, die hinter der Rezeption stand. »Warum bist du hier am Empfang?«

»Ach, Timothy ist draußen. Er holt irgendetwas«, entgegnete diese und zuckte betont gleichgültig mit den Schultern.

Pamela hob den Kopf und lauschte. »Wer macht da Musik?«

»Nun geh schon in den Frühstücksraum, und frag mir keine Löcher in den Bauch«, antwortete Mary. »Los!«

Pamela sah erst Lilly an, dann Molly und Nat. »Was …?«

Nat hakte Pamela und Lilly unter. »Tun wir das, was Mary sagt.« Er setzte sich in Bewegung und zog die beiden mit sich.

Molly überholte die drei und öffnete die Tür des Frühstücksraums. Mit einem breiten Lächeln vollführte sie eine einladende Handbewegung.

Während Nat verharrte, traten Pamela und Lilly ein.

Molly beobachtete jede Regung der beiden. Ihre Blicke glitten mit einem erstaunten Ausdruck durch den Raum, und endlich erschien ein Strahlen auf ihren Gesichtern. Molly atmete erleichtert auf und betrachtete nun ihrerseits das Zimmer.

Die Freunde hatten ganze Arbeit geleistet. Bestimmt an die fünfzig weiße Luftballons waren überall verteilt, und an jedem möglichen Platz standen Gestecke und Vasen mit ebenfalls weißen Blumen. Auf den Tischen lagen Tischtücher, und die Fenster waren mit gerafftem Tüll und Girlanden verziert. Alle hatten sich im Halbkreis mit einem Glas Sekt in der Hand positioniert. Die Männer trugen dunkle Anzüge, Laurie, Elisabeth und Dorothy elegante Cocktailkleider. Jim hatte das Lied *Make you feel my love* gewählt.

Timothy trat vor. Er trug ein Silbertablett mit zwei Gläsern darauf. »Bitte.«

Offensichtlich noch immer völlig verblüfft griffen Pamela und Lilly nach den Gläsern.

Jim drosselte die Musik und begab sich in die Mitte des Raums. »Liebe Pamela, liebe Lilly. Es obliegt mir, euch beiden für die gemeinsame Zukunft die besten und innigsten Wünsche eurer Freunde zu übermitteln. Wir schätzen uns überglücklich, diesen Moment mit euch teilen zu dürfen.« Kurz hielt er inne. »In den letzten Monaten ist viel geschehen in eurem Leben. Ich will nicht sagen, ihr hättet keinen Stein auf dem anderen gelassen, aber es kommt dem sehr nahe. Im Grunde hat alles mit dem Maple Lake Inn begonnen: Pamela ist Hoteldirektorin geworden und hat in diesem Zuge Lilly kennen und Hals über Kopf lieben gelernt. Dass wir heute hier stehen und eure Hochzeit feiern, hätte dennoch wohl niemand geahnt – ihr seid schnell wie der Blitz.« Wieder ließ Jim eine effektive Pause folgen. »Gynnie war eine meiner besten Freundinnen, und ich bin mir sicher, dass sie einige Freudentränen vergießen und zugleich aufjauchzen würde.« Er hob sein Glas. »Ich liebe lange Reden, weiß jedoch, wann ich zu einem Ende kommen muss. In diesem Sinne sage ich: Auf euch! Pamela und Lilly!«

Auch die anderen prosteten ihnen zu und riefen im Chor: »Auf euch!«

Lilly fasste sich als Erste. Eilig wischte sie sich über die feuchten Augen. »Ihr seid so lieb! Danke … ehrlich, danke.« Sie sah Pamela an, der gerade eine Träne über die Wange rann. »Ich liebe dich, Pam.«

»Und ich dich.« Eine Weile lang ruhte Pamelas Blick auf Lilly, daraufhin drehte sie sich den anderen zu. »Ich liebe euch alle.

Vielen Dank. Ihr ahnt nicht, wie gerührt ich bin.« Sie ging auf Jim zu und umarmte ihn, dann folgten reihum die anderen.

Auf einmal kam Bewegung in die kleine Gesellschaft. Jäh begann jeder draufloszusprechen, und fröhliches Lachen mischte sich in die Geräuschkulisse.

Als Jim zu seinem Laptop laufen wollte, um die Musik lauter zu stellen, hielt Pamela ihn zurück. »Bevor wir die Party starten, möchte ich noch etwas sagen.«

Schlagartig verstummten alle.

Sie räusperte sich. »Ich fasse es nicht, was ihr für uns vorbereitet habt. Das alles bedeutet mir unglaublich viel. Heute ist ein besonderer Tag, den Lilly und ich nie vergessen werden. Ich denke, zwei weitere Menschen werden das auch nicht. Nat, es ist so weit.« Pamela nickte ihrem Bruder zu und stellte sich zu den anderen.

Nat trat einen Schritt vor und wandte sich an Molly. »Was vermutlich nicht alle wissen, ist, dass Molly und ich einander seit unzähligen Jahren kennen. Wir waren Teenager, und ich habe mit ihr und ihrem verletzten Fuß fast einen kompletten Sommer verbracht. Sie hat mich bei ihrer Wiederkehr nach Maple Creek nicht erkannt. Ich war ein Fremder für sie.«

Molly lächelte. »Du hast mich daran erinnert, auch an die Tränen, die ich damals vergossen habe, als ich nach Washington D.C. zurückmusste.« Inständig hoffte sie, dass niemand bemerkte, wie aufgeregt sie plötzlich war. Sogar ihre Hände begannen zu zittern. Was hatte Nat bloß vor?

Er erwiderte nichts, griff in die Sakkotasche und zog eine kleine Schatulle hervor. Mit einer knappen Bewegung hob er den Deckel an und kniete sich vor ihr nieder. »Molly Jensen. Ich wünsche mir von ganzem Herzen, dass du meinetwegen kein einziges Mal mehr weinen musst. Mein Ziel ist es, dich lachen zu sehen. Also frage ich dich: Willst du dein restliches Leben mit mir verbringen? Mich heiraten und zum richtigen Zeitpunkt eine Familie mit mir gründen?«

Ein Schwindel ergriff Molly, und kurz meinte sie, sich nicht auf den Beinen halten zu können. Automatisch hielt sie den Atem an, und eine riesige Welle des Glücks erfasste sie. Es schien, als würde sie diese bis zu den Sternen und wieder zurück tragen. Sie schluchzte auf. »Ja, o ja! Und wie ich das will. Ja!«

Nat zog den Ring aus der Halterung und steckte ihn auf Mollys Finger. »Sitzt er zu eng?«, fragte er. »Wir können ihn ändern lassen.«

»O nein, er passt perfekt. Dieser Ring umschließt meinen Finger fest, und ich spüre ihn – wie ich jede einzelne deiner Umarmungen spüre.« Molly zog Nat hoch und küsste ihn. Sie sah nicht, wer als Erster applaudierte, aber alle stimmten ein.

Als sie sich von Nat löste, stand Jim bereits neben ihnen und umarmte sie. »Ach Mädchen, wenn Gynnie euch beide sehen könnte.« Als er sie freigab, reichte er Nat die Hand und klopfte ihm auf die Schulter. »Gut gemacht, Junge.«

Als Nächste kam Laurie an die Reihe. Sie küsste Molly auf die Wangen. »Ich freu mich so für dich, für euch.« In ihr Ohr flüsterte sie: »Das hat er ganz alleine geschafft. Hätte er mit Tom über den Ring gesprochen, wüsste ich es. Er glaubt, ich wäre wegen der Schwangerschaft emotionaler als sonst, und verheimlicht mir zur Sicherheit nichts.«

Molly war noch zu perplex, um schlagfertig reagieren zu können, außerdem räumte Laurie schon für Dorothy den Platz.

»Molly, ach, Molly! Das ist sensationell. Ich bin so froh, das miterleben zu dürfen.« Dorothy halste sie. »Wenn es so weit ist, suchen wir die Brautjungfernkleider gemeinsam aus – das musst du mir versprechen. Ich lasse mich bestimmt nicht in ein puffärmeliges Rüschenmonster zwängen.«

Jim klatschte. »Gratuliert in Ruhe weiter, aber jetzt beginnt die Feier! Es gibt wahrlich allen Grund dazu.« Er eilte zu dem Laptop, wählte ein Lied aus und schob den Lautstärkeregler nach oben.

Aus den beiden Musikboxen erklang *Dancing Queen* von ABBA.

Kapitel 38

Molly schmiegte sich an Nat und spürte, in welch schnellem Rhythmus sich sein Brustkorb hob und senkte. Sie selbst war ebenfalls ganz außer Atem.

»Hat der Ring die Teufelin in dir geweckt?«, flüsterte er ihr zu.

Molly schmunzelte. »Ich glaube, es war alles zusammen. Diese ausgelassene, fröhliche Feier, die Liebe und Freundschaft rund um uns herum … und allem voran: du! O Nat, du ahnst nicht, wie glücklich du mich heute gemacht hast. Nein, das ist falsch. Glücklich bin ich, seit wir zusammen sind. Das jetzt macht mich überglücklich.« Sie betrachtete den Ring.

»Du, Molly, bist der Mensch, von dem ich geträumt habe und im selben Zuge nie gewagt habe, zu träumen. Ich wünschte, meine Eltern und auch Gynnie könnten miterleben, wie es uns ergeht.«

»Nachdem Jim Tante Gynnie erwähnt hat, musste ich während des Abends immer wieder an sie denken, jedoch nicht schmerzvoll, sondern voll innerer Ruhe und einem sehr warmen Gefühl«, sagte Molly leise.

Nat nickte. »Manchmal scheint es mir beinahe, als wachte sie über uns. Ich meine nicht auf mystische Weise, sondern durch die Erinnerung an sie.«

»Ihre Art, wie sie gedacht hat und wie sie gewesen ist, lebt in euch weiter. Mir fehlen die späteren Jahre mit ihr, aber durch dich und alle hier in Maple Creek durfte ich Tante Gynnie indirekt als erwachsene Frau kennenlernen.«

»Ich weiß, wie sehr du im Nachhinein darunter gelitten hast, den Kontakt zu ihr verloren zu haben. Du hast dir große Vorwürfe gemacht.«

»Das stimmt, jedoch habe ich meinen Frieden damit geschlossen.« Molly setzte sich auf. »Was sagst du zu Dorothy und Jack?«

»Ehrlich? Ich glaube, sie haben einander gefunden – beide sind impulsive und heißblütige Menschen – und es kann etwas daraus werden. Aber die Beziehung wird viele Höhen und Tiefen erleben. Ganz anders als bei Pamela und Lilly.«

»Ja, Pam und Lilly verkörpern die Ruhe und Innigkeit in reinster Form. Es scheint, als wären sie zu einer Einheit verschmolzen. Für mich repräsentieren sie pure Harmonie, ohne dabei in den Wolken zu schweben. Was sind eigentlich wir beide?«, fragte Molly.

»Vielleicht ein Mittelding zwischen den vieren mit einer Tendenz zu Pamela und Lilly. Nach außen hin verkörperst du die Zartheit und Sensibilität, und ich bin das Raubein. Im Inneren sind wir uns nicht unähnlich. Dahinter musste ich erst kommen. Seit dir hat sich mein Selbstbild gewandelt.«

»Du bist doch kein Raubein! Nur manches Mal etwas überdirekt und kerzengerade.« Molly beugte sich über Nat und küsste ihn. »Ich mag durchaus feinfühlend sein, bin jedoch die schlimmste Grüblerin. Das nervt mich selbst. Ständig laboriere ich an etwas herum, wobei alles in bester Ordnung ist. Wie oft habe ich zum Beispiel Jim während der Feier beobachtet und mich gefragt, ob es ihm gut geht? Er war der einzige Single unter all den Verliebten. Timothy zählt nicht, er ist zu jung.«

»Ich hatte den Eindruck, dass Jim mit dem Alleinsein zufrieden war. Diese Ann hat nicht zu ihm gepasst. Jim zufolge war sie letzten Endes mehr eine Belastung für ihn«, antwortete Nat.

Molly lächelte. »Siehst du, das meine ich mit *überdirekt* und *kerzengerade*.«

»Oh, ich bringe die Dinge nur auf den Punkt. Ann hat es geschafft, einen Menschenfreund wie Jim dazu zu bringen, dass er sich in der Beziehung unwohl gefühlt hat und ihm das Zusammensein mit ihr wahrscheinlich sogar bis zu einem gewissen Grad schlichtweg lästig war.«

Molly wiegte den Kopf. »Jim drückt es zwar anders aus, aber du hast wohl recht. Und ich kann ihn gut verstehen. Es war richtig, mit ihr Schluss zu machen.«

»Ich vermute, dass die Angelegenheit ein Nachspiel haben wird. Jim hat sich klar ausgedrückt, doch Ann ist nicht entsprechend darauf eingestiegen und hat das Ende zu einer Beziehungspause umgewandelt«, entgegnete Nat und fügte hinzu: »Genau genommen waren wir bei deinen Grübeleien und nicht bei Ann und Jim.«

Molly stöhnte auf. »Ach, im Wesentlichen gibt es nicht viel mehr dazu zu sagen. Ich sorge mich – wie sollte es anders sein – selbst deshalb und möchte mich bemühen, nicht in jeder kleinsten Kleinigkeit zu versinken. Es belastet mich, und ich glaube, auch dich. Du bemerkst es doch, wenn ich über etwas brüte?«

»Das ist richtig. Das Schwierige dabei ist, herauszufinden, worüber du gerade nachdenkst. Komme ich schließlich dahinter, wird es nicht auf der Stelle einfacher. Ich muss erst eine Lösung für dein Problem finden.«

»Bin ich dann nicht irgendwie wie Ann? Mit ihrer Art belastet sie Jim und ich dich mit meiner. Ist das nicht genauso *lästig?*«, murmelte Molly.

»Wie kommst du auf die absurde Idee, dich mit Ann zu vergleichen? Zwischen euch beiden liegen Welten. Molly, nimmst du an, deine Persönlichkeit wäre für mich belastend?«

»Ich stelle es mir anstrengend vor, sich ständig bemühen zu müssen, mir meine Hirngespinste zu vertreiben. Und ich habe Angst, dass dieser Teil meines Wesens irgendwann einmal unsere Beziehung belasten wird. So, nun ist es heraus.«

»Herrje, du meinst das durch und durch ernst.« Nat strich sich über das Kinn. »Lass mich dir Folgendes dazu sagen: Ja, du bist ein Mensch, der ständig am Überlegen ist. Und ja, aus meiner Sicht engagierst du dich manchmal zu sehr. Zudem sinnierst du über Dinge, die nicht gegenständlich sind und nie eintreten werden. In manchen Fällen musst du dir tatsächlich ein dickeres Fell zulegen, und oft solltest du mir direkt deine Gedanken offenbaren, damit ich adäquat reagieren kann. Doch das alles macht dich aus, und genau damit werde auch ich zu einem mitfühlenderen, besseren Menschen – wie ich es bereits formuliert habe. Du bist nicht *lästig* oder anstrengend, und schon gar nicht beeinflusst es unsere Beziehung.«

Ein Schauer lief über Mollys Rücken, und automatisch atmete sie tief durch. »Danke«, flüsterte sie. Mehr vermochte sie in diesem Augenblick nicht zu sagen.

»Für die Wahrheit muss man sich nicht bedanken.« Nat streckte sich und schaltete die Nachttischlampe aus. »Wir sollten jetzt schlafen.«

»Ja, unbedingt.« Molly drehte sich zur Seite und zog die Knie an.

Nat tat dasselbe und schmiegte sich von hinten an sie. Den Arm legte er um ihre Taille.

Durch die Berührung spürte sie die Wärme seines Körpers, und ein Gefühl der Sicherheit und Ruhe durchdrang sie.

Kapitel 39

»Störe ich dich?« Dorothy wartete keine Antwort von Molly ab, sondern redete sofort weiter. »Jack ist seit drei Stunden in einer Besprechung. Ich sitze hier im trostlosen New York und vergehe vor Sehnsucht nach ihm. Ich, die starke, unabhängige Frau! Voll schräg irgendwie. Du bist meine einzige Verbindung zu ihm – durch Maple Creek –, also lenke mich bitte ab, damit ich mich danach erneut aufs Schreiben konzentrieren kann und zu mir zurückfinde.«

»Ich bin in der Redaktion – also nichts über Sex –, und Elisabeth kommt gleich zu einem Termin. Bis dahin spiele ich gerne die Entertainerin für dich.«

»Du bist eine wahre Freundin. Gerade vermisse ich Jack nämlich sehr. Wir hatten zwei wunderschöne Nächte, und das Fest war so lustig und herzlich. Ich befinde mich in einer äußerst seltsamen Stimmung – als wäre ich weichgekocht worden.«

Molly lachte und fragte: »Wisst ihr mittlerweile, wann ihr euch wiederseht?«

»Voraussichtlich in zwei Wochen. Jack kann wegen der Arbeit nicht weg aus Toronto, also fliege ich zu ihm. Ich muss mich allerdings mit dem Verleger abstimmen, weil ich nicht gleich nach

New York zurückwill. Zumindest eine Woche am Stück sollten wir gemeinsam verbringen.«

»Habt ihr bereits Pläne für Weihnachten geschmiedet?«, erkundigte sich Molly weiter. Noch hatte sie nicht eingehend darüber nachgedacht, aber sie würde es schön finden, die Weihnachtsfeiertage gemeinsam zu verbringen.

»Jack reist zu mir nach New York. Ich habe einen Auftritt bei einem Frühstücksfernsehsender, das ist nicht verschiebbar, außerdem will er die Stadt zur Weihnachtszeit erleben. Warum fragst du?«

»Ach, ich hatte gedacht, vielleicht wollt ihr das Fest bei uns in Maple Creek verbringen. Pamela und Lilly fliegen wahrscheinlich nach Florida zu Lillys Familie, Laurie und Tom sind bei ihren Eltern«, zählte Molly auf.

»Dann seid ihr ganz alleine.« Dorothy kicherte. »Das bedeutet Romantiksex unter dem Christbaum. Sei froh, dass wir euch nicht stören.«

»Du denkst immer nur an das Eine.«

»Und Jack zum Glück ebenfalls. Nun tu nicht so verkorkst, meine liebe Freundin. Sonst bringe ich dir bei meinem nächsten Besuch einen Heiligenschein mit.«

»Dorothy! Ich sitze in der Redaktion – das hast du wohl vergessen.«

»Entschuldige, Molly. Sprechen wir über etwas anderes: Wie fühlst du dich? Hast du dich schon an dieses wundervolle Schmuckstück gewöhnt, das auf deinem Ringfinger prangt? Unabhängig von der Symbolik hat Nat eine wunderbare Wahl getroffen.«

Unwillkürlich musste Molly lächeln. »Ich hoffe inständig, dass ich mich nie in der Form daran gewöhne, dass ich den Ring nicht mehr sehe und spüre.«

»Ich verstehe sehr gut, was du meinst«, entgegnete Dorothy. »Und Nat hat das so unglaublich toll gemacht. Ich hatte Tränen in den Augen vor Rührung. Ach was, ich habe richtig geheult. Würde Jack mich morgen fragen – ganz ehrlich –, ich würde glatt Ja sagen, allein wegen des Moments.«

Molly unterdrückte ein Schmunzeln. Dorothy war kein Mensch, der vorrangig über sich redete und die Belange des Gegenübers negierte. Sie musste Jack wahrhaft vermissen, weil sie von selbst wieder zu ihm überglitt. »Für mein persönliches Feeling ginge das zwar zu schnell, aber euch beiden ist es zuzutrauen, und es würde sich hervorragend in eure Ereignisliste einfügen. Ihr habt von Anfang an ein rasantes Tempo an den Tag gelegt. Selbst der erste Riesenkrach ist bereits Geschichte.«

»So furchtbar ich mich in dieser Zeit gefühlt habe, hat er im wahrsten Sinne die Luft gereinigt. Jack und ich unterhalten uns oft darüber, wie es dazu gekommen ist und wie wir solch eine Situation in Zukunft vermeiden können. Wir führen eine Fernbeziehung, und dem müssen wir Rechnung tragen, indem wir unsere Empfindungen doppelt und dreifach intensiv ausformulieren«, antwortete Dorothy mit ernster Stimme.

Molly sah, wie sich die Tür der Redaktion öffnete und Elisabeth eintrat. Also sagte sie: »Elisabeth ist hier. Ich rufe dich gleich nach der Besprechung zurück.« Sie legte das Handy zur Seite und blickte ihrem Gast entgegen.

Nachdem sie sich begrüßt hatten, setzte sich Elisabeth und zog eine Flügelmappe aus der Handtasche. »Ich habe mir einige Notizen gemacht.«

»Super. Franklin müsste bald eintreffen, er hat einen Termin außer Haus. Wollen wir inzwischen beginnen? Ich bin gespannt darauf, welche Persönlichkeit du erwählt hast.«

Elisabeth spitzte die Lippen. »Oh, das war leicht: dich, Molly.«

»Mich? Ach nein, ich bin weder wichtig noch bekannt. Es ist total lieb von dir, aber es gibt –«

Elisabeth unterbrach sie. »Du siehst dich offenbar anders, als es der Realität entspricht. Weißt du, was damals los war, als du hierhergekommen bist? Ich sehr wohl, wie du dir sicherlich vorstellen kannst.« Sie zwinkerte Molly zu. »Eigentlich möchte ich nicht bei dir beginnen, sondern einen Zeitsprung zurückmachen und bei Gynnie einsetzen – ein Abriss ihres Lebens, wie sie in Maple Creek sesshaft wurde und das Maple Lake Inn übernommen hat. Hinterher trittst du auf den Plan. Eine Überschrift habe ich auch: *Die Jensen-Frauen in Maple Creek*.«

»Und wenn du ausschließlich über Gynnie schreibst?«

»Das wäre nicht zeitgemäß, und es ginge das Besondere verloren. Obendrein gibt es über dich viel zu berichten.« Elisabeth streckte der Reihe nach die Finger in die Höhe. »Du hast in New York gelebt, dein Job bei der *NY Woman* war und ist imposant. Du bist die Besitzerin des einzigen Hotels in Maple Creek, hast dich mit Nat verlobt, der als Person und mit seinem Unternehmen bei Weitem kein Unbekannter ist, und – last, not least – bist du ab Januar die stellvertretende Chefredakteurin der *Maple Creek News Time*. Du bist perfekt, glaube mir!«

Molly versuchte ein Lächeln. Elisabeths Vorschlag war – neutral betrachtet – hervorragend, doch stand sie selbst einfach nicht gern im Rampenlicht. Die Idee allein wegen ihrer persönlichen Gefühle abzulehnen, war allerdings unprofessionell. Aus dem Augenwinkel nahm sie eine Bewegung am Eingang wahr. »Franklin kommt gerade. Erzählen wir ihm von deinem Plan. Als mögliche Zentralfigur bin ich befangen. Am besten, er entscheidet.«

Franklin, der inzwischen bei ihnen angelangt war, küsste Elisabeth zur Begrüßung auf die Wange und fragte: »Was soll ich entscheiden?«

»Für die VIP-Artikelreihe möchte Elisabeth mich als Person heranziehen, genau genommen Tante Gynnie und mich«, erklärte Molly.

Elisabeth fügte hinzu: »Zwei überaus interessante Personen und dazu als wunderbarer Rahmen ein geschichtsträchtiges Gebäude: das Maple Lake Inn. Die Historie des Hauses reicht fast zweihundert Jahre zurück. Außerdem ist es eine schöne Erinnerung an Gynnie. Ich habe auch bei ihr, leider posthum, einiges gutzumachen.«

Franklin winkte ab und setzte sich auf den freien Stuhl neben Elisabeth. »Gynnie und ich waren gute Freunde. Hätte sie von deiner Krankheit gewusst, wäre sie prompt zur Stelle gewesen und hätte sich um dich gekümmert – egal welche Schwierigkeiten ihr davor hattet.« Er nickte Elisabeth anerkennend zu. »Deine Idee ist sensationell. Und es gibt sogar einen weiteren Pluspunkt: Neben der offiziellen Bekanntmachung von Mollys Position bei der *Maple Creek News Time* können wir damit ihre Befähigung zusätzlich hervorheben – das ist gute Werbung für die Zeitung. Wirklich, toll gemacht. Mein Instinkt hat mich noch nicht verlassen. Erst Molly und nun du, Liz, ich bin äußerst zufrieden – mit mir und euch.«

Molly hob die Hände. »Dann ist es beschlossen. Ich bin neben Tante Gynnie die erste *very important person* von Maple Creek.« Sie lächelte, doch in ihrem Inneren breitete sich ein mulmiges Gefühl aus. Artikel zu schreiben war eine Sache, im Zentrum eines Berichts zu stehen, eine ganz andere. Auf einmal konnte sie es kaum erwarten, ihr Gespräch mit Dorothy fortzuführen. Bestimmt hatte sie Tipps parat, gelassen damit umzugehen. Als Autorin war sie es gewohnt, im Mittelpunkt zu stehen. Seit Jahren absolvierte sie Lesungen, Interviews und Autogrammstunden, als handelte es sich um einen gemütlichen Plausch mit einer Bekannten.

Kapitel 40

Laurie gesellte sich zu Molly, Nat, Pamela, Lilly und Jim an die Bar. »Es ist ein total neues Lebensgefühl, nicht in der Küche gefangen zu sein. *Mein Fred* macht sich super.«

»Du wirst ihn also fest anstellen?«, fragte Jim.

»Schon geschehen. So jemanden lasse ich nicht los, es ist wie ein Wunder. Er fügt sich nicht nur gut in meine Arbeitsweise ein und ist mir sympathisch, sondern hat auch ein breites Basiswissen. Die Feinheiten sind ihm somit leicht beizubringen. Ich glaube, in einigen Monaten kann ich ihm meine Küche ohne Panikanfälle und Kopfschmerzen übergeben – es ist ja nicht für immer.«

Tom trat heran und reichte seiner Frau eine *Lauries Maplemilk*. »Mit extra Erdbeeren. Vitamine für dich und das Baby sind wichtig.«

Laurie strich sich über den Bauch. »So viel Gemüse und Obst habe ich bisher noch nie gegessen, dazu kommt: kein rohes Fleisch, Ballaststoffe, Kohlenhydrate in Maßen. Allein für mich würde ich nicht dermaßen gesund leben, aber jetzt trage ich Verantwortung.«

»Sicherlich auch deshalb hast du keine Beschwerden, abgesehen von der Müdigkeit«, bemerkte Molly.

»Jaja, mir geht es gut.« Kurz presste Laurie die Lippen aufeinander, dann schwenkte sie rasch um. »Pam, Lilly, wie läuft es mit der Adoption?«

»Ach, das ist eine nahezu endlose Angelegenheit. Unsere *Schwangerschaft* wird wohl eher der Tragzeit einer Elefantenkuh gleichen«, entgegnete Pamela.

»Die dauert zwei Jahre, soviel ich weiß.« Laurie zog die Brauen hoch. »Ich hätte nicht gedacht, dass sich eine Adoption so lange hinzieht, zumal ihr bekundet habt, ein älteres Kind aufzunehmen.«

»Wir sehen es positiv. Auf diese Weise haben wir ausreichend Zeit, um uns darauf vorzubereiten, vor allem im Jobbereich. Sowohl im Hotel als auch in der Agentur wollen wir eine Stellvertretung aufbauen. Es gibt nur zwei Möglichkeiten: Entweder wir arbeiten auf dem heutigen Niveau weiter, dann brauchen wir einen Fulltime-Babysitter, oder wir reduzieren das Berufliche und sind mehr für das Kind da«, fasste Lilly zusammen.

Laurie nickte, erwiderte jedoch nichts, sondern warf einen Blick auf den Durchgang zur Küche. Auf einmal wirkte sie nachdenklich.

Jim übernahm: »Unlängst habe ich einen Artikel über Kinder aus dem syrischen Krisengebiet gelesen, die ihre Eltern verloren haben. Es wurde von der Möglichkeit geschrieben, diesen Kindern als Pflegeeltern ein Zuhause geben zu können. Ein Zeitrahmen stand nicht dabei, aber es war so formuliert, als würden die notwendigen Schritte im Sinne der Kinder verhältnismäßig zügig abgewickelt werden. Soll ich mich in meiner Funktion als Anwalt neutral erkundigen?«

Pamela und Lilly tauschten einen schnellen Blick aus, und Lilly antwortete: »Würdest du das für uns machen? Bei der Agentur haben wir dokumentiert, kein Kind aus einem bestimmten Land zu bevorzugen, auch beim Geschlecht haben wir keine Präferenzen.«

»Unser Ziel ist, einem Waisen ein Heim und Liebe geben zu dürfen. Hautfarbe, Mädchen oder Junge, ob fünf oder neun Jahre, ist uns egal«, fügte Pamela hinzu.

»Kinder aus Kriegsgebieten haben sicherlich Schreckliches miterleben müssen. Es wäre eine große Aufgabe für euch und ein großes Glück für das Kleine«, entgegnete Jim. »Ich mache mich gerne schlau.«

»Danke.« Pamela beugte sich vor und berührte Jims Arm. Sie wollte gerade weitersprechen, als sich die Eingangstür der Tavern öffnete.

Charlotte trat ein, eine Frau folgte ihr.

»Das gibt es doch nicht«, flüsterte Lilly. Sie musterte die beiden, bis sie sich an den hintersten Tisch in der Ecke gesetzt hatten, dann erklärte sie leise: »Die Frau bei Charlotte ist Mrs Dangles. Sie und ihr Mann führen eine kleine Reisebürokette. Ich arbeite eng mit ihnen zusammen. Will Charlotte nun auch in diesen Bereich versuchen, einzudringen? Wenn das der Fall ist, wird es mir langsam entschieden zu bunt. Es ist höchste Zeit, meine Kampagne zu starten.« Sie legte die Fingerspitzen auf die Schläfen. »Lenkt mich bitte sofort mit irgendeinem neuen Thema ab! In mir steigt nämlich Zorn auf, und ich hasse es, zornig zu sein.«

Molly zuckte mit den Schultern. »Von Elisabeths Idee, über mich zu berichten, wisst ihr schon. Sonst hat sich bei mir nichts Aufregendes getan.«

Nat hob abwehrend die Hände. »Über meinen Alltag mögt ihr bestimmt nichts erfahren.« Er schmunzelte. »Vielleicht vertriebe es deine Wut, Lilly, im selben Atemzug würdest du jedoch einschlafen. Oder interessieren dich bauliche Details und organisatorischer Kram?«

»Mir fällt etwas ein«, bemerkte Pamela. »Der Besuch deiner

Chefin steht an, Molly. Freust du dich auf sie? Ich habe ihr übrigens das schönste Zimmer zugeteilt. Das im zweiten Stock mit dem großen Balkon und dem direkten Blick auf den See.«

»Das ist toll, danke. Ja, sehr. Zugleich habe ich ein mulmiges Gefühl bei der Sache. Was mache ich, wenn es ihr in Maple Creek nicht gefällt? Ihren Urlaub verbringt Nora sonst immer in einem Wellnesshotel – ihr Tag ist ausgefüllt mit Behandlungen, Massagen und sonstigen Aktivitäten. Hier ist es anders. Jedenfalls bin ich gespannt, wie ihr sie findet. Nora ist wahnsinnig nett, dennoch gewöhnungsbedürftig. Ich habe euch davon erzählt: Stets hat sie unzählige Gedanken in ihrem Kopf, die sie komplett durcheinander ausspricht. In einem Schwall erhält man von ihr Fragen, Überlegungen und Informationen.« Molly sah Jim an. »Willst du mich zum Flughafen begleiten, wenn ich sie abhole? Als kleines Empfangskomitee.«

Ein Lächeln erschien auf Jims Gesicht. »Oh, und ob. Ich hatte gehofft, dass du mich darauf ansprichst. Von uns allen bin ich wohl am neugierigsten auf sie.« Offensichtlich etwas verlegen strich er sich durchs Haar. »Ich fahre aber nur mit, wenn ich euch chauffieren darf. Das ist das Mindeste.«

»Natürlich. Ich bin heilfroh, wenn ich nicht durch das Straßengewirr am Flughafen steuern muss«, antwortete Molly.

Jim hob den Daumen. »Dann ist es beschlossene Sache.« Es war nicht zu übersehen, dass seine Laune jäh einen enormen Sprung nach oben getan hatte.

Kapitel 41

Molly sah ihre Chefin schon von Weitem. Mit einer Hand schob Nora den Kofferwagen, mit ihrem anderen Arm hatte sie ein Nest geschaffen, in dem ihre Yorkshire-Terrier-Hündin mit hocherhobener Schnauze und gespitzten Ohren saß. »Da vorne ist sie«, sagte Molly und deutete mit dem Kinn in deren Richtung.

»Die attraktive Frau da drüben mit den schwarzen glatten Haaren und dem kleinen Hündchen?«, fragte Jim.

»Ganz genau. Die Miniprinzessin heißt Sugar, falls du den Namen von Noras Hund vergessen hast. Damit kannst du punkten.« Molly zwinkerte ihm zu.

»Um ehrlich zu sein, habe ich mir jedes Detail gemerkt, das du mir über Nora erzählt hast – somit auch Sugar. Ich hatte ja keine Ahnung, wie anziehend Nora in natura aussieht«, entgegnete Jim und streckte die Wirbelsäule durch. »Entschuldige, Molly, warte bitte hier. Ich werde ihr behilflich sein. Die arme Frau muss den Wagen lenken und die Kleine tragen. Das kann ich nicht mit ansehen.«

Noch ehe Molly etwas erwiderte, eilte Jim bereits auf Nora zu. Gespannt behielt sie die beiden im Auge. Hoffentlich hatten sie einen Draht zueinander.

Jim blieb knapp vor Nora stehen und sagte etwas, worauf Nora eifrig nickte. Sie machte einen Schritt zur Seite und überließ Jim das Gepäck. Bevor sie sich in Bewegung setzten, beugte er sich vor und kraulte Sugar hinter dem Ohr. Die Hündin ließ es sich anstandslos gefallen. *Glück gehabt, Jim. Wenn du wüsstest! Sugar hat schon nach so manchem übereifrigen Angreifer geschnappt. Und nicht der Hund ist gescholten worden, sondern die Person in der Folge skeptisch geprüft,* dachte Molly und musste über die Doppelbedeutung des Wortes *Angreifer* schmunzeln. Wie auch Jim beobachtete Nora stets die Reaktion ihres Hundes auf einen Menschen. Molly selbst war das beste Beispiel. Als sie nach Maple Creek zurückgekehrt war, hatte Cicero sie auf der Stelle in Beschlag genommen, ganz im Gegensatz zu ihrem damaligen Lebensgefährten Jackson – Jim war der aufmerksame Betrachter gewesen und hatte konsequentermaßen sein Urteil gefällt.

Endlich setzten sich Nora und Jim in Bewegung und trafen kurz darauf bei Molly ein.

»Meine Liebe!« Nora drehte sich Jim zu. »Würdest du bitte …?« Sie überreichte ihm Sugar, die sich bereitwillig nehmen ließ, dann umarmte sie Molly herzlich. »Ich befinde mich auf Urlaub, also darf ich mich dementsprechend leger verhalten. Wir sind privat. Sei nicht so steif, das stört mich – im Augenblick bin ich nur Nora. Der Flug war sehr angenehm. Sogar Sugar hat sich in ihrer Tragebox wohlgefühlt. Ich freue mich, dass du Jim mitgebracht hast. Sieh, wie Sugar ihn mag. Ja, meine Kleine besitzt Einsicht. Auf sie kann ich mich verlassen.« Wieder wandte sie sich an Jim. »Wo steht dein Wagen? Ich nehme doch an, du hast Molly hierhergebracht? Ein Mann deines Stils – das habe ich sofort bemerkt – lässt sich nicht von einer Frau herumfahren. Habe ich recht?«

»Selbstverständlich.« Jim lächelte. »Mein Auto steht auf dem nächstgelegenen Parkplatz. Ich wollte nicht, dass du zu lange laufen musst.« Er wies auf einen Durchgang in einiger Entfernung. »Hier entlang bitte.«

Mollys Blick schwenkte zwischen den beiden hin und her. Nora und Jim wirkten wie zwei Menschen, die einander seit Jahren kannten. Nicht nur, dass Jim Sugar tragen durfte, sprachen sie sich bereits mit den Vornamen an. Zudem schienen sie völlig vergessen zu haben, dass auch sie noch anwesend war. Molly unterdrückte ein Grinsen und reihte sich dezent hinter Nora und Jim ein. Dabei hielt sie so viel Abstand, dass sie deren Gespräch mithören konnte.

»Rund um Maple Creek gibt es einige wunderbare Spazierwege, wo die Hunde bedenkenlos frei laufen können«, erklärte Jim.

»Würdest du sie mir zeigen? So winzig Sugar ist, steckt ein riesiger Wildfang in ihr. Oh, ich sage dir, sie verhält sich manchmal wie eine Teufelin. Molly hat mir erzählt, du hast ebenfalls einen Hund. Wie heißt er? Ich würde ihn gerne kennenlernen. Du wirst ihn mir doch vorstellen, Jim?«

»Mit der größten Freude. Mein Hund heißt Cicero, er ist ein etwas zu groß geratener Border Collie. Ich weiß schon jetzt, dass er sich sogleich unsterblich in Sugar verlieben wird.«

»Da bin ich mir sicher. Sugar ist ein ausgemachtes Luder, das Rüden gekonnt um den Finger wickelt«, entgegnete Nora zweifellos höchst vergnügt. »Cicero finde ich als Namen übrigens sehr passend für den Hund eines Anwalts. Cicero ist einer der größten Redner seiner Zeit gewesen.«

»Im Gegensatz zu ihm mache ich allerdings keine Übersetzungsfehler.«

Nora lachte. »Lass mich raten, worauf du anspielst? Du meinst den geflügelten Spruch *Ich weiß, dass ich nichts weiß*, der eigentlich *Ich weiß, dass ich nicht weiß* heißt. Die ursprüngliche Aussage Sokrates' ergibt einen völlig anderen Sinn als die von Cicero. Der eine weiß nichts, der andere behauptet schlicht, dass sein Wissen nicht den Stein der Weisen beinhaltet.«

»Wunderbar zusammengefasst! Und dieser Schwenk zum Stein *Lapis* … ich bin begeistert. Hätte ich meine Hände frei, würde ich dir Beifall schenken.«

Nora betrachtete Jim von der Seite und wäre beinahe mit einer Frau zusammengestoßen, wenn sie nicht geschwind einen Schritt zur Seite getan hätte. »Interessierst du dich für die Geschichte der Alchemie? Die breite Masse denkt dabei an die Herstellung von Gold. Beschäftigt man sich jedoch eingehender damit, eröffnet sich ein schier unendliches Forschungsgebiet von der Antike bis ins achtzehnte Jahrhundert, das dann von modernen Begriffen abgelöst wurde.«

Sie traten durch eine sich automatisch öffnende Glastür und gingen einen Korridor entlang zu dem Parkplatz, auf dem Jims Wagen stand.

Während Jim Sugar an Nora zurückgab und sich daranmachte, die Koffer zu verstauen, antwortete er: »Chemie etwa ist für uns ein anerkannter Wissenszweig. Seine Ursprünge liegen eindeutig in der Alchemie verankert.«

Molly öffnete die hintere Autotür und stieg ein. Nora und Jim waren so in ihr Gespräch vertieft, dass sie sie wahrscheinlich am Flughafen stehenlassen würden, wenn sie sich nicht selbst um einen Platz im Wagen kümmerte. Die unverfälschte Harmonie zwischen den beiden war erstaunlich. Zwar hatte sie damit gerechnet, dass Nora und Jim sich gut verstehen würden – sie kannte beide als ebenso redebegeisterte wie kluge Menschen –, doch mit dieser jähen Vertrautheit hatte sie nicht gerechnet, vor allem nicht so rasch. Erst kürzlich hatte sie eine vergleichbare Eintracht von null weg bei Dorothy und Jack miterlebt. Für Molly war diese allerdings von einer körperlichen Anziehungskraft ausgegangen, bei Nora und Jim schien die intellektuelle Ebene im Vordergrund zu stehen. Möglicherweise irrte sie sich aber auch. Woher wollte sie wissen, welche Elemente bei Dorothy und Jack den Ausschlag gegeben hatten und was gerade tatsächlich zwischen Nora und Jim vonstattenging?

Dass innerhalb kurzer Zeit gleich zwei Mal zwei Menschen aus ihrem nächsten Umfeld aufeinandertrafen und in alle Richtungen die Funken sprühten, war weit hergeholt. Vielleicht war sie gegenwärtig nicht Zeugin einer keimenden Liebe, sondern beobachtete einfach zwei Personen, die sich an einer adäquaten Gesellschaft jenseits der Arbeit erfreuten. Besonders auf Nora konnte dies zutreffen. Sie lebte nahezu in der Redaktion der *NY Woman* und verfügte kaum über Freizeit. Ein Gesprächspartner wie Jim musste für sie äußerst erquicklich sein.

Andererseits war Molly weder das Strahlen in Noras Augen noch ihr verschmitztes Lächeln entgangen. Wenn sie Jims grundsätzliches Interesse an Nora und seine jetzige Reaktion hinzufügte, ergab sich eine durchaus explosive Mischung. Eilig beschloss sie, so und so nicht das Gras wachsen zu hören.

Kapitel 42

Es entspricht wirklich alles der Wahrheit, was Molly in ihrer Artikelreihe beschreibt. Ich bin begeistert von eurem kleinen Städtchen. Dieser wunderbare See, die Weite der Wiesen und Wälder, ich genieße sogar den rauen Wind. Das alles zusammen gibt dem Körper tausendmal mehr Energie als zwei Wochen im besten Wellnesshotel. Und für die Haut ist die Luft wie ein wahrer Jungbrunnen. So rosige Wangen hatte ich zuletzt als Kind. Ich sage euch, morgens beim Aufstehen habe ich keine Kreuzschmerzen wie sonst. Das liegt an der Bewegung. Jim hat mir die Gegend rund um Maple Creek gezeigt. Sugar und Cicero sind ein Dream-Team. Und eure Sycamore Tavern – Laurie und Tom – ist phantastisch. Ich liebe den Tom's Maple.« Nora hob ihr Glas und trank einen kräftigen Schluck, dann streckte sie den Arm aus und berührte Jims Hand. »Dieser Mann hier, die Gegend und ihr alle habt mich verzaubert.«

Jim lächelte. Seit er Nora gemeinsam mit Molly am Flughafen empfangen hatte, fühlte er sich wie ein neuer Mensch und meinte, einen Traum zu erleben. Inständig hoffte er, nicht daraus erwachen zu müssen. Alles, was er über Nora gehört hatte, kam nicht an die Realität heran. *Sie ist geistreicher, interessierter, belesener, attraktiver …*

Ich könnte die Aufzählung ewig fortsetzen, dachte Jim und unterdrückte ein glückseliges Seufzen. Nora war in der Tat ein sprühender Geist. Wie Molly gesagt hatte, redete sie wie ein Wasserfall und schaffte es, mehrere Themen in einem Durchgang auszudrücken und miteinander zu verknüpfen. Aber er musste sich nicht bemühen, ihr zu folgen. Von selbst drangen Noras Worte in ihn ein und blieben haften, so dass die Gespräche mit ihr dahinflossen und eine ungeahnte Inspiration boten.

»Laurie und Tom haben jahrelang in großen Städten gearbeitet und wissen genau, wie gehobene Gastronomie zu funktionieren hat«, erklärte Molly.

Laurie nickte. »Ich habe sogar eine Weile lang in New York gelebt, dann hat es uns in meine alte Heimat verschlagen.«

»Anfangs war es eine Umstellung für mich, heute möchte ich an keinem anderen Ort leben als in Maple Creek. Genau dieses Umfeld ist richtig für unser Kind«, warf Tom ein, der hinter der Bar stand und eine neue Runde Tom's Maple mixte. Die Maplemilk für Laurie hatte er bereits vorbereitet.

»Das verstehe ich gut«, antwortete Nora. »Ich war erstaunt, als Molly mir damals mitgeteilt hat, dass sie aus New York wegzieht. Wie kann man diese extraordinäre Stadt bloß verlassen? Nun beginne ich, ihre Beweggründe nachzuvollziehen – allesamt.« Sie musterte Nat ungeniert und schmunzelte. »Das muss man dir lassen, mein Lieber: Du bist ein äußerst stattlicher und charmanter Mann. Außerdem hast du ganz offensichtlich einen hervorragenden Geschmack, das beweisen Molly und der Ring. Ihr beide gebt ein wunderschönes Paar ab, und ich freue mich sehr über euer Glück. Überhaupt scheinen hier alle glücklich zu sein.« Sie blickte in die Runde. »Verlobung und Heirat, Schwangerschaft, Adoption, Genesung. Und euer Zusammenhalt ist beispielhaft.«

»Ach, Nora, wenn du wüsstest! Immer wieder haben wir gegen mitunter gewaltige Widrigkeiten zu kämpfen. Aber mit dem Zusammenhalt hast du recht. In meinen Gedanken bezeichne ich uns als Familie, einfach Freunde zu sein, ist nicht genug«, antwortete Pamela.

»Ich hoffe, ihr wisst das gebührend zu schätzen. Wollt ihr erfahren, wie viele Freunde ich habe? Keine.« Nora beugte sich vor, und Sugar, die auf ihrem Schoß schlief, knurrte wegen der Bewegung unmutig. »Ich hätte nicht die Zeit, einen Bekanntenkreis aufzubauen. Im Grunde ist meine Familie die Redaktion der *NY Woman*. Dort sind wir von Herzlichkeit und gegenseitiger Unterstützung weit entfernt. Abende wie dieser kommen in meinem Leben in New York nicht vor. Traurig, nicht wahr?«

»Dann musst du dir Zeit freischaufeln und uns öfter besuchen. Du passt wie selbstverständlich in unsere Mitte«, sagte Lilly.

Nora lachte auf und blickte Molly an. »Was meinst du dazu?«

»Fragst du mich als deine Chefin?«, erkundigte sich Molly und fügte hinzu: »Ich kann nicht so frei von der Seele reden wie die anderen. Vergiss nicht, du bist mein Boss, und ich habe gehörigen Respekt vor dir.«

»Ach, du liebe Güte! Sei locker, Mädchen. Das habe ich dir bereits am Flughafen klargemacht. Aktuell bin ich niemand anderes als ein Gast aus New York. Du würdest mich beleidigen, wenn du dich noch länger zurückhaltend verhältst.«

»Ich werde versuchen, den Schalter umzulegen. Und zu deiner Frage: Ich fände es toll, wenn du regelmäßig nach Maple Creek kommst. Um das zu bewerkstelligen, müsstest du deine Arbeitsweise aber gehörig variieren und auch mal etwas abgeben. War das *locker* genug?«, entgegnete Molly.

Nora bejahte. »Es ist ein guter Anfang. Weiter so – das meine ich wortwörtlich. Lass mich deine Vorschläge hören. Hinter der Aussage steckt nämlich mehr, als du gerade ausgedrückt hast. Vergiss nicht, ich kenne dich gut.«

»Okay. Du hältst die Zügel der *NY Woman* fest in der Hand, und dafür arbeitest du unermüdlich. An Ella und Aria gibst du kaum etwas ab. Die beiden sind fähige Mitarbeiterinnen und deine offizielle Vertretung. Sie könnten dich in vielen Bereichen entlasten. Als ich frisch in Maple Creek war, hat mir Nat etwas sehr Wahres und Wichtiges nähergebracht.« Molly sah ihn an. »Erinnerst du dich an das Hamsterrad?«

»Natürlich. Egal ob wir in Maple Creek oder New York leben, befinden wir uns in einem Hamsterrad. Doch sind wir nicht darin gefangen, sondern können es jederzeit anhalten und uns eine Pause gönnen«, erläuterte Nat seine Philosophie.

»Ein sehr guter Vergleich«, stimmte Nora zu. »Ich weiß, dass Ella und Aria gut sind und gerne mehr Verantwortung tragen würden. Sie werden von mir aber kurzgehalten. Vielleicht sollte ich das tatsächlich einmal genauer betrachten. Es ist allerdings nicht einfach, eingefahrene Wege zu verlassen. Jetzt und hier fällt mir der Gedanke leicht, sitze ich erst an meinem Schreibtisch, bin ich sofort wieder im Schema drinnen. Dabei sollte ich mich endlich auf die schönen Dinge des Lebens konzentrieren. Meine Uhr tickt laut.«

Jim, der die ganze Zeit über geschwiegen hatte, nickte versonnen. Er wusste, was Nora meinte. »Ich habe vor Längerem beschlossen, nur noch Fälle in der Umgebung anzunehmen. Irgendwann hatte ich keine Lust mehr, so viel zu reisen und ständig an einem anderen Ort zu sein. Anfänglich war es befremdend, und etwas hat gefehlt, aber das lag an der eingefahrenen Routine, die ich erst durchbrechen musste. Mittlerweile bin ich mehr als zufrieden mit meiner Entscheidung – sie war richtig.«

»Ich glaube, das Schwierigste bei solch einem Vorhaben ist genau diese Phase der Umgewöhnung. Es ist schwierig, loszulassen.« Nora streichelte über Sugars Köpfchen, die sich streckte und unruhig wurde. »Ich werde jetzt einen Spaziergang mit meiner kleinen Dame machen und mich dann hinlegen. Morgen möchte ich früh aufstehen und den See entlanggehen, noch vor dem Frühstück.«

»Ich bin zu Fuß hier. Soll ich dich begleiten?«, fragte Jim.

Nora lächelte. »Darauf hatte ich gehofft. Ich wollte dich nicht automatisch dazu verdammen, durch die nächtliche Kälte zu laufen, anstatt hier gemütlich zu sitzen und einen weiteren von diesen hervorragenden Tom's Maple zu trinken.« Sie wandte sich Molly zu. »Bleibt es bei morgen um zehn Uhr im Hotel auf einen Mapleccino?«

»Gewiss. Soll ich den aktuellen Artikel mitnehmen? Er ist fast fertig.«

Nora stand auf. »Ich werde ihn aufmerksam lesen – nach meinem Urlaub. Morgen plaudern wir über *Gott und die Welt*. Ich wünsche euch allen einen wunderschönen Abend.«

Auch Jim erhob sich und geleitete Nora zur Tür. Er holte ihren Mantel aus der Garderobe und half ihr hinein.

Als sie die Tavern verlassen hatten, fragte Jim: »Stört es dich, wenn wir bei mir zu Hause vorbeigehen und Cicero holen? Er befindet sich zwar mit Sicherheit bereits im Tiefschlaf, freut sich aber immer über Bewegung.«

»Sehr gern.« Nora blickte ihn von der Seite eine Weile lang an. »Wie schwer ist es dir wirklich gefallen, deine Karriere durch einen bewussten Rückschritt aufzugeben? Ich weiß von Molly, dass du ein erfolgreicher Anwalt gewesen bist, der große Fälle bearbeitet hat.«

»Das stimmt. Offen gesagt, habe ich den Prozess schon vor Langem gestartet und bin etappenweise vorgegangen. Es begann damit, dass ich nicht mehr jeden Fall blindlings angenommen habe. Gewisse Kriterien mussten erfüllt werden. Dabei hat der Profit genauso eine Rolle gespielt wie mein persönliches Interesse an der Sache. Als Nächstes habe ich den Radius verkleinert. Ich wollte nicht mehr ans andere Ende von Kanada fliegen und dort meine Zeit in Gerichtssälen und Hotelzimmern absitzen. Als Gynnie gestorben ist, war es endgültig vorbei mit Aufträgen außerhalb Maple Creeks.«

»Das war Mollys Tante, nicht wahr? Warum hat sie den Ausschlag gegeben? Wenn die Frage zu persönlich ist, musst du sie nicht beantworten«, entgegnete Nora.

»Ich erzähle es dir, aber du darfst dich nicht über mich lustig machen. Gynnie und ich waren sehr gute Freunde. Sie hat auf Cicero aufgepasst, wenn ich verreist war. Cicero in eine Tierpension oder zu irgendwelchen Leuten zu geben, nachdem Gynnie gestorben war, kam für mich nicht infrage. Im Grunde war es seinetwegen … oder besser ausgedrückt: Der endgültige Auslöser war meine Fürsorge.«

»Trotz der kurzen Zeit unseres Zusammenseins erstaunst du mich immer wieder aufs Neue, Jim Ryder. Und nichts liegt mir ferner, als mich über dich lustig zu machen. Ich finde es grandios, dass du die Entscheidung wegen Cicero getroffen hast. Sugar ist mein Ein und Alles, ich würde nicht mit der Wimper zucken und die *NY Woman* unverzüglich verlassen, dürfte ich sie dort nicht bei mir haben. Klingt das seltsam? Ich meine, für eine Workaholicerin wie mich«, erwiderte Nora.

»Überhaupt nicht. Ich finde diesen Zug bezaubernd an dir … wie alles im Übrigen.«

Nora ließ einige Sekunden verstreichen, bevor sie antwortete. »In der Arbeit bin ich es gewohnt, die Dinge auf den Punkt zu bringen, und würde das nun im privaten Bereich ebenfalls gerne anwenden.«

»Was meinst du damit?«, fragte Jim sofort.

»Im Beruf ist es als Boss einfach, seine Vorstellungen klar zu formulieren, schwierig hingegen in diesem Moment …«

»So wortkarg habe ich dich noch nicht erlebt. Sag mir bitte freiheraus, was dich beschäftigt, Nora.«

»Ich habe gerade das Gefühl, als würde mir ein Häufchen Sand durch die Finger rinnen. Das will ich aber nicht zulassen.« Sie hüstelte. »Jim, du hast mich vom ersten Augenblick an fasziniert. Wir sind keine Teenager mehr, und mein Urlaub wird schneller vorbei sein, als mir lieb ist. Sollten wir die Zeit nicht für uns nutzen und trotz dieses Umstands das forcieren, was in uns keimt?«

Jim reagierte auf der Stelle. »Spazieren gehen können wir morgen und übermorgen und überübermorgen. Ich habe einige hervorragende Flaschen Rotwein bei mir zu Hause. Und Cicero teilt seinen Schlafplatz sicherlich liebend gerne mit Sugar.«

»Du bringst die Dinge *auf den Punkt,* ohne sie unverblümt auszusprechen.« Nora lächelte. »Nun bin ich verlegen.«

Jim hielt an und drehte sich ihr zu. Mit einer durchaus gewandten Bewegung zog er Nora in seine Arme und küsste sie.

Kapitel 43

»Weißt du, wo Nora ist? Wir waren um zehn Uhr verabredet.« Molly hatte sich zu Pamela an die Rezeption gestellt. »Ich finde sie weder im Aufenthaltsraum noch beim Frühstück. An der Zimmertür habe ich erfolglos geklopft.«

Pamela unterbrach ihre Tätigkeit. »Stimmt, das Treffen habt ihr gestern in der Tavern erwähnt. Hatte Nora nicht gesagt, sie wollte früh aufstehen und am Ufer entlanggehen? Ich bin seit sieben Uhr hier und habe sie nicht gesehen.«

»Das heißt, sie war noch nicht einmal frühstücken? Nora schätzt Pünktlichkeit über alles. In der Redaktion habe ich kein einziges Mal erlebt, dass sie zu spät gekommen ist, und wehe der Person, die einen Besprechungstermin vergeigt hat. Nora kann in solch einem Fall sehr ungemütlich werden.«

»Vermutlich hat sie den Ausflug ausgedehnt und sich in der Zeit verschätzt. Wobei es mir lange vorkommt. Hast du schon versucht, sie am Handy zu erreichen?«

»Ich lande auf der Mobilbox. Entweder sie hat das Telefon ausgeschaltet oder der Akku ist leer. Auch diese beiden Varianten sind grundsätzlich ein absolutes No-Go bei Nora.«

Molly hatte den Satz gerade vollendet, als sich die Eingangstür öffnete und Nora eintrat, hinter ihr erschien Jim. Durch den geöffneten Mantel blitzten Noras moosgrüner Kaschmirpulli und die gleichfarbige Lederhose hervor, die sie bereits gestern in der Tavern getragen hatte. Auch ihr Bobhaarschnitt saß nicht so exakt, wie Molly es von Nora gewohnt war. Normalerweise lag jedes Haar richtig. Und wo war Sugar? Sie warf einen raschen Blick zu Pamela, der ohne Zweifel ebenso dieselbe Kleidung aufgefallen war.

Jim räusperte sich. »Entschuldige die Verspätung, Molly. Das war meine Schuld, ich hatte einige Dinge im Büro zu erledigen, und ein Telefonat dauerte länger als gedacht. Wollen wir nun gemeinsam einen Mapleccino trinken?« Er sah Pamela an. »Zu viert wäre schön.«

Pamela klappte den Ordner zu, der geöffnet vor ihr lag. »Ja, klar.« Sie umrundete den Empfangsbereich und stellte sich an Mollys Seite.

Hinter Nora und Jim gingen sie in den Aufenthaltsraum. Bis auf ein fragendes Schulterzucken konnten sie sich nicht weiter austauschen, aber Molly spürte, wie die Spannung mit jedem Schritt anstieg. Was hatte das zu bedeuten?

Sie setzten sich an einen Fenstertisch, und Pamela bestellte bei Mary vier Mapleccino.

Als die dampfenden Tassen schließlich vor ihnen auf dem Tisch standen, faltete Jim die Hände und musterte Nora. »Du oder ich?«

»Du beginnst, und ich stoße mit etwaigen Zusatzkommentaren hinzu. Passt dir das?«, entgegnete sie.

»Das ist perfekt. Also, Molly, Pamela, es ist … Wir sind … Herrje, wie beschreibt man diese Situation?« Jim stieß einen sichtlich verlegenen Lacher aus.

»Es ist wohl besser, du schweigst. Ich erledige das«, bestimmte Nora. »Während unseres nächtlichen Spaziergangs gestern haben wir beschlossen, die uns verbleibende Zeit zu nutzen – gemeinsam zu nutzen. Sie ist sehr knapp bemessen, und da es um jede Stunde schade wäre, die wir getrennt verbringen, habe ich bei Jim übernachtet. Sugar und Cicero sind ein Herz und eine Seele. Nachdem wir heute früh mit ihnen draußen waren, haben sie sich zusammengekuschelt und machen gerade ihr Vormittagsschläfchen.« Sie holte tief Luft. »Unser Plan für später: Während ich mich nach unserem Kaffeetratsch umziehe, muss Jim arbeiten. Danach fahren wir mit den Hunden zu einem Wasserfall in der Gegend. Es soll wunderschön sein an dieser Stelle.«

»Molly hat nicht übertrieben. Du schaffst es tatsächlich, mehrere Infos in einem Schwung zu verpacken. Ich weiß übrigens, wohin Jim dich bringen will – ein traumhafter Ort, wildromantisch. Es wird dir gefallen, Nora … Moment!« Pamela grinste. »Wir sind zu schnell. Ich will auf das vor dem Ausflug zum Wasserfall eingehen. Seid ihr gar ein Paar?«

Jim beugte sich vor. »Wir können dem Geschehen selbst keinen Namen geben. Nicht der Ignoranz oder Oberflächlichkeit halber, sondern weil wir nicht wissen, wie wir die Umstände bezeichnen sollen. Es handelt sich um geschenkte Zeit, die bald abgelaufen sein wird. Aber wir haben vor, sie in vollen Zügen zu genießen – die Zeit und dass wir uns gefunden haben.«

Pamela nickte mit offenem Mund. »Aha. Ich verstehe … oder auch nicht, keine Ahnung. Selbstredend klingt es toll, und ihr seht ziemlich glücklich aus. Und das soll genügen.«

»Molly, du schweigst. Stört es dich?«, erkundigte sich Nora.

»Nein! Ich bin nur über alle Maßen erstaunt und weiß nicht, was ich dazu sagen soll. Selbstverständlich freue ich mich, zumal

Jim …« Molly brach mitten im Satz ab. Sie wusste nicht, worüber die beiden bereits gesprochen hatten.

»Jim hat mir offenbart, dass ich schon länger in seinem Kopf herumspuke. Mir ist es umgekehrt nicht anders ergangen, ich hatte allerdings niemanden, mit dem ich darüber reden konnte. Versteht ihr? Jim und ich haben uns ineinander verliebt, obwohl wir den anderen nicht einmal kannten. Ist das nicht verrückt?« Nora lächelte. »Du hast mir Jim beschrieben, Molly, das dadurch erschaffene Bild kommt jedoch nicht an die Wirklichkeit heran. Es hat uns schlichtweg erwischt.«

»Und wie es uns erwischt hat«, fügte Jim eilig hinzu.

»Was macht ihr nach deinem Urlaub, Nora? Habt ihr Ansätze, wie es weitergehen wird?«, wollte Pamela wissen.

Nora schmunzelte. »In Maple Creek laufen die Dinge fürwahr anders. Alles wird offen angesprochen. Ich finde diesen Freimut großartig – ungewohnt, aber großartig.«

»Stimmt, meine Frage war wohl ziemlich direkt. Es liegt einfach daran, dass du innerhalb der wenigen Tage, die du hier bist, automatisch in die kleine Familie integriert wurdest – du passt zu uns. Kriege ich nun eine Antwort?«

»Natürlich bekommst du die, von mir. Nora muss sich noch an uns gewöhnen«, erwiderte Jim fröhlich. »Wir haben beschlossen, jetzt nicht über später zu sinnieren. Es wird sich von selbst weisen, was geschieht.«

»Auf jeden Fall habt ihr euch nicht für eine langsame Gangart entschieden«, bemerkte Pamela. »Und als Geheimnis wollt ihr es hoffentlich auch nicht behandeln. Ich würde es nicht schaffen, das für mich zu behalten.«

»Dafür sind wir eindeutig zu *erwachsen*. Außerdem müssen wir auf niemanden Rücksicht nehmen.« Nora schob eine widerspenstige Haarsträhne hinter das Ohr. »Glaubt nicht, dass ich nicht ebenfalls darüber staune, was passiert. Ich habe mir ausgemalt, wie mein Urlaub verlaufen könnte. Wie ich festgestellt habe, befindet sich zwischen einer Phantasie vor dem Einschlafen und der Realität ein gigantisches Universum.«

Jim nickte. »Ich habe mich unzählige Male selbst gerügt. Über eine wildfremde Person anhand einer Beschreibung Hirngespinste zu entwickeln, ist nicht gerade schlau.«

Pamela lehnte sich zurück. »Ehrlich, ich finde das alles wunderschön, und ihr habt völlig recht damit, die Zeit nicht mit Nachdenken und Grübeln zu verschwenden. Reden und überlegen könnt ihr später am Telefon noch immer, stundenlang.«

»So ist es.« Jim stand auf. »Ich muss leider los und einen Termin wahrnehmen. Nora, ich hole dich dann um zwölf Uhr dreißig mit den Hunden ab. Oder brauchst du länger?«

Sie erhob sich ebenfalls. »Nein, das passt perfekt. Entschuldigt ihr mich bitte auch kurz? Ich begleite Jim hinaus und laufe schnell aufs Zimmer, um mein Handy aufzuladen. Der Akku ist leer. Morgen geht wieder alles in geregelten Bahnen vonstatten, versprochen. Mein Besuch in der Redaktion der *Maple Creek News Time* mit dir und Franklin besteht wie vereinbart. Ich freue mich darauf.«

Molly lächelte und sah Nora und Jim nach, wie sie den Raum verließen.

»Ist alles in Ordnung mit dir?«, fragte Pamela, sobald die beiden außer Sichtweite geraten waren.

»Ja, ich bin nur restlos verblüfft. Wie konnte das so rasch geschehen? Ich begreife es nicht.« Molly schürzte die Lippen. »Vielleicht liegt es an meiner Beziehung zu Nora. Du darfst nicht vergessen, sie war und ist nach wie vor meine Chefin. Zwischen uns gab es nie eine private Verbindung. Selbst ihren Urlaub hier habe ich in diesem quasi offiziellen Licht gesehen. Und auf einmal ist sie eine Freundin und mit Jim zusammen, oder wie man diesen Zustand bezeichnen mag.«

»Molly, was ist denn bloß los mit dir? Verzeih, dass ich das sage, aber du wirkst gerade wie ein Moralapostel der richtig pingeligen Sorte.«

»Ach oje, nein! Das mit den beiden ist phantastisch. Wenn Jim in der Vergangenheit von Nora geschwärmt hat, war meine einzige Sorge, dass er enttäuscht werden würde – das ist allerdings nicht der Fall. Ich bin … verwirrt.« Molly bejahte ihre eigene Aussage. »Das ist es. Ich bin komplett verwirrt und durcheinander. Blöd, nicht wahr?«

»Du bist, wie du bist. Es gehört zu deinen Eigenschaften, intensiv über Dinge nachzudenken. Und die spontanste Person bist du obendrein nicht. Das in einem Topf ergibt dein kleines inneres Chaos. Lilly und ich haben es vom ersten Augenblick an gewusst. Womöglich verhält es sich bei Nora und Jim gleich.«

»Mit Sicherheit sogar. Schon am Flughafen haben die Funken gesprüht wie ein Neujahrsfeuerwerk in China. Ich hoffe einfach nur, sie wissen, was sie tun. Es täte mir unendlich leid, wenn einer der beiden verletzt werden würde.«

»Nora und Jim haben nicht mehr getan, als die Gelegenheit beim Schopf zu packen. Hätten sie warten sollen, bis ihr Urlaub zu Ende ist? Ach Molly, es ist mir bewusst, dass du viel mehr in deinem Kopf herumtüftelst als so mancher andere Mensch. Daraus entstehen jedoch im Vorfeld Sorgen, die nicht gegenständlich sind. Die Dinge können auf verschiedenste Art verlaufen – von traumhaft bis tragisch.«

»Witzig, dein Bruder hat versucht, mir sinngemäß dasselbe zu verdeutlichen. Ich bin dabei, an mir zu arbeiten. Die Unruhe, die durch dieses sinnlose Sinnieren auftaucht, kann ich nämlich selbst nicht ausstehen.«

»Du bist eine wunderbare, ungemein feinsinnige Frau, Molly. Man spürt förmlich die Wärme und Liebe, die von dir ausgeht. Ich bin glücklich, dich als Freundin zu haben. Lilly empfindet es genauso, und auch Laurie.« Pamela zwinkerte ihr zu. »Und wenn du zu sehr über einer Sache brütest, sind wir zur Stelle und helfen dir, die Synapsen in deinem überarbeiteten Gehirn umzupolen.«

Molly grinste. »Das will ich doch hoffen, dass ihr mich aus dem Tal der Tränen und Zweifel befreit.« So heiter der Moment war, machte sich Rührung in ihr breit. Wahre Freundschaft war ein Geschenk, das man nicht mit Gold aufwiegen konnte.

Kapitel 44

Nat reichte Molly ein Glas Wein und setzte sich zu ihr. »Nun musst du mir in Ruhe alles berichten. Bis jetzt weiß ich nur, dass Nora bei Jim übernachtet hat.«

Molly nickte. »Viel mehr habe ich im Grunde auch nicht erfahren. Jedenfalls wollen sie die gemeinsame Zeit genießen, als wäre es die Ewigkeit schlechthin. Ich war so perplex, dass ich kaum etwas sagen konnte. Was meinst du dazu?«

»Ehrlich? Ich finde, sie tun das einzig Richtige. Da treffen zwei Menschen aufeinander, die bereits im Vorfeld viel über einander nachgedacht und Wunschträume entwickelt haben. Die Realität ist offensichtlich noch viel besser als die Vorstellung, also: Bingo!«

»Auch wenn es für Nora und Jim keine Zukunft im eigentlichen Sinn gibt? Der Schmerz danach muss doch schrecklich sein«, antwortete Molly nachdenklich.

»Woher willst du das wissen? Eventuell finden sie einen gangbaren Weg. Du darfst nicht außer Acht lassen, dass Nora und Jim an die fünfzig Jahre alt sind. Beide haben ihren jeweiligen Platz längst gefunden und fühlen sich wohl. Jim benötigt eine Frau, die seinen intellektuellen Ansprüchen genügt und seinen Charakter nachempfinden kann. Bei Nora erscheint es mir umgekehrt genauso. Der Schwerpunkt ihrer Beziehung ruht auf anderen Säulen als bei uns. Es geht nicht mehr um das Gründen einer Familie mit Haus und Garten, und in ihren Jobs sind sie gefestigt und haben alles erreicht.«

»Qualität vor Quantität?«, fragte Molly.

Nat schmunzelte. »Ja. Wobei ich betonen möchte, dass es auch Menschen nicht an Qualität fehlen muss, die zusammenleben. Das spräche gegen uns selbst.«

Molly schmiegte sich an ihn. »Es geschieht so vieles in Maple Creek. Ich komme gar nicht nach mit dem Denken.«

»Würdest du gerne einen Blick auf uns alle in einem Jahr werfen?«, wollte Nat wissen.

»Das nicht gerade, aber ich wäre schon neugierig, wie es dann sein wird.«

»Laurie und Tom werden ihr Baby haben, Pamela und Laurie auf ein Kind warten …«, sinnierte Nat.

Molly lächelte. »Dorothy und Jack reisen hoffentlich nach wie vor zwischen Toronto, New York und Maple Creek hin und her, lieben sich heiß und stecken weiterhin voller Emotionen.«

»Und du, meine Liebe, wirst stellvertretende Chefredakteurin der *Maple Creek News Time* sein, mit Elisabeth als eine deiner Redakteurinnen.« Nat lachte auf. »Übrigens ein erstklassiges Beispiel für den Lauf des Lebens. Hättest du dir das vor einigen Monaten vorstellen können? Die spitzzüngige Elisabeth mitten in unserer Runde und darüber hinaus im Job an deiner Seite? Ich konnte sie nicht ausstehen, und nun finde ich sie sogar überaus sympathisch.«

»Meine wildesten Phantasien haben es nicht geschafft, ein Bild von Elisabeth und mir in einem angenehmen Gespräch zu malen, geschweige sie als Mitarbeiterin zu sehen. Wenn ich unter diesem

Gesichtspunkt an Nora und Jim denke, ist ebenfalls alles möglich und um ein Vielfaches wahrscheinlicher.«

»Und was ist mit uns beiden?«, murmelte Nat.

Molly hob die Hand und betrachtete den Ring. »Wenn du *darauf* anspielst, habe ich eine gute Antwort für dich. Wann es so weit sein wird, hat keine Bedeutung. Es passiert, und ich warte, bis du so weit bist. Was den Zeitpunkt betrifft, ist eine Ruhe in mir eingekehrt, die ich selbst nicht verstehe. Eines weiß ich jedoch mit Sicherheit: Es wird der schönste Moment, den ich mir vorstellen kann.«

»Wie wäre es mit kommendem Sommer?«, bemerkte Nat lakonisch.

Mollys Kopf ruckte hoch. »Was meinst du damit? Dass wir im Sommer mit aller Vorsicht beginnen werden, darüber zu sprechen?«

»Nein, dass wir im Sommer heiraten.«

Molly schnappte nach Luft und starrte Nat entgeistert an. »Aber dann … dann müssten wir …«

»Ja, genau. Dann müssten wir wohl oder übel jetzt starten und bald mit der Planung loslegen – nicht erst in acht, zehn oder zwölf Monaten.«

Noch immer konnte Molly nicht fassen, was Nat eben gesagt hatte. Vorsichtig fragte sie: »Ist das dein Ernst?«

»Ich würde niemals scherzen, wenn es um unsere Hochzeit geht, mein Schatz«, entgegnete er und schnalzte sichtlich erheitert mit der Zunge.

Endlich löste sich Molly aus ihrem betäubungsähnlichen Zustand, und mit einem freudigen Aufschrei warf sie sich in Nats Arme.

Kapitel 45

Laurie betrat den Raum und reichte Doctor Wilson die Hand. »Danke, dass Sie mich so rasch empfangen.«

»Das ist selbstverständlich. Sie haben am Telefon gesagt, etwas bereite Ihnen Sorge. Setzen wir uns.« Während sie auf ihren Schreibtisch wies, fragte sie: »Ihr Mann ist heute verhindert?«

»Er weiß nichts von diesem Termin«, antwortete Laurie knapp.

Die Ärztin bedachte sie mit einem abwägenden Blick. »Nun gut. Worum handelt es sich, Mrs Underwood?«

»Zum zweiten Mal innerhalb von vierzehn Tagen habe ich eine Blasenentzündung. Die erste konnte ich mit Hausmitteln abwenden, doch es beginnt aufs Neue«, erklärte Laurie.

»Hatten Sie vor der Schwangerschaft häufig mit Blasenentzündungen zu kämpfen? Manche Frauen sind sehr empfindlich und reagieren auf die kleinste Unachtsamkeit.«

Laurie räusperte sich. »Nein, erst einmal in meinem Leben im Zuge einer starken Erkältung, aber die Symptome haben sich in meinem Gedächtnis festgebrannt.«

»Es ist äußerst unangenehm und schmerzhaft«, erwiderte Doctor Wilson mit verständnisvoller Stimme. »Führen wir als Erstes einen Test durch. Es ist genauso wie bei den normalen Schwangerschaftsuntersuchungen. Carol gibt Ihnen einen Becher, und wenn Sie dann bitte einen Augenblick im Warteraum Platz nehmen.«

Laurie stand auf und verließ das Zimmer. Wieder stieg Nervosität in ihr auf. Seit Tagen überfiel sie diese verstörende Unruhe wellenförmig.

Carol, die hinter ihrem Schreibtisch saß, lächelte ihr zu und zeigte auf einen Becher, den sie bereitgestellt hatte. »Ich weiß Bescheid. Die neue Software ist sensationell – Echtzeitübertragung oder wie das heißt. Ein Klick von Doctor Wilson auf ihrem Gerät, und umgehend landet die Information bei mir. Bitte auf die Toilette und den Becher in den Schrank, wie üblich.«

»Vielen Dank, Carol.« Kurz schloss Laurie die Augen, dann ging sie zur Toilette. Jäh wünschte sie sich nichts sehnlicher, als dass sie Tom von den Schwierigkeiten erzählt und ihn mitgenommen hätte – überhaupt niemand ahnte etwas. Wie dumm war sie doch gewesen! Nun fühlte sie sich allein und schutzlos. Der Zauber ihrer unkomplizierten Schwangerschaft hatte sie verführt, das Bild aufrechtzuerhalten. Außerdem war Tom dermaßen besorgt um sie, dass sie ihn nicht unnötig in Erregung versetzen wollte. Erst musste die Ursache geklärt werden, bevor sie ihm davon berichtete. Wahrscheinlich spielten einfach die Hormone verrückt, und bei ihr äußerte sich das auf diese Weise.

Mit zittrigen Händen stellte sie den Becher in den Schrank und lief zurück in den Warteraum. Vor dem Tisch mit den Zeitschriften blieb sie stehen und betrachtete die Auswahl. Schon seit Monaten hatte sie nicht mehr in einem Magazin geblättert, aber das würde sie auch jetzt nicht tun. Bis auf die Sorge um die Gesundheit ihres Kindes war ihr Kopf leer. Also nahm Laurie Platz und zog den linken Ärmel ihres Pullis hoch, um die Armbanduhr im

Auge zu behalten. Rückte der Sekundenzeiger langsamer vor als sonst? Die Relativität der Zeit war wahrlich ein Geheimnis für sich – wie schnell schöne und spannende Momente vergingen, langweilige oder tragische sich dagegen bis in die Ewigkeit hinzuziehen schienen.

Eine Frau trat aus Doctor Wilsons Zimmer und schritt schwerfällig zum Ausgang. Sie war hochschwanger, und Laurie überlegte, wie viele Wochen oder auch nur Tage sie wohl vor der Geburt stand. Noch konnte sie sich nicht vorstellen, einen ebenso großen Bauch mit sich herumzutragen. Damit zu kochen war bestimmt unmöglich. In einer Restaurantküche ging es zur Hauptbetriebszeit stets hektisch zu: Man flitzte hin und her, musste sich strecken und beugen, verbrannte sich. Das erforderte eine gute Kondition, Beweglichkeit und Ausdauer. Die Riege an jungen und fitten Starköchen bewies das hinlänglich.

»Mrs Underwood? Doctor Wilson wartet auf Sie.«

Carols Stimme riss Laurie aus ihren Gedanken, und abrupt sprang sie auf. »Danke, Carol.« Auf einmal fühlte sie sich wie in eine Art Trance versetzt. Es war, als würde sie sich selbst beobachten, wie sie die Tür des Behandlungszimmers öffnete, auf den Schreibtisch zuging und sich setzte.

Doctor Wilson hielt ein Blatt Papier in der Hand. »Der Schnelltest hat eine deutlich erhöhte Zahl an Bakterien festgestellt. Dagegen müssen wir als Erstes etwas unternehmen. Ich verschreibe Ihnen Antibiotika. Machen Sie sich keine Sorgen wegen der Schwangerschaft, die Medikamente sind darauf abgestimmt und werden dem Fetus nicht schaden.« Sie legte den Ausdruck zur Seite. »Laurie, sind Ihnen vielleicht auch andere Veränderungen aufgefallen? Rötungen, ein Brennen, verstärkter Ausfluss?«

»Ja. Ich dachte, das hängt mit der Blasenentzündung zusammen.«

Doctor Wilson nickte nachdenklich. »Das habe ich vermutet. Bevor ich Sie untersuche, möchte ich einen weiteren Test durchführen.« Sie zog ein weißes Tablett, das seitlich auf ihrem Schreibtisch stand, zu sich und erklärte: »Reichen Sie mir bitte Ihre Hand. Es ist nur ein kleiner Stich in den Finger.«

»Wofür ist dieser Test?«, fragte Laurie.

»Ich messe Ihren Blutzuckerwert. Diese Methode ist für eine endgültige Bestimmung zu ungenau, aber sie liefert mir einen ersten Eindruck und ich kann – sofern es notwendig ist – gezielte Schritte einleiten. Haben Sie vor dem Termin etwas gegessen oder Süßes getrunken?«

Laurie starrte die Ärztin an und schüttelte irritiert den Kopf. »Nein, habe ich nicht. Ich bin nicht zuckerkrank.«

»Womöglich handelt es sich um eine sogenannte Schwangerschaftsdiabetes. Normalerweise tritt sie in der zweiten Schwangerschaftshälfte auf und verschwindet mit der Geburt des Kindes.«

»Ich bin noch lange nicht so weit«, bemerkte Laurie. Sie konnte selbst hören, wie ihre Stimme zitterte.

»Ist es tatsächlich Diabetes, erscheint sie bei Ihnen früh – vorsichtig formuliert: zu früh.« Doctor Wilson betrachtete den Teststreifen. »Die Werte sind eindeutig erhöht. Laurie, Sie müssen einen Glukosetoleranztest durchführen lassen.«

»Was geschieht da?«, erkundigte sich Laurie sorgenvoll.

»Zuerst wird Ihnen Blut aus der Vene abgenommen, dann müssen Sie eine glukosehaltige Lösung trinken – sie schmeckt im wahrsten Sinne des Wortes zuckersüß – und eine Stunde warten. In der Folge wird erneut Blut abgenommen und eine weitere Stunde später noch einmal. Durch die Lösung steigt Ihr Blutzucker an, das ist normal, doch sollte er sogleich wieder absinken. Bei einer Störung des Zuckerstoffwechsels bleibt er erhöht. Der

Test ist nicht schmerzhaft, allerdings langwierig – nehmen Sie sich ein gutes Buch mit.«

Laurie atmete tief durch, bevor sie antwortete: »Wo kann ich den Test machen lassen?« Das seltsame Gefühl der Trance nahm sie abermals vollends ein.

»Wenn wir fertig sind, gehen Sie zu Carol. Sie gibt Ihnen Infomaterial mit und vereinbart für Sie einen Termin in einem Labor. Das Institut ist verlässlich, ich arbeite eng mit den Leuten dort zusammen. Sobald Sie die Ergebnisse haben, sehen wir uns. Und Laurie: Ängstigen Sie sich bitte nicht zu sehr. Schwangerschaftsdiabetes ist eine häufig auftretende Krankheit. Wir haben sie zeitgerecht entdeckt, und es gibt geeignete Therapien.« Doctor Wilson zeigte auf die Liege. »Und jetzt möchte ich Sie untersuchen.«

Langsam stand Laurie auf und ging mit wackeligen Beinen auf den Paravent zu. Sie würde sich an den Umstand gewöhnen, aber in diesem Augenblick konnte kein beruhigendes Wort die Furcht von ihr nehmen. *Ach, Tom, ich brauche dich,* dachte sie.

Kapitel 46

Pamela nahm die Kaffeetasse und setzte sich an den Küchentisch. Eigentlich hatte sie vorgehabt, in die Tavern zu fahren, es sich aber dann doch anders überlegt. Der Tag im Hotel war anstrengend gewesen, und sie war müde. Eine neue Reisegruppe war angekommen, außerdem hatte sie einige Bewerbungsgespräche geführt. Timothy, der soeben die Abendschicht im Maple Lake Inn begonnen hatte, arbeitete immer öfter in der Agentur, und mit Mary allein konnte sie die anfallenden Tätigkeiten nicht kompensieren. Lilly benötigte Timothy dringend, und ihren gemeinsamen Plänen entsprechend würde er in Zukunft ohnehin vermehrt dort zum Einsatz kommen. Lilly selbst würde heute sicherlich nicht vor zehn Uhr das Büro verlassen. Sie steckte inmitten der Marketingplanungen ihrer Kunden für das nächste Jahr. Die meisten Konzepte sollten längst fertig und unterzeichnet sein, doch wegen Charlotte hatte es einige Verzögerungen gegeben.

Beim Gedanken über den Grund der Mehrarbeit kam bei Pamela von selbst Ärger hoch. Charlotte und ihre Intention störten sie gewaltig, aber was konnte sie dagegen unternehmen? Sie zur Rede zu stellen, würde das Feuer bloß weiter anfachen, der Angelegenheit mit Ignoranz zu begegnen, war allerdings ebenfalls unmöglich. Lilly hatte den einzig richtigen Weg gewählt, indem sie eine eigene Kampagne starten wollte, und Pamela war stolz auf sie. Ob sie selbst mit einer solchen Sachlichkeit und Bedacht an die Sache hätte herangehen können, wusste sie nicht.

Pamela hob gerade die Tasse und trank einen Schluck Kaffee, als ihr Handy klingelte – es war Jim. Er und Nora hatten ihr am Nachmittag erzählt, dass sie einen gemeinsamen Abend bei Jim zu Hause verbringen würden und Nora deshalb nicht ins Hotel zurückkäme. Was konnte er um diese Uhrzeit von ihr wollen? Hoffentlich war nichts geschehen. Sie nahm ab. »Hi, Jim. Ist alles in Ordnung bei euch? Nora und dir geht es doch gut?«

Er lachte. »Alles bestens, keine Sorge. Ich hoffe, ich störe dich nicht. Eben habe ich mir eine Zigarre aus dem Büro geholt – Nora liebt den Geruch, also darf ich auch im Wohnzimmer rauchen – und dabei einen Blick auf meine Mails geworfen. Es gibt Neuigkeiten zu dem Adoptionsthema, und Nora meinte, ich soll dir auf der Stelle Bescheid geben.«

Abrupt richtete Pamela sich auf. »O ja! Welche denn?«

»Ich habe dir die Adresse einer Organisation zugeschickt, die sich speziell mit Kindern aus dem syrischen Krisengebiet beschäftigt. Die Abstimmung läuft nicht direkt, sondern ebenfalls über die jeweilige Adoptionsagentur. Ihr müsstet also dort euer Interesse bekannt geben. Grundsätzlich sind alle üblichen Schritte zu durchlaufen, die Organisation ist allerdings daran interessiert, die Kinder so rasch wie möglich in gute Obhut zu übergeben. Es wird nicht morgen so weit sein, aber die Wartezeit könnte sich verkürzen.«

»Das klingt ja großartig! Vielen Dank, Jim. Ich sage sofort Lilly Bescheid. Sie kann gute Nachrichten gebrauchen. Die lästige Sache mit Charlotte setzt ihr zu«, erwiderte Pamela.

Jim stöhnte auf. »So gern ich helfen würde, sind mir die Hände gebunden. Charlotte bewegt sich innerhalb der gesetzlichen Grenzen. Lilly hat mit der Kampagne die bestmögliche Entscheidung getroffen.«

»So ist es. Danke nochmals, Jim. Ich wünsche euch einen schönen Abend.« Pamela legte das Handy zur Seite und trank einen weiteren Schluck Kaffee. Unwillkürlich musste sie lächeln. Was zählte schon eine Charlotte? Sie war nichts als ein kleiner Stolperstein auf Lillys und ihrem gemeinsamen Weg.

Kapitel 47

Wer ist diese Charlotte?«, fragte Nora und lehnte sich in der Couch zurück. Sugar lag zusammengerollt auf ihrem Schoß, Cicero neben ihr. Seine Schnauze ruhte auf Noras Oberschenkel. »Du hast auf einmal sehr ernst geklungen.«

Jim machte einen Zug von seiner Zigarre und blies den Rauch in kleinen Wölkchen aus. »Stört es dich wirklich nicht?«

»Ich finde den Geruch angenehm … und sehr männlich.« Nora zwinkerte ihm zu.

»Ich würde meine Männlichkeit auch auf andere Weise demonstrieren, doch scheinen zwei von vier Lebewesen in diesem Raum dich voll und ganz für sich zu beanspruchen«, entgegnete Jim und wies auf die beiden Hunde. »Zu dieser Charlotte … Sie stammt aus Maple Creek und hat in der Vergangenheit einige zweifelhafte Handlungen getätigt – ich will dich mit den Details nicht langweilen. Ihr letzter vermeintlicher Geniestreich ist die Gründung einer Werbeagentur. Und wie durch Zufall versucht sie ausgerechnet Lillys Kunden abzuwerben.«

»Lilly ist eine sympathische und fröhliche Frau, aber ich denke, sie kann ihre Krallen ausfahren, wenn es notwendig ist. Greift jemand sie an, lässt sie sich das bestimmt nicht gefallen«, antwortete

Nora. »Ich schätze diesen Typus. Du ahnst nicht, welche Kämpfe vor allem unter jungen Redakteurinnen ausgefochten werden. Ein fixer Platz bei der *NY Woman* ist heiß begehrt. Dafür gehen manche Mädchen über Leichen, symbolisch natürlich – einen echten Mord hatten wir noch nie, sehr wohl jedoch die eine oder andere Handgreiflichkeit.«

»Sag nicht, die jungen Damen prügeln sich?«, warf Jim ein.

»Nun, als Prügeln würde ich es nicht bezeichnen, aber von An-den-Haaren-Ziehen bis Kratzen und Beißen war alles dabei. Leider muss ich zugeben, dass diese Konkurrenz von den Inhabern durchaus gewünscht und gefördert wird. Sie meinen, auf diese Weise bleiben die Stärksten und Besten über.«

»Ich kann mir Molly in solch einem Haifischbecken überhaupt nicht vorstellen. Sie ist viel zu sensibel und geradlinig dafür«, antwortete Jim.

»Molly hat sich auf ihre Art als äußerst standhaft erwiesen. Schon bald hatte ich sie auf meiner Plus-Liste stehen. Niemals hat sie versucht, gegen ihre Kolleginnen anzugehen, und ist erst gar nicht auf diverse Ränkespiele und all die kleinen Gemeinheiten eingestiegen. Meines Erachtens geschah das nicht aus Angst vor der Konfrontation, sondern weil ihr die Arbeit schlichtweg wichtiger war. Gab es eine Möglichkeit auszuweichen, hat sie das getan. Ihre ganze Energie ist somit in die Bewältigung der Aufgaben geflossen. Sie hat richtig geschuftet – härter und besser als alle anderen ihres Jahrgangs. Das gepaart mit dem angeborenen Talent fürs Schreiben hat sie hervorgehoben.«

»Das wiederum passt zu ihr.« Jim nickte und wollte gerade weitersprechen, als sein Handy mit einem Einzelton eine Nachricht ankündigte.

»Wahrscheinlich ist es Pamela«, vermutete Nora.

»Ja, abends bekomme ich im Regelfall nie Nachrichten. Sicherlich hat sie eine Frage und will uns nicht mit einem Anruf stören.« Jim nahm das Handy und öffnete den Messenger. Kurz hielt er inne und atmete tief durch, bevor er zu lesen begann – die Nachricht war von Ann.

Hallo Jim! Ich habe dich heute mit einer anderen Frau gesehen. Bei deinen Spaziergängen solltest du besser darauf achten, wer dich begleitet. Reiter könnten dich aus der Entfernung entdecken. Ich erinnere mich nicht, deinem Trennungsversuch beim letzten Gespräch zugestimmt zu haben. Wir wollten uns einige Zeit nicht sehen, um dann ruhiger und zufriedener weitermachen zu können. Hast du das vergessen oder verfährst du nach dem Motto: aus den Augen aus dem Sinn? Und übrigens: Nimmst du neuerdings Ratten auf deine Wanderungen mit? Ich bin wahnsinnig enttäuscht und verlange eine Erklärung. Ann

Jim schluckte mehrmals, um den Knoten loszuwerden, der sich in seinem Hals gebildet hatte. Mit einem Seufzer legte er das Handy wieder zurück auf den Couchtisch. Er hatte Ann nicht vergessen und schon gar nicht die Tatsache, dass er das Ende ihrer Verbindung verdeutlichen musste. Dank Noras Anwesenheit hatte er binnen kürzester Zeit in eine Welt eintauchen dürfen, die ihn wahrhaft verzauberte und glücklich machte. Ein Tag mit ihr war mehr wert und brachte innigere Gefühle mit sich als das restliche Leben mit irgendjemandem.

Automatisch strich Jim über seine Augen. Warum hatte er das anstehende Gespräch nicht längst geführt? Die Antwort gab er sich prompt: Er hatte gehofft, dass die Entfernung das Ihre dazu tun würde, um keine Schritte mehr setzen zu müssen.

»Was ist denn los, Jim? Du siehst aus, als hättest du Nachricht von einem Geist bekommen«, bemerkte Nora und musterte ihn.

»Nein, von einem Geist nicht, aber von …« Jim verstummte und ergriff Noras Hand. »Ich muss dir etwas erzählen.«

»Schieß los.«

Einen Augenblick lang betrachtete Jim sie versonnen. Noch kein einziges Mal hatte er sie nur zwei Wörter am Stück sagen hören. Selbst Noras *Guten Morgen* bestand aus mindestens drei Sätzen. Jäh überkam ihn ein banges Gefühl – keinesfalls wollte er sie verlieren.

Bevor er etwas erwidern konnte, sprach Nora weiter. »Ich nehme an, diese Nachricht stammt von einer Frau. Hast du eine Freundin, über die du nicht mit mir geredet hast?«

»Nein, so ist es nicht. Eine Zeit lang habe ich mich mit einer Frau getroffen, doch wir haben nicht zueinandergepasst. Vor deiner Anreise habe ich mit ihr Schluss gemacht, sie hat das allerdings nicht restlos akzeptiert.«

»Hast du die Beziehung mit eindeutigen Worten beendet?«, erkundigte sich Nora.

»Direkter kann man es nicht formulieren. Nun, auf jeden Fall hat sie uns gemeinsam bei einem Spaziergang gesehen und ist offensichtlich sehr aufgebracht – ich habe vergleichbare Ausbrüche bei ihr erlebt. Die Nachricht ist nicht gerade höflich«, holte Jim wahrheitsgemäß aus und griff sich an die Schläfe. »Ich hätte das nicht einfach so stehenlassen dürfen, sondern nachhaken müssen. Was denkst du nur von mir?«

»Die Frage ist wohl eher: Was denkt sie von dir? Aber beruhige dich erst einmal. Ich springe weder entsetzt auf noch habe ich vor, dir irgendwelche Vorwürfe zu machen. Außerdem – und das ist das Wichtigste – gestatte ich mit Sicherheit nicht, dass unsere wunderbare Zeit durch so etwas gestört wird. Allerdings wirst du nicht umhinkommen, mit der Frau zu reden, und zwar bald – am besten gleich morgen. Solche Angelegenheiten gehören sofort aus der Welt geschafft. Ich will unsere Beziehung nicht belastet wissen.«

Unwillkürlich musste Jim lächeln. »Endlich sprichst du wieder in ganzen und mit vielen Sätzen. Und du hast den Terminus *Beziehung* verwendet.«

Nora senkte den Blick und betrachtete eine Weile lang die beiden Hunde, die sich durch die Aufregung nicht aus der Ruhe bringen ließen. »Es würde schwierig sein. Sowohl die Entfernung als auch die Arbeit, unsere Hunde – wenn wir uns öfter sehen wollen, muss sich einiges ändern. Molly hat schon recht mit ihrer Meinung, dass ich Ella und Aria mehr Verantwortung übertragen sollte. Jedoch bin ich deshalb noch lange nicht freigespielt.«

Jim zog die Brauen hoch. »Sprichst du wirklich von einer möglichen gemeinsamen Zukunft?«

»Natürlich. Meinst du, ich lasse dich wieder gehen?«, entgegnete Nora und verzog die Lippen. »Als du gerade von dieser Frau geredet hast, habe ich wider Willen Eifersucht verspürt. Echte Eifersucht! Ich? Und das in meinem Alter. Wenn das nichts zu bedeuten hat, lege ich geradewegs meine Arbeit nieder, ziehe nach Hawaii und flechte Blumenkränze für Touristen. Aber … wie stehst du dazu?«

Jim, der nach wie vor ihre Hand hielt, drückte wohldosiert zu. »Im Moment denke ich nicht an die Widrigkeiten, die uns erwarten, sondern freue mich auf unsere gemeinsame Zukunft. Ist das Antwort genug?«

Nora nickte. »Ich kann mich leider nicht so weit nach vorne beugen, um dich zu küssen. Sobald die beiden Fellnasen sich dazu entschließen, ihre Plätze zu verlassen, und mir damit Bewegungsfreiheit schenken, werde ich das ausgiebig tun.«

Prompt sprang Jim auf. »Ich verfüge über diese Freiheit und werde sie auf der Stelle ausnutzen.« Mitten in der Bewegung hielt er inne. Von selbst hatte ihn eine Erinnerung eingeholt.

»Was ist mit dir? Du wirkst wie zur Salzsäule erstarrt. Ich erwarte einen bombastischen Kuss«, sagte Nora.

»Mir ist soeben eine erstaunliche, nahezu ironisch anmutende Gleichheit in den Sinn gekommen, die mir doppelt und dreifach zeigt, wie wunderbar wir zueinanderpassen.« Jim hob den Zeigefinger. »Lass sie mich rasch darbringen: Nat hatte einige Zeit ein Verhältnis mit Charlotte – die, von der ich dir vorhin erzählt habe. Es war zwar bereits zu Ende, als Molly nach Maple Creek gekommen ist, aber Nat hat es Molly verheimlicht. Es gab eine furchtbare Unstimmigkeit, und hätten wir, vor allem Pamela, nicht eingegriffen, wären die beiden vermutlich kein Paar geworden.«

Nora riss die Augen auf. »Willst du damit sagen, dass Molly und Nat nicht füreinander bestimmt sind?«

»Genau das Gegenteil. Molly und Nat haben das Problem auf ihre Art gelöst, und wir tun es auf unsere. So, und nun setze ich mein ursprüngliches Vorhaben in die Tat um.« Jim beugte sich vor und küsste Nora.

LESEPROBE

Kapitel 1

Laurie bog den Weg zum Maple Lake Inn ein und schlenderte auf das Hotel zu. Als sie beim Eingang ankam, verharrte sie und blickte zum stahlblauen Himmel hoch. Wenige Wolken zogen gemächlich dahin. Der Frühling zeigte sich wahrlich von seiner angenehmsten Seite. Als Kanadierin war sie lange, kalte Winter gewohnt, und prinzipiell störten sie weder die tiefen Temperaturen noch der Schnee, doch die wärmende Sonne und die sprießende Natur taten Körper und Geist einfach gut.

Sie öffnete die Tür des Hotels und trat ein.

Pamela und ihre Angestellte Mary standen vor dem Empfangstresen und redeten leise miteinander.

Pamela hielt inne, als sie Laurie sah, und sagte: »Ich dachte, du tauchst heute gar nicht mehr auf.«

»Inzwischen kann ich es mir gar nicht mehr vorstellen, dich im Zuge meines täglichen Spaziergangs nicht zu besuchen. Ich bin später dran, weil ich eine große Runde gemacht habe. Das Wetter ist traumhaft.«

»Ließe es meine Zeit zu, wäre ich im Augenblick nur an der frischen Luft. Der Frühling ist meine Lieblingszeit – Anfang, Mitte und Ende gleichermaßen: Vom ersten zarten Versuch, den Winter zu verdrängen, über die Zeit, wo es zu grünen beginnt, bis hin zu jenem Punkt, wo der Sommer schon so richtig durchgreift.« Pamela wandte sich wieder Mary zu. »Laurie und ich setzen uns auf die Veranda. Ist dir klar, wie die Rabatte in das Buchungssystem eingepflegt werden? Am wichtigsten ist, dass du die richtige Spalte nimmst.«

Mary nickte. »Keine Sorge – sollte etwas sein, weiß ich, wo ich dich finde.«

»Du kannst dich jederzeit an mich wenden. Lieber einmal zu viel als einmal zu wenig«, erwiderte Pamela und setzte sich in Bewegung.

Laurie folgte ihr auf die Veranda hinaus.

Nachdem sie es sich an einem der vorderen Tische direkt am Geländer bequem gemacht hatten, trat sofort eine junge Frau heran und fragte: »Was darf ich Ihnen bringen?«

»Zwei Mapleccino, einer ungesüßt, und zwei stille Mineralwasser«, übernahm Pamela die Bestellung. »Laurie, wir haben frischen Apfelkuchen. Den wirst du zwar nicht essen dürfen, aber einige Äpfel sind übrig geblieben – schöne rote. Willst du einen?«

Laurie hob abwehrend die Hände. »Tom zwingt mir jeden Tag nach dem Frühstück eine Ration Obst auf – die reicht völlig.« Sie verdrehte die Augen. »Wenn ich nach dem Spaziergang heimkomme, wartet bereits die nächste Mahlzeit auf mich: Fisch und Gemüse. Ich bin dieses häufige Essen nicht gewohnt. Ebenso wenig, jeden Tag in der Natur herumzuspazieren und überhaupt so ruhig zu leben. In der Tavern weise ich Fred an, was er zu kochen hat, und verschwinde wieder. Sonst tue ich nichts.«

»Ich finde es bewundernswert, dass du dich eisern an den Diätplan und alle sonstigen Weisungen hältst«, bemerkte Pamela.

Laurie wartete mit der Antwort, bis die Kellnerin, die gerade die Getränke brachte, wieder gegangen war. »Die Werte sind super, und ich möchte nicht, dass sich das ändert. Wenn das Baby auf der Welt ist, verschwindet auch *der Zucker* schlagartig. Es ist nicht mehr als eine lästige und häufige Nebenerscheinung in der Schwangerschaft.« Kurz presste sie die Lippen aufeinander. Durch das frühe Einsetzen der Schwangerschaftsdiabetes bestand die Gefahr, in der Folge dauerhaft daran zu erkranken – nur Tom und natürlich ihre Ärztin wussten davon. Darüber hinaus wollte sie es niemandem erzählen. Machte sie es öffentlich, würde es für sie zum echten Gegenstand ihres Lebens werden, und das wiederum fühlte sich an wie ein schlechtes Omen. Keinesfalls durfte sie der Angst vor einer unbegründeten Zukunft nachgeben. »Ist die Kleine neu? Ich bilde mir ein, sie vom Sehen zu kennen«, setzte Laurie nach, um auf ein anderes Thema zu lenken.

»Du meinst die Kellnerin? Das ist gut möglich. Sie heißt Monique und stammt aus einem Nachbarort. Erst mal ist sie zur Probe hier. Seit sich Mary verstärkt um die organisatorischen Belange und die Rezeption kümmert, brauche ich jemanden, der die Gäste versorgt.«

»Und, wie tut sie sich?«

»Mary oder Monique?«, fragte Pamela.

Laurie schmunzelte. »Na, beide.«

»Mary ist großartig. Sie blüht richtig auf und versteht alles auf Anhieb, was ich ihr erkläre. Außerdem kann ich mich auf sie verlassen, das ist das Wichtigste. Und Monique, nun, sie ist freundlich und sehr bemüht, für das Gastgewerbe allerdings eigentlich zu schüchtern. An der Abendschule macht sie dieselbe Ausbildung, die auch *unsere gute Freundin Charlotte* hinter sich gebracht hat – also Marketing, Werbung und Public Relations. Nebenbei will sie Geld verdienen, um ihren Eltern nicht auf der Tasche zu liegen.«

Laurie wiegte den Kopf. »Lobenswert. Sie ist hübsch und hinterlässt einen netten Eindruck bei mir. Vielleicht löst sich die Scheu auf. Früher habe ich das oft erlebt. Als Köchin hatte ich natürlich engen Kontakt mit dem Servierpersonal. Ließ man ihnen die Zeit, Sicherheit zu gewinnen, wurden aus Mauerblümchen nicht selten wahre Teufelinnen, die kaum zu stoppen waren.«

»Die Gefahr, zur Teufelin zu mutieren, besteht bei Monique meiner Meinung nach nicht. Allein der Gedanke ist abwegig.« Pamela lachte auf. »Gut an ihr gefällt mir, dass sie überall mit anpackt und klug ist. Ach, Timothy fehlt einfach, aber er gehört zu Lilly in die Agentur – das ist seine Leidenschaft.«

»Wer erledigt eigentlich die handwerklichen Aufgaben, seit er weg ist?«, erkundigte sich Laurie.

»Nat hilft mir bei Bedarf aus und schickt einen seiner Leute, das kann ich jedoch nicht für immer und ewig in Anspruch nehmen. Ich suche dringend jemanden für all die laufenden Kleinigkeiten – den Mann im Hotel sozusagen.« Pamela schmunzelte. »Nicht dass ich uns Frauen Handwerkskompetenz abspreche, genau das Gegenteil. Es fallen nur dauernd Dinge an, die Kraft erfordern. Ich könnte das schwere Holzbrett für die anstehende Reparatur des Stegs etwa nicht einmal anheben.«

»Wir brauchen sie halt für den festsitzenden Deckel des Gurkenglases.« Laurie zwinkerte ihr zu. »Warum schaltest du nicht eine Annonce bei Molly in der Zeitung?«

»Weil ich mir keinen weiteren Vollzeitangestellten leisten kann. Welcher Mann sucht einen Job zwischen zehn und zwanzig Stunden nebenbei, noch dazu mit Dienst an Samstagen und Sonntagen? Mundpropaganda ist die einzige Möglichkeit«, entgegnete Pamela.

Laurie nickte. »Da hast du recht. Ich sage es Tom, und wir hören uns um.« Sie beugte sich vor und gab einen stöhnenden Laut von sich, dabei lächelte sie breit. »Schwanger zu sein ist ein wahrhaft absonderlicher Zustand. Man schleppt einen Bauch mit sich herum, die Beine erinnern an aufgequollene Spaghetti, überall zwickt und zwackt es, ständig muss man Pipi. Im Grunde fühlt man sich furchtbar und ist dennoch überglücklich. Für das nächste Kind suche ich eine Leihmutter.« Auf Pamelas erstaunten Blick fügte sie rasch hinzu: »Das war ein Scherz, Pam. Die Sache mit der Toilette hingegen nicht. Ich bin gleich wieder da.« Laurie stand auf, stemmte die Arme in die Hüften und bog sich durch. Dann betrat sie das Hotel und durchquerte den Aufenthaltsraum. Dabei sah sie aus dem Augenwinkel, wie Monique mit einem Tuch die große Kommode abwischte. Aus eigener Erfahrung wusste sie, wie schwer es war, umsichtiges Personal zu finden. Pamela hatte die positiven Eigenschaften der jungen Frau zum Glück erkannt.